이반 일리치의 죽음

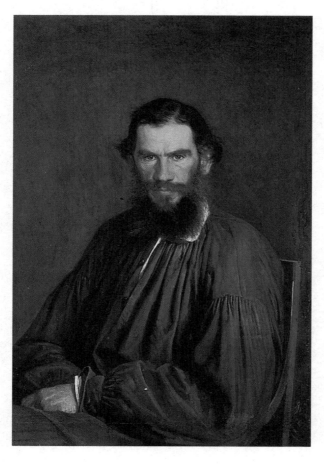

레프 니콜라예비치 톨스토이(1828~1910)

(이반 크람스코이, 1873년 作)

현대지성 클래식 *49*

이반 일리치의 죽음

SMERT' IVANA ILYICHA

레프 톨스토이 | 윤우섭 옮김

현대
지성

일러두기

1. 레프 톨스토이 작품집은 그의 예술작품, 논문, 편지 그리고 일기 등을 망라하여 90권으로 발행한 과학 아카데미 판 전집을 비롯하여, 1975년 예술작품만을 12권으로 발행한 예술문학출판사 판 작품집, 1978~1985년간 예술작품과 편지 및 일기를 선별하여 20권으로 발행한 예술문학출판사 선집 등 다양한 판본이 있다. 이 책에 사용한 원문 중 「이반 일리치의 죽음」과 「주인과 일꾼」은 1975년 예술문학출판사 판 제10권에서, 「세 죽음」은 제3권에서 가져왔다.

2. 번역할 때 인물이나 지명 등 일부 러시아어는 거센소리로 표기했다. 그리고 자음동화와 연음화로 인하여 쨔, 찌 등으로 들리는 소리는 원래 음가에 맞추어 탸, 티 등으로 표기했다.

3. 본문에서 자주 사용되는 구 러시아의 도량형은 다음과 같다.
   1베르스타=약 1,067미터. 1사젠=약 2.13미터. 1데샤티나=약 4,047제곱미터(약 1,220평)

4. 본문의 각주는 모두 옮긴이가 달았다.

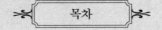

목차

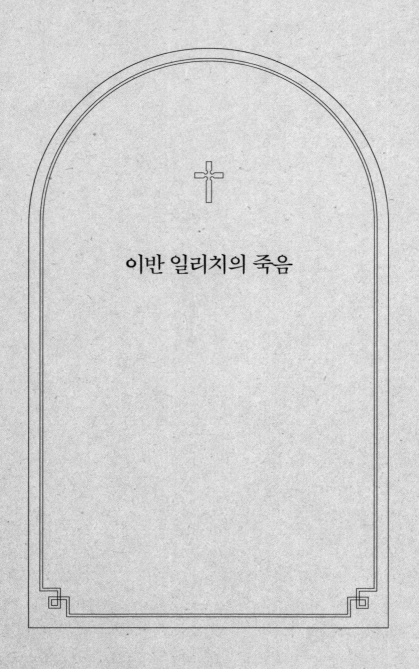

이반 일리치의 죽음

I

멜빈스키 사건 심리 중 휴식 시간이었다. 법원의 큰 건물에 있는 이반 예고로비치 셰벡의 사무실에 위원들과 검사가 모였는데 대화는 유명한 크라소프 사건으로 급선회했다. 표도르 바실리예비치는 이 사건의 관할권에 관해 열을 올렸고, 이반 예고로비치는 자기 입장을 고수했다. 표트르 이바노비치는 아예 처음부터 논쟁에 참여하지 않고 중간에 끼어들지도 않으며, 막 배달된 신문 『베도모스티』를 훑어보고 있었다.

"여러분!" 그가 말했다. "이반 일리치가 죽었다는군요."

"정말입니까?"

"자, 여기. 읽어보세요." 그가 말하며 표도르 바실리예비치에게 잉크 냄새가 채 마르지 않은 최신판을 건넸다. 검은색 테두리 안에는 부고가 실려 있었다.

> 프라스코비야 표도로브나 골로비나는 비통한 마음으로 일가친척과 친지들께 법원 위원인 사랑하는 남편 이반 일리치가 1882년 2월 4일에 별세했음을 삼가 아룁니다. 발인은 금요일 오후 1시입니다.

이반 일리치는 그 자리에 모인 사람들의 동료였으며, 모두가 그를 좋아했다. 그는 벌써 몇 주일간 병석에 누워 있었고, 병은 이미 고치기 힘들 정도라는 소문이 돌고 있었다. 그의 자리는 공석으로 두었는데, 사망 시 그 자리에 알렉세예프가, 알렉세예프의 자리에는 빈니코프나 슈타벨이 임명될 거라는 말이 오갔다. 그래서 이반 일리치의 사망 소식을 접하고 사무실에 모인 사람들의 머리에 가장 먼저 떠오른 생각은, 그의 죽음이 위원들 자신이나 지인들의 자리 이동과 승진에 어떤 영향을 미칠까 하는 것이었다.

'아마도 내가 슈타벨이나 빈니코프의 자리를 받게 되겠지.' 표도르 바실리예비치는 생각했다. '그 자리는 오래전에 나한테 약속된 거잖아. 승진으로 새 사무실과 아울러 연봉도 800루블은 인상될 거야.'

'처남을 칼루가에서 여기로 전근시켜달라고 해야겠어.' 표트르 이바노비치는 생각했다. '아내가 무척 기뻐할 거야. 이젠 내가 자기 친정 식구들을 위해 아무 일도 하지 않는다는 말은 못 하겠지.'

"그가 일어날 수 없을 거라는 생각은 했습니다." 표트르 이바노비치가 큰 소리로 말했다. "참 안됐어요. 그런데 그에게 정확하게 무슨 일이 있었던 건가요?"

"의사들도 확실한 진단을 내리지는 못했습니다. 진단하기는 했는데 제각각이었던 거죠. 제가 그를 마지막으로 봤을 때는 회복될 것처럼 보였습니다."

"저는 축일 이후 그의 집에 들르지를 못했습니다. 늘 생각은 했었는데….'

"그런데 그에게 재산이 있었나요?"

"그의 아내에게 뭔가 조금 있기는 한 것 같습니다만, 아주 미미해 보입니다."

"조문을 가야 할 텐데…. 그런데 끔찍이도 먼 데 사는군요."

"그러니까 당신네서 멀다는 거군요. 당신 댁에선 어디나 멀죠."

"강 건너 산다고 해서 그가 저를 용서해주진 않을 겁니다." 셰벡에게 미소를 지어 보이며 표트르 이바노비치가 말했다. 그들은 도시 내 구역 간 거리가 너무 멀다는 등의 이야기를 하며 회의장으로 향했다.

사람들 머릿속에 그의 죽음으로 발생할 수 있는 인사이동과 직무상 변화에 대한 상상을 불러일으킨 것과는 별개로, 그 부음을 들은 사람들은, 가까운 지인이 죽었다는 사실 자체가 늘 그렇듯, 죽은 사람은 자기 자신이 아니라 그 사람이라는 사실에 안도했다.

'그래, 죽은 건 그 사람이지, 내가 아니야.' 모두가 그렇게 생각하거나 느꼈다. 동시에 이반 일리치의 가까운 지인들, 이른바 친구들은 매우 지겹지만, 예의상 어쩔 수 없이 추도식에 참석하고 미망인에게 조문해야 한다는 것도 염두에 두고 있었다.

표도르 바실리예비치와 표트르 이바노비치는 누구보다 고인과 가까운 사이였다. 표트르 이바노비치는 법학원 시절부터 고인의 지기였다. 그래서 그는 문상을 당연한 일로 여겼다.

식사 자리에서 표트르 이바노비치는 아내에게 이반 일리치의 사망 소식과 함께, 처남을 자기 지역으로 전근시킬 수 있을지도 모르겠다는 생각을 전하고 나서, 늘 하던 대로 휴식을 취할 새도 없이 연미복을 입고 이반 일리치네 집으로 향했다.

이반 일리치의 아파트 입구에는 사륜마차 한 대와 영업용 마차 두 대가 서 있었다. 아래층 현관 외투 걸이 옆 벽에는 유약 바른 관 뚜껑이 세워져 있었는데, 술과 금색 가루로 정성을 들인 가는 끈이 달려 있었다. 그 옆에서 검은 옷을 입은 부인 둘이 외투를 벗고 있었다. 그중한 명의 부인은 그도 아는 이반 일리치의 누이였고, 또 한 명은 처음 보는 사람이었다. 표트르 이바노비치의 동료 슈바르츠가 위층에서 내려오려고 계단에 발을 들여놓다가, 그가 들어오는 것을 보고 걸음을 멈추고는 눈을 찡긋했다. 그 표정은 마치 '이반 일리치는 참 바보같이 살았어요. 우리는 그렇지 않은데 말이죠'라고 말하는 것 같았다.

피커딜리 수염을 기른 얼굴, 연미복을 입은 호리호리한 슈바르츠의 모습은 언제나 우아한 엄숙함을 자아냈다. 이 엄숙함은 언제나 슈바르츠의 장난기와 대조를 이뤘는데, 지금은 특별한 익살스러움마저 풍기고 있었다. 표트르 이바노비치가 보기엔 그랬다.

표트르 이바노비치는 부인들이 앞서가도록 양보하고, 천천히 그들 뒤를 따라 계단을 올랐다. 슈바르츠는 내려오지 않고 위에 그대로 서 있었다. 표트르 이바노비치는 그가 왜 그러는지 알았다. 분명 오늘 저녁 어디서 빈트[1]를 하면 좋을지 이야기하고 싶은 눈치였다. 부인들은 계단을 거쳐 미망인에게로 갔고, 진지하게 입술은 꼭 다물었지만, 장난기 어린 눈빛의 슈바르츠는 눈썹을 씰룩거려 표트르 이바노비치에게 고인이 안치된 오른쪽 방을 가리켰다.

표트르 이바노비치는 무엇을 해야 할지 난감해하는 표정으로 방으로 들어갔다. 그런 자리에선 늘 그랬다. 이런 경우 성호를 그으면 아무런 탈이 없다는 것 정도는 알고 있었다. 이때 절을 해도 되는지 확신이 서지 않았으므로, 그는 중간을 선택했다. 그는 방으로 들어가 성호를 긋고, 마치 절을 하듯 약간 허리를 숙였다. 예의에 어긋나지 않는 범위에서 팔과 머리를 움직여 방을 둘러보았다. 이반 일리치의 조카인 듯한 청소년 둘이 성호를 그으며 방에서 나가고 있었다. 둘 중 한 명은 김나지움[2] 학생이었다. 거기서 노파 한 명이 꼼짝도 하지 않고 서 있었

---

1   러시아의 카드놀이. 브리지게임과 비슷하다.
2   중등학교

다. 그리고 눈썹이 기이하게 치켜 올라간 어떤 부인이 그녀에게 낮은 목소리로 무언가를 속삭이고 있었다. 프록코트를 입은 활기차고 단호한 모습의 부사제는 어떤 이견도 허락하지 않겠다는 결연한 표정으로 큰 소리로 뭔가를 읽고 있었다. 부엌일을 돕는 농부 게라심이 표트르 이바노비치 앞을 살그머니 지나며 바닥에 무언가를 뿌렸다. 그를 바라보던 표트르 이바노비치는 문득 시신이 부패하는 냄새를 희미하게나마 느꼈다. 표트르 이바노비치는 마지막으로 이반 일리치를 방문했을 때 서재에서 이 사내를 본 적이 있었다. 그는 환자의 시중을 들고 있었는데, 이반 일리치는 특히 그를 좋아했다. 표트르 이바노비치는 계속 성호를 그으며 관, 부사제 그리고 구석에 자리한 탁자 위에 놓인 성상들 방향으로 가볍게 고개를 숙였다. 그러다가 너무 오랫동안 성호를 그었다는 것을 깨닫고, 동작을 멈추고선 시신을 살펴보기 시작했다.

고인은, 죽은 사람들이 그렇듯, 특히 묵직하게 관 속에 누워 있었다. 머리는 베개에 받힌 채 죽은 사람이 으레 그렇듯 다시는 들 수 없이 꺾여 있었고, 경직된 사지는 부드러운 지요[3] 위에 가라앉아 있었다. 그리고 고인들에게서 흔히 볼 수 있듯, 움푹 들어간 관자놀이 위로는 노란 밀랍 같은 벗겨진 이마와, 윗입술을 가볍게 누르는 듯한 튀어나온 코가 드러났다. 그는 몹시 변해 있었다. 표트르 이바노비치가 못 본 사이에 더 야위었지만, 얼굴은 모든 고인이 그렇듯 살아 있는 사람보다 더 잘 생겼고, 무엇보다 위엄과 기품이 서려 있었다. 얼굴에는 해야 할 일을 완수했다는, 그것도 바르게 완수했다는 표정이 역력했다. 또한 그 표정에는 살아 있는 사람들을 향한 나무람과 경고도 담겨 있었다. 표

---

3   관 안에 까는 요

트르 이바노비치에게는 그 표정이 내는 경고가 적절치 않아 보이거나, 적어도 자기와는 관련 없다고 여겼다. 그는 어쩐지 불쾌한 기분이 들었다. 그래서 다시 서둘러 성호를 긋고 지나치게 빨리, 본인이 느끼기에도 예의에 어긋나게 재빨리 몸을 돌려 방을 나갔다. 슈바르츠는 복도에 다리를 넓게 벌리고 선 채, 손을 등 뒤로 돌려 실크해트를 만지작거리며 그를 기다리고 있었다. 장난기 가득한, 깨끗하고 우아한 슈바르츠의 모습을 한 번 보는 것만으로도 표트르 이바노비치는 기분이 좋아졌다. 표트르 이바노비치는 슈바르츠가 이 모든 것을 넘어섰으며, 마음을 우울하게 만드는 분위기 따위에는 굴복하지 않는다는 것을 알아차렸다. 그의 표정을 보면 이반 일리치를 위한 추도식이 저녁 모임의 질서를 깨뜨릴 충분한 이유가 되지는 못한다고 말하는 듯했다. 즉, 오늘 저녁 하인이 새 양초 네 자루를 새로 꾸미는 동안 카드 한 벌을 새로 열어 뒤섞는 일을 방해받을 이유는 없었다. 그러니까 우리가 오늘 저녁 즐겁게 보내는 것을 추도식이 어떻게 방해할 수 있단 말인가? 그는 옆을 지나가던 표트르 이바노비치에게 이 말을 소곤대며, 표도르 바실리예비치 집에서 하게 될 카드놀이에 끼라고 꼬드겼다. 그러나 표트르 이바노비치는 이날 저녁 빈트 게임을 할 팔자는 아니었던 게 분명했다. 프라스코비야 표도로브나는 키가 작고 뚱뚱한 부인인데, 갖은 애를 기울였음에도 어깨 아래로는 여전히 펑퍼짐한 모습이었다. 그녀는 검은색 일색으로 옷을 입고 머리에는 레이스를 덮었으며, 눈썹은 관 앞에 서 있던 부인처럼 기이하게 치켜 올라간 상태였다. 그녀는 다수의 부인과 방에서 나와 빈소까지 안내하며 말했다.

"추도식이 곧 시작될 겁니다. 들어가시죠."

슈바르츠는 이 제안을 받아들이지도 거절하지도 않은 채, 애매하게 인사하고 그 자리에 멈췄다. 프라스코비야 표도로브나는 표트르 이바노비치를 알아보고, 한숨을 쉬며 그에게 다가가 손을 잡으며 말했다.

"이반 일리치의 진실한 벗이었다고 들었습니다…." 그가 이 말에 상응하는 행동을 취하리라고 기대하며 그녀는 바라보았다.

표트르 이바노비치는 안치실에서 성호를 긋는 일이 당연한 것처럼, 여기서는 손을 잡고 탄식하며 "물론 그랬지요" 하고 말해야 한다는 것을 알았다. 그리고 그렇게 했다. 그렇게 함으로써 바라던 것이 성취됐음을 느꼈다. 즉, 그와 그녀는 감동했다.

"시작하기 전이니 잠시 저쪽으로 가시겠어요? 당신께 여쭤볼 말씀이 있어요." 미망인이 말했다. "팔 좀 빌려주세요."

표트르 이바노비치는 팔을 내밀었다. 그리고 두 사람은 표트르 이바노비치에게 아쉬운 눈짓을 보내는 슈바르츠를 지나 내실로 향했다. '빈트는 이제 물 건너갔군! 우리가 게임할 다른 사람을 찾았다고 불평하지 마시오. 빠져나올 수 있으면 다섯 명이서 하시든가.' 그의 장난기 어린 시선은 이렇게 말하고 있었다.

표트르 이바노비치는 더 슬프게, 더 깊이 한숨을 쉬었고, 프라스코비야 표도로브나는 감사하는 마음으로 그의 팔을 잡았다. 그들은 장밋빛 크레톤 천에 둘러싸이고 흐릿한 램프가 타고 있는 그녀의 응접실로 들어가 탁자 앞에 앉았다. 그녀는 소파에 앉았고, 표트르 이바노비치는 낮은 푸프[4]에 앉았는데, 용수철이 어그러진 탓에 그가 앉자 몸무게 때문에 제멋대로 찌부러졌다. 그에게는 다른 의자에 앉으라고 미리 말하고 싶었지만, 그렇게 하는 것이 자기 편에서는 어울리지 않는다고

4　부드러운 받침이 있고 등받이가 없는 낮은 의자

여기고 그녀는 생각을 바꿨다. 표트르 이바노비치는 그 푸프에 앉아, 이 응접실을 어떻게 꾸몄는지 그리고 녹색 나뭇잎이 인쇄돼 있는 장밋빛 크레톤 천은 어떠냐고 이반 일리치가 자신에게 조언을 구하던 일을 떠올렸다. 소파에 앉으려고 탁자 옆을 지나다(응접실은 자질구레한 장식품과 가구로 가득했다) 미망인이 걸친 검정 망토에 달린 검정 레이스가 탁자의 조각 장식에 걸렸다. 표트르 이바노비치가 그것을 풀어주려고 몸을 일으키자, 그에게서 풀려난 푸프의 용수철이 요동치며 그를 가볍게 밀쳤다. 미망인이 직접 레이스를 풀기 시작했고, 그래서 그는 자기 밑에서 저항하는 용수철을 내리누르며 다시 앉았다. 하지만 미망인은 다 풀지 못했고, 그래서 표트르 이바노비치는 다시 몸을 일으켰다. 그 바람에 푸프는 요동하기 시작했고, 심지어 철커덕하고 소리를 냈다. 이 번잡스러운 일이 끝나자, 그녀는 깨끗한 무명 수건을 꺼내 들고 울기 시작했다. 표트르 이바노비치는 레이스가 걸린 일과 푸프와 씨름한 일로 마음이 싸늘해져 얼굴을 찌푸리고 자리에 앉았다. 이 거북한 상황은 이반 일리치의 집사 소콜로프가, 프라스코비야 표도로브나가 점찍은 공동묘지의 묫자리 가격이 이백 루블이라고 보고하러 오면서 끝났다. 그녀는 울음을 멈추고 마치 희생자 같은 표정으로 표트르 이바노비치를 바라보며, 프랑스어로 자신이 무척 힘들다고 말했다. 표트르 이바노비치는 당연히 그럴 것이라고 믿어 의심치 않는다는 무언의 신호를 보냈다.

"담배 피우세요." 그녀는 너그러우면서도 동시에 우울한 목소리로 말하고, 소콜로프와 묫자리 가격 문제에 관해 이야기하기 시작했다. 표트르 이바노비치는 담배에 불을 붙이고, 그녀가 다양한 묫자리 가격에 대해 상세하게 묻고 어느 자리로 선택하는지 결정하는 것을 들었다. 묏자리 이야기를 끝내고 나서, 그녀는 성가대에 관해서도 지시를 내렸다. 소콜로프가 방을 나갔다.

"제가 모든 일을 직접 살핀답니다." 그녀는 탁자 위에 놓인 앨범들을 한쪽으로 밀어놓으며 표트르 이바노비치에게 말했다. 그리고 담뱃재가 탁자를 위협하는 것을 알아차리고, 지체 없이 표트르 이바노비치에게 재떨이를 밀어주며 말했다. "슬픔 때문에 실제적인 일에 신경 쓸 수 없다고 하는 것은 가식이라고 생각해요. 위로가 될 수는 없겠지만, 그이와 관련된 일을 이것저것 하다 보면 조금은 주의를 돌리게 되네요." 설움이 복받쳐 다시 손수건을 꺼냈지만, 문득 감정을 억누른 듯 원기를 되찾고 조용히 말하기 시작했다.

"그래도 당신에게 드리고 싶은 말씀이 있어요."

표트르 이바노비치는 깔고 앉은 푸프의 용수철이 다시 맹렬하게 요동치지 않도록 조심하며 허리를 숙였다.

"그이는 마지막 며칠 동안 대단히 고통스러워했어요."

"고통이 극심했나요?" 표트르 이바노비치가 물었다.

"아유, 말도 못 해요! 마지막 몇 분이 아니라 몇 시간 동안 계속 소리를 질렀어요. 3일 밤낮을 계속해서, 말로는 표현할 수 없을 만큼 소리를 질러댔죠. 견디기 힘들 정도였답니다. 제가 어떻게 견뎠는지 모르겠어요."

"의식은 있었나요?" 표트르 이바노비치는 물었다.

"네." 그녀가 속삭였다. "마지막 순간까지요. 그이는 운명하기 전 15분 동안 우리와 작별하고 볼로댜를 다른 곳으로 데려가 달라고 부탁했어요."

처음에는 유쾌한 소년으로, 학우로, 그다음에 성인이 되어 동료로서 매우 가깝게 알고 지내왔던 한 인간이 겪은 고통에 관한 생각이 들자 표트르 이바노비치는 자신과 부인이 가식적으로 행동하고 있다는 인식으로 불쾌하면서도, 문득 두렵다는 생각이 들었다. 입술과 이마가 닿을 듯한 코가 다시 생각나면서 새삼 오싹해졌다.

'사흘 밤낮 동안 끔찍한 고통과 죽음. 그것이 나에게도 일어날 수 있어. 바로 지금, 언제라도.' 이렇게 생각하자 잠시 두려움이 엄습했다. 그러나 그 직후 자기도 모르게 이 일이 이반 일리치에게 일어난 일이지 자기에게 일어난 일은 아니며, 자기에게는 이런 일이 일어나서도 안 되고 일어날 수도 없다는 평범한 생각이 구원처럼 그에게 찾아왔다. 그런 생각을 하면 우울한 기분에 굴복하게 되지만, 슈바르츠가 얼굴로 분명히 이야기했듯, 그래서는 안 되는 일이었다. 그리고 그렇게 판단한 표트르 이바노비치는 마음을 가라앉히고, 죽음은 오직 이반 일리치에게 일어난 일일 뿐 자기와는 아무 상관없는 일인 양, 그의 마지막에 관해 관심을 가지고 자세히 묻기 시작했다.

이반 일리치가 견뎌낸 말할 수 없이 끔찍한 육체적 고통에 대해 세세한 부분까지 다양하게 이야기를 나눈 뒤(하지만 그 세세한 내용을 듣고 나서 표트르 이바노비치가 알게 된 것은 이반 일리치의 고통이 아니라, 그것이 프라스코비야 표도로브나의 신경을 얼마나 쇠약하게 했느냐 하는 것이었다), 미망인은 본론으로 넘어갈 필요가 있다고 생각했다.

"아, 표트르 이바노비치, 참 힘들어요. 정말 끔찍하게. 끔찍하게 힘들어요." 그리고 그녀는 다시 울기 시작했다.

표트르 이바노비치는 한숨을 쉬고 그녀가 코를 풀기를 기다렸다가 말했다.

"저를 믿어주세요⋯⋯." 그리고 그녀는 다시 이야기를 시작하며, 그를 보자고 한 용건을 꺼냈다. 바로 남편의 죽음과 관련하여 재무성으로부터 어떻게 돈을 받아낼 수 있을까 하는 것이었다. 그녀는 표트르 이바노비치에게 연금과 관련하여 조언을 구하는 척했다. 그러나 그는 그녀가 남편의 사망과 관련해, 재무성으로부터 받아낼 만한 것은 자기보다 더 자세히 알고 있으면서도, 어떻게든 조금이라도 더 받아낼 길은 없는지 알아보고 싶어 한다는 것을 알아차렸다. 표트르 이바노비치는 그렇게 할 방법이 있는지 알아보려고 애썼다. 그러나 조금 생각해보다가 예의상 정부는 너무나 구두쇠라고 욕한 뒤 더 받아낼 수는 없을 것 같다고 말했다. 그러자 그녀는 한숨을 짓고 나서 아마도 손님에게서 벗어날 방법을 생각하기 시작하는 것 같았다. 그는 그것을 눈치채고, 담배를 끄고 일어나 악수를 하고 현관으로 갔다.

표트르 이바노비치는 이반 일리치가 골동품상에서 구매한 후 몹시 기뻐하던 시계가 걸린 식당에서 사제와 추도식에 온 지인 몇 명을 만났고, 자기도 아는 아름다운 젊은 여성, 즉 이반 일리치의 딸을 보았다. 그녀는 검은 옷을 입고 있었다. 그렇지 않아도 가느다란 그녀의 허리가 더 가늘어 보였다. 그녀는 음울하고 결연한, 거의 화난 표정이었다. 그녀는 표트르 이바노비치가 무슨 잘못이라도 한 양 고개를 숙여 인사했다. 딸의 뒤에는 표트르 이바노비치도 아는 젊고 부유한 젊은이가 똑같이 성난 표정으로 서 있었는데, 그녀의 약혼자라고 알려진 치안판사였다. 그가 그들에게 애절하게 인사하고 빈소로 들어가려 할 때, 계단 아래로부터 이반 일리치를 쏙 빼닮은, 김나지움에 재학 중인 아들이 나타났다. 그는 표트르 이바노비치의 법학원 시절 기억에 담겨 있는 작은 이반 일리치와 같았다. 눈물로 얼룩진 눈은 부정한 생각을 하는 열서너 살 먹은 소년의 눈 같았다. 표트르 이바노비치를 보자, 소년은 근엄하고도 수줍게 얼굴을 찌푸리기 시작했다. 표트르 이바노비치는 그에게 고개를 끄덕여 보이고 빈소로 들어갔다. 양초 냄새, 신음, 향내, 눈물, 흐느낌이 어우러진 추도식이 시작되었다. 표트르 이바노비치는 자기 눈앞의 발을 바라보면서, 우울한 표정을 짓고 서 있었다. 그는 한 번도 고인에게 눈길을 주지 않았고, 마음을 약하게 만드는 분위기에 끝까지 굴복하지 않았다. 그리고 방을 맨 먼저 빠져나온 무리에 끼었다. 현관에는 아무도 없었다. 주방 도우미인 농부 게라심이 빈소에서 뛰어나와 튼튼한 손으로 털외투를 전부 다 뒤적거려 표트르 이바노비치의 털외투를 찾아 건네주었다.

"그래, 여보게. 게라심." 무슨 말이든 하기 위해 표트르 이바노비치가 말을 걸었다. "애통한 마음이네그려."

"하느님의 뜻인걸요. 우리 모두 그렇게 될 텐데요." 게라심은 희고 튼튼한 농부다운 이를 드러내며 말했다. 그는 한창 급한 일 와중에 있는 사람처럼, 재빨리 문을 열고 마부를 불러, 표트르 이바노비치가 마차에 타는 것을 도운 다음, 마치 또 무엇을 할지 생각이라도 하듯 현관으로 물러섰다.

표트르 이바노비치는 향, 시신, 소독약 냄새를 맡다가 신선한 공기를 호흡하니 상쾌했다.

"어디로 모실까요?" 마부가 물었다.

"늦지 않았군. 표도르 바실리예비치 집으로 가세."

표트르 이바노비치는 출발했다. 그리고 첫 번째 러버[5]가 끝날 때 도착했는데 다섯 번째로 게임에 참가하기에 딱 좋은 시간이었다.

---

5   3판으로 구성된 게임

2

이반 일리치가 지나온 삶의 발자취는 아주 단순하고 평범한 동시에 대단히 끔찍했다.

법원의 위원 이반 일리치는 마흔다섯 살을 일기로 세상을 떠났다. 그의 아버지는 페테르부르크의 여러 부처와 부서에서 두루 요직을 거치며 경력을 쌓은 관리였다. 사실, 그 위치에 오른 사람들은 실질적인 업무를 수행하기에 확실히 적합하지 않았지만, 어쨌든 오랜 세월 봉직했다는 경력과 직급 때문에 해고하는 것이 불가능했다. 게다가 그들을 위해 있으나 마나 한 자리가 마련되고, 직위에 따라 6천에서 1만 루블에 이르는 급여가 실제로 지급되었는데, 그들은 그 수입을 바탕으로 아주 고령에 이르도록 살았다.

여러 불필요한 기관의 불필요한 구성원에 불과한 3등 문관 일리야 예피모비치 골로빈이 그런 사람이었다. 그에게는 세 명의 아들이 있었다. 이반 일리치는 둘째 아들이었다. 첫째 아들은 다른 부처에서 아버지와 같은 경력을 쌓았고, 한직에 머무르며 따박따박 급여를 받을 수 있는 근무 연령에 가까워지고 있었다. 셋째 아들은 실패했다. 그는 가는 곳마다 신세를 망치고, 지금은 철도 관련 일을 하고 있었다. 그의 아버지나 형제들, 특히 아내들도 그를 만나길 꺼렸을뿐더러, 어쩔 수 없을 때를 빼곤 존재를 떠올리는 것조차 피했다. 누이는 친정아버지처럼 페테르부르크 관료인 그레프 남작에게 시집갔다. 이반 일리치는 사람들이 말하듯 "집안의 자랑거리"[6]였다. 형처럼 아주 냉정하거나 치밀하지 않았고, 동생처럼 그렇게 무모하지도 않았다. 그는 그들 가운데 중간으로 총명하고, 적극적이고, 유쾌하고, 예의 바른 사람이었다. 그는 동생과 함께 법학원에서 수학했다. 막내는 과정을 끝내지 못하고 5학년 때 퇴학을 당했다. 이반 일리치는 훌륭한 성적으로 과정을 마쳤다. 법학원 재학 중 그의 모습은 그가 평생 보여준 모습과 똑같았다. 그는 재능있고 온화하고 사교적이지만, 의무라고 생각한 것은 엄격하게 해내고야 마는 사람이었다. 그는 높은 위치에 오른 인사들이 의무라고 여기는 것을 모두 자기의 의무로 받아들였다. 소년으로서든, 성인이 되어서든 남의 환심을 사려고 하지 않았지만, 아주 어린 시절부터 마치 불에 달려드는 파리처럼 사회에서 가장 높은 지위에 있는 사람들에게 이끌렸고, 그들의 태도나 삶에 대한 견해를 내면화하고 친하게 지냈다. 어린 시절과 청년 시절에 심취한 것은 그에게 전부 큰 흔적을 남겼다. 그는 관능과 허영심에 빠졌고, 상급 학년에 가서는 자유주의에 몰두했지만, 자신의 본능이 정확하게 일러주는 한계 안에 항상 머물렀다.

법학원에서 그는 이전에 대단히 추악하게 여기던 행위를 했고, 그러는 동안 자기혐오에 빠졌다. 그러나 그 후에 고위층 사람들도 그렇게 할 뿐 아니라, 추하게 여기지도 않는 것을 보면서, 그것들을 좋다고 인정하지는 않았지만, 거기서 완전히 벗어났고 그 기억을 조금도 괴로워하지 않았다.

---

6   프랑스어, le phenix de la famille

법학원을 마친 그는 10등관[7]에 임명되었다. 그는 제복을 마련하기 위해 아버지로부터 돈을 받아 샤르메르[8]에서 제복을 주문하고, 시곗줄에 "끝을 생각하라"[9]라는 경구를 새긴 메달을 달았다. 그는 후원자이자 은사인 공작과 작별하고, 레스토랑 도농[10]에서 동료들과 함께 송별회 겸 식사를 했다. 그 후 최고급 상점에서 주문하고 구입한 속복, 의복, 세면도구, 화장품과 여행용 깔개를 최신 유행하는 가방에 담고, 아버지가 그에게 마련해준 현지사 특별 업무 보좌직에 입직하기 위하여 지방으로 떠났다.

지방에서 이반 일리치는 이내 법학원에서처럼 편하고 유쾌한 위치를 확보했다. 그는 근무하면서 경력을 쌓는 동시에, 유쾌하고 고상하게 삶을 즐겼다. 이따금 그는 상관의 명으로 여러 군을 다니며 자기보다 높거나 낮은 사람들을 위엄있게 대했고, 위임받은 업무, 주로 분리파 교도[11]와 관련한 지시를 정확하고 청렴하게 처리했으며 그것에 대해 매우 자랑스럽게 생각했다.

그는 혈기왕성했고 가벼운 유흥을 좇는 성향이 있었음에도, 업무에 임해서는 침착하고 사무적이며, 심지어 엄격했다. 그러나 사회생활 면에서는 종종 장난기 많고, 재치 있으며, 한 가족처럼 왕래하던 지사와 지사 부인이 말하듯, 언제나 선량하고 점잖은 호인[12]이었다.

---

7   러시아제국의 관료 체계는 14등관으로 구성되어 있었다.

8   페테르부르크에 있던 의류 상점

9   라틴어, Respice Finem

10   페테르부르크에 있던 다섯 개의 고급 레스토랑 가운데 하나

11   17세기 교회 전례를 개혁하려 할 때 과거 전통을 고수하고 개혁에 저항하며 지방으로 분산, 도피한 사람들을 말한다.

12   프랑스어, bon enfant

그는 그 지방에서 세련된 법률가를 따라다니는 부인 중 하나와 어울리기도 하고, 여성용 모자 제작자와도 어울렸으며, 여행 중인 황제의 부관들과 함께하는 주연에도 참석하고, 저녁 식사 후 외진 뒷골목을 찾기도 했다. 그리고 자기 상관 심지어 그의 아내에게 아첨도 했지만, 이런 행동에서도 고상함이 묻어났기에 어떤 나쁜 말도 갖다 붙일 수 없었다. 이 모든 것은 프랑스 속담, "청춘은 날뛰는 법이지"[13]에 딱 들어맞았다. 모든 것을 깨끗한 손으로, 깨끗한 셔츠를 입은 채, 프랑스어로 그리고 무엇보다 최고 상류 사회에서, 고위층 인사들의 인정 속에서 그렇게 했다.

이반 일리치는 그렇게 5년을 근무했다. 그리고 뒤이어 공직 생활에도 변화가 찾아왔다. 새로운 사법 체계[14]가 등장했고, 그에 따라 새로운 인물이 필요했다.

이반 일리치도 이 새로운 인물들 가운데 하나가 되었다.

이반 일리치는 예심판사 자리를 제안받았다. 그러나 그 자리는 다른 지역에 있었고, 그래서 지금까지 거기서 쌓아올린 관계를 포기하고 새로운 곳에서 새로운 관계를 구축해야 했지만, 이반 일리치는 이것을 받아들였다. 친구들은 이반 일리치를 전송하면서 단체 사진을 찍고 은제 담뱃갑을 선물했다. 그리고 그는 새 임지로 떠났다.

이반 일리치는 특별 임무를 수행했던 관리 시절과 마찬가지로, 예심판사로서 사생활과 공적 임무를 구분할 줄 알았고, 품위 있고 예절 바른 그의 행동은 뭇사람의 존경을 불러일으켰다. 이반 일리치는 지난번

---

13   프랑스어, il faut que jeunesse se passe
14   1864년 알렉산더 2세가 단행한 사법 개혁을 말한다.

업무와 비교했을 때 예심판사 업무가 훨씬 더 흥미롭고 매력적이라고 생각했다. 과거에는 샤르메르에서 지은 약식 제복을 입고 가벼운 걸음으로, 떨면서 접견을 기다리는 청원자들과 그를 부러워하는 관리들을 지나 곧장 상관 집무실로 가서 상관과 차를 앞에 두고 앉아 담배를 피우는 일이 즐거웠다. 그러나 직접적으로 자기 의지대로 좌지우지할 수 있는 사람은 많지 않았다. 특별 임무를 띠고 파견되었을 때 만나는 경찰이나 분리파 교도들 정도가 전부였다. 그래서 그는 자기 의지에 종속된 그런 사람들도 정중하고 심지어 동료처럼 곧잘 대했고, 자신들을 힘으로 누를 수 있는데도 우호적으로 대한다고 느끼도록 하는 게 좋았다. 그 당시 그런 사람은 많지 않았다.

하지만 예심판사가 된 지금, 이반 일리치는 스스로 뻐기고 잘난 체하는 사람일지라도 모두가 자기 손아귀 안에 있다고 느꼈다. 그가 할 일은 그저 종이에 제목과 단어 몇 마디만 써넣으면 그만이었고, 그렇게 하면 제아무리 중요하고 잘난 체하는 사람도 피고나 증인으로 부를 수 있었다. 만일 그가 앉으라고 하지 않으면, 선 채로 묻는 말에 답해야 했다. 이반 일리치는 이러한 자신의 힘을 남용하지 않았고, 오히려 부드럽게 표현하려고 애썼다. 하지만 그 힘을 자각하고 그것을 부드럽게 행사할 수도 있다는 사실은 새로 맡은 직무가 주는 주된 즐거움이자 매력이었다. 직무 그 자체, 즉 심리에 있어 이반 일리치는 직무와 관련 없는 모든 상황을 제쳐놓았고, 가장 복잡한 사건이라도 오직 외부적으로만 서류에 반영했을 뿐 개인 견해는 완전히 배제하였으며, 그러면서도 무엇보다 필요한 형식은 충실하게 준수하는 법을 빠르게 습득했다. 이 일은 새로운 업무 방식이었다. 그렇게 그는 1864년 규정을 현실에 적용한 최초의 인사 가운데 하나가 되었다.

예심판사 입직을 위해 다른 도시로 이사한 뒤, 이반 일리치는 새로 지인을 만나고, 관계를 맺고, 새로운 방식으로 행동하고, 어조도 약간 달리했다. 그는 지방 행정 당국과 어느 정도 거리를 두었다. 그리고 도시에 사는 법관들과 부유한 지주들이 결성한 동아리 가운데 최상의 동아리를 택하고, 정부에 가벼운 불만을 품고 온건한 자유주의를 띤 교양 있는 시민의 모습을 취했다. 동시에 이반 일리치는 자신의 우아한 옷차림은 그대로 둔 채, 턱수염 깎기를 중단하고 제멋대로 자라도록 놔두었다.

새 도시에서도 이반 일리치는 대단히 유쾌하게 살았다. 현 지사에게 불만이 있긴 했어도 사교계는 우호적이고 선했다. 연봉은 더 많았고, 이제 막 시작한 빈트 게임은 삶에 적잖은 즐거움을 더했다. 그는 빠르고 영리하게 생각하면서 즐겁게 게임을 할 줄 아는 덕에 게임에서 대체로 승리했다.

새 도시에서 근무한 지 2년이 지난 뒤, 이반 일리치는 장차 아내가 될 여자를 만났다. 프라스코비야 표도로브나 미헬은 이반 일리치가 활동하는 동아리에서 가장 매력적이고 지적이고 빛나는 아가씨였다. 예심판사 업무에서 벗어나 흥과 휴식을 찾아다니면서 이반 일리치는 프라스코비야 표도로브나와 가볍고 장난기 어린 관계로 만났다.

특별 임무를 수행하던 시절에는 춤추는 일에 익숙했지만 예심판사가 된 지금은 좀체 춤추는 일이 드물었다. 이제는 춤을 춘다면, 비록 자기가 새 기관에 속한 5등관 신분이긴 해도 춤에 관해서라면 웬만해선 지지 않는다는 것을 보여줄 요량으로 그렇게 하는 것 같았다. 그렇게 그는 때때로 야회 막바지에 프라스코비야 표도로브나와 춤을 추었고, 특히 이 시간에 그녀의 마음을 사로잡았다. 그녀는 그에게 반했다.

처음엔 결혼하겠다는 분명하고도 명확한 의사가 없었지만, 처녀가 자기에게 반하자 이반 일리치는 자문해보았다. '사실, 결혼하지 않을 이유도 없잖아?'

프라스코비야 표도로브나는 귀족 가문 출신이고 외모도 괜찮았다. 재산은 많지 않았다. 이반 일리치는 더 나은 상대도 기대할 수 있었으나, 그녀 정도도 좋았다. 이반 일리치는 봉급을 받았고, 그녀에게도 그 정도 재산은 있으리라 기대했다. 좋은 가문 출신에 더해 그녀는 사랑스럽고 선량하고 점잖은 여인이었다. 신부가 사랑스럽고, 또한 그녀가 자기 인생관에 감동을 받았으므로 결혼을 택했다고 할 수만은 없었다. 이는 주변에서 하도 성화를 해서 결혼한 것이라고 한 것만큼이나 잘못이었다. 이반 일리치는 두 가지를 다 고려했다. 즉, 그러한 부인을 얻어서 기분도 좋고, 동시에 높은 지위에 있는 사람들이 옳다고 여기는 일을 한 것이다. 그렇게 이반 일리치는 결혼했다.

결혼 과정과 신혼 시절에는 부부의 애정도 끈끈했고, 새 가구와 식기, 새 옷과 더불어 아내가 임신할 때까지 너무나 흥겹게 흘러갔다. 그가 삶의 본질이라고 여겼던, 가볍고 즐겁고 유쾌하고 언제나 고상하여 사회로부터 인정받은 그런 삶의 방식을 허물어뜨리지도 않을뿐더러 오히려 강화한다고 생각하기 시작했다. 그러나 임신 초기에 무엇인가 예상치 못하고, 불쾌하고, 고통스럽고, 범절에 어긋나는 일이 발생했는데, 그것은 뜻밖이었고 거기서 달아날 수도 없는 것이었다.

부인은, 이반 일리치가 보기에는 아무런 이유 없이, 그의 표현대로라면 "변덕스럽게"[15], 삶의 즐거움과 품위를 파괴하기 시작했다. 그녀는

---

15   프랑스어, de gaîté de coeur

아무 이유 없이 남편을 질투했고, 자기에게만 관심을 가져달라고 했으며, 사사건건 트집을 잡고, 불쾌하고 무례하게 대했다.

처음에 이반 일리치는 이전에 한번 써먹었던 대로, 자기 삶을 편안하고 점잖게 대하면서 이 불쾌한 상황을 벗어나길 바랐다. 아내의 기분을 무시하려고 애쓰면서, 계속해서 전처럼 편안하고 유쾌하게 살았다. 그리고 카드 게임에 친구들을 초대하거나, 스스로 클럽이나 친구 집을 방문하기도 했다. 그런데 어느 날 아내는 거친 언사로 격렬하게 욕을 내뱉더니, 그 뒤로는 자기 요구를 채워주지 않을 때마다 계속 욕을 해댔다. 그녀는 남편이 굴복할 때까지, 즉 이반 일리치도 집에 앉아서 자기처럼 지루해 견딜 수 없을 때까지 멈추지 않겠다고 굳게 결심한 것 같았다.

이반 일리치는 몸서리를 쳤다. 그는 부부생활이란 것이—적어도 아내와의— 늘상 삶의 즐거움과 품위를 드높이긴커녕, 그 반대로 종종 파괴해왔으므로 거기에서 자신을 보호해야 함을 깨달았다. 그래서 이반 일리치는 방법을 찾기 시작했다. 프라스코비야 표도로브나를 다룰 수 있는 것 중 하나는 자신의 공직이었다. 그래서 이반 일리치는 직무 그리고 그와 관련된 공적 의무라는 수단으로 자신의 독립적 세계에 울타리를 치고 그녀와 싸우기 시작했다.

아내는 아이를 낳고 나서 여러 번 젖을 물리려고 했지만 번번히 실패했고, 제발 함께해달라는 요청을 받았지만 도무지 이해할 수가 없었던 병으로 아이나 엄마가 자신을 보챘기에 이반 일리치는 아예 가족 밖 세계로 나가 자신을 보호하는 일에 더욱 전념하려 했다.

아내의 성미가 더 급해지고 까탈스러워지면서, 이반 일리치도 자기 삶의 무게 중심을 점점 더 일로 옮겨갔다. 그는 전보다 더 자기 일을 사랑했고, 공명심을 더욱 불태웠다.

아주 일찍, 결혼 후 채 1년도 되지 않아 이반 일리치는 부부생활이란 것이 삶에 약간의 편리함을 안겨주긴 하지만, 본질적으로 무척 복잡하고 어려운 문제이며, 이와 관련하여 의무를 이행하려면, 즉 사회에서 인정하는 품위 있는 삶을 이어가려면, 일을 대할 때처럼 일정한 태도를 확립해야 함을 깨달았다.

그리고 이반 일리치는 결혼 생활에 대한 나름의 태도를 정했다. 그가 요구한 것은 다만 집에서의 식사, 집안 관리, 잠자리 같은 편익이었고, 무엇보다 중요하게는 여론이 요구하는 품위 있는 외양을 잘 맞춰주길 바랐다. 그 외에 약간의 즐거움도 원했는데, 그것을 발견할 때마다 무척 고마워했다. 하지만 저항을 받거나 불평을 만나면, 그 즉시 울타리 친 자기 일의 세계로 물러나 거기서 즐거움을 찾았다.

이반 일리치는 훌륭한 관리라는 평가를 받고, 3년 후에는 부검사가 되었다. 자신의 새 업무, 그 중요성, 누구든 법정에 세우고 감옥에 보낼 수 있는 능력, 주목받게 하는 연설, 그리고 이런 일에서 그가 거두었던 성과로 그는 점차 일에 빠져들었다.

아이들은 더 태어났다. 아내는 점점 불평이 늘고 화를 냈지만, 가정생활에 대해 이반 일리치가 확립한 태도로 그는 그녀의 불평에 거의 영향을 받지 않았다.

그 도시에서 7년을 근무한 후, 이반 일리치는 다른 현에 검사직으로 발령을 받았다. 이사는 했지만, 돈이 별로 없었기에 이사한 곳은 아내의 마음에 들지 않았다. 봉급이 전보다 많아졌어도, 생활비 또한 많이 들어서였다. 게다가 아이를 둘이나 잃어서 이반 일리치의 가정생활은 더욱 편치 않았다.

프라스코비야 표도로브나는 새로운 생활 공간에서 불편한 일을 만날 때마다 남편에게 비난을 퍼부었다. 남편과 아내가 나누는 대화 대부분이, 특히 아이들 교육과 관련한 주제를 말하다 보면 과거에 다툼을 불러일으켰던 문제들로 이어져, 언제라도 다툴 준비가 되어 있었다. 드물기는 해도 부부에게 사랑의 시간이 찾아오기도 했다. 그러나 그 시간이 오래 머무르지는 않았다. 그런 때는 그저 잠시 섬에 정박한 것처럼 생각되었고, 그 시간이 지나면 그들은 다시 소원함을 느끼며, 적의를 숨긴 채 바다로 나아갔다.

만일 관계가 그렇게 돼서는 안 된다고 생각했더라면 화를 낼 수도 있었겠지만, 이반 일리치는 이 상태를 정상으로 여겼으며 가족 활동은 이것을 목표로 해야 한다고 생각하기까지 했다. 그의 목표는 이러한 불쾌함으로부터 점점 더 자유로워지고, 이를 무해하고 품위 있게 보이도록 하는 것이었다. 그리고 그는 가족과 보내는 시간을 점점 줄여서 그 목표를 달성했고, 가족과 시간을 보내야만 할 때는 외부인을 참석시켜 자신을 방어하려고 노력했다. 중요한 것은 이반 일리치에게 일이 있다는 것이었다. 그는 모든 세속적 관심을 일하는 데 집중시켰고, 그 관심은 그를 삼켜버렸다. 마음만 먹으면 누구든 무너뜨릴 수 있을 정도의 힘이 있다는 자각, 법정에 들어갈 때와 아래 사람을 만날 때 외적으로 드러나는 예우, 윗사람과 아래 사람 앞에서 드러나는 성공 그리고 무엇보다 자신도 인지하는 뛰어난 사건 처리 능력, 이 모든 것이 기쁨의 원천이 되었고, 동료들과의 대화, 식사 그리고 빈트 게임과 함께 삶을 채웠다. 그렇게 전체적으로 이반 일리치의 삶은 마땅히 그래야 한다고 생각한 대로 계속해서 흘러갔다. 유쾌하고 품위 있게.

그렇게 또 7년을 보냈다. 큰딸은 벌써 열여섯 살이 되었고, 또 한 명

의 아이는 세상을 떠났으며, 불화의 씨앗인 아들은 김나지움 학생이
되었다. 이반 일리치는 그를 법학원에 보내고자 했으나, 프라스코비야
표도로브나는 남편에게 앙심을 품고 김나지움에 보내버렸다. 딸은 집
에서 공부하면서 잘 성장했고, 아들 또한 시답잖은 학생은 아니었다.

3

결혼 생활 17년 동안 이반 일리치의 삶이 그렇게 이어졌다. 그는 고참 검사가 되었고, 몇 차례 전보가 났지만 더 좋은 자리를 기다리며 제안을 거절했다. 그런데 어느 날, 예기치 않게 삶의 평온을 깨는 불쾌한 상황이 벌어졌다. 이반 일리치는 대학 도시의 재판장 자리를 기대했지만, 고페가 어찌어찌 선수를 쳐서 그 자리를 차지했다. 이반 일리치는 화가 나서 그를 비난하고, 고페와 직속 상관에게도 따졌다. 하지만 돌아오는 건 냉대뿐, 다음 인사 때도 그는 물을 먹었다.

1880년에 벌어진 일이었다. 이반 일리치의 인생에서 가장 힘든 한 해였다. 한편으로는 그의 봉급으로는 생활이 충분치 않다는 것이 분명해졌고, 다른 한편으로는 모두가 그를 잊은 데다가, 그에겐 가장 크고 가혹한 불의로 여겨졌던 일이 남에겐 지극히 평범해 보였다. 아버지조차 아들을 도울 생각을 하지 않는 듯했다. 마치 모든 사람이 3,500루블 연봉을 받는 자기 위치를 지극히 정상으로 보고, 심지어 운이 좋다고 여기며 못 본 체하는 것 같았다. 자기에게 가해진 불의를 자각하는 건 혼자뿐이었고, 아내의 끝도 없는 잔소리에 시달리며 분수에 맞지 않게 사느라 지게 된 빚으로 자기 상황이 결코 정상이 아니라는 것도 알았다.

그해 여름 그는 지출을 줄여보려고 휴가를 내고 아내와 함께 시골 처남 집으로 갔다. 거기서 여름을 보낼 생각이었다. 일하지 않고 시골에서 지내며 이반 일리치는 난생처음 지루하다 못해 참을 수 없는 고뇌를 느꼈다. 더 이상 그런 식으로 살 수는 없고, 뭐든 단호한 조처를 할 필요가 있다고 결심했다.

밤새 한숨도 못 자고 테라스를 서성이던 이반 일리치는 페테르부르크로 가기로 마음먹었다. 자신을 몰라보는 자들을 응징하려고 다른 부처로 옮길 생각을 하자 정신이 번쩍했다.

다음 날 아내와 처남의 간곡한 만류에도 불구하고, 그는 페테르부르크로 출발했다. 연봉 5천 루블이 보장되는 자리를 얻어내려는 단 하나의 목표를 품은 채. 부처가 어디이고 성향이 어떤지, 업무의 종류에 대해서도 더는 집착하지 않았다. 그에게는 오직 연봉 5천 루블이 보장되는 자리가 필요했다. 행정부, 은행, 철도, 마리아 여제 부속기관, 심지어 세관 등 어디든 상관없지만, 꼭 연봉 5천 루블이 딸린 자리여야 했고, 자신을 인정할 줄 모르는 부처에는 있고 싶지 않았다.

그리고 이반 일리치의 그 여행은 뜻하지 않게 놀라운 성공을 거두었다. 쿠르스크에서 기차에 오른 지인 F. S. 일린이 그와 나란히 일등석에 앉아, 쿠르스크 지사가 최근에 받았다는 전보 이야기를 들려주었다. 이반 세묘노비치가 표트르 이바노비치의 후임으로 임명될 것이므로 법무성에 조만간 큰 변화가 일어나리라는 소식이었다. 예고된 대변화는 러시아에도 그랬지만, 이반 일리치에게도 특별한 의미가 있었다. 새로운 인물, 즉 표트르 페트로비치와 그의 친구 자하르 이바노비치가 임명된다면 이반 일리치에게 대단히 유리한 구도가 만들어지기 때문이었다. 자하르 이바노비치는 이반 일리치의 동료이자 친구였다.

모스크바에서 그 뉴스를 사실로 확인했다. 페테르부르크에 도착한 이반 일리치는 자하르 이바노비치를 찾아 자신의 전임 부서인 법무성에 확실한 자리를 마련해주겠다는 약속을 받았다.

일주일 뒤 그는 아내에게 전보를 쳤다.

"자하르가 밀러 후임. 나의 임명 소식은 가장 먼저 언급 예정."

이런 인사이동 덕분에, 이반 일리치는 과거의 자기 부처에서 동료들보다 두 단계나 더 높은 자리에 임명되었다. 그 자리는 연봉 5천 루블과 함께, 이사 비용으로 3천 5백 루블이 추가로 지급되는 자리였다. 과거 자신을 힘들게 하던 적들과 부서에 대한 악감정은 이내 사라졌고, 그는 완전한 행복감을 만끽했다.

그는 아주 오랜만에 유쾌하고 만족스러운 기분으로 시골로 돌아왔다. 프라스코비야 표도로브나 또한 더할 나위 없이 기뻤고, 둘 사이에는 화해 분위기가 감돌았다. 이반 일리치는 페테르부르크에서 모두가 어떤 식으로 축하해주었는지, 그의 적들이 모두 얼마나 부끄러워하며 지금은 자기 앞에서 얼마나 굽신거리는지, 자기 지위를 얼마나 부러워하는지, 특히 페테르부르크에서 모두가 그를 얼마나 사랑했는지를 이야기했다.

프라스코비야 표도로브나는 그 이야기를 빠짐없이 들으면서 짐짓 다 믿어주는 것 같았다. 아무 대꾸도 하지 않으면서 그들이 이사 갈 도시에서 새롭게 꾸릴 삶에 대한 계획만 세웠다. 이반 일리치는 이 계획이 자신이 그리던 것이었고, 둘의 의견이 일치했으며, 삶이 심하게 흔들렸다가 다시금 진정한 유쾌함과 품위를 회복한 것 같아서 기뻤다.

이반 일리치는 단지 잠시 시골로 돌아왔을 뿐이었고, 9월 10일부터는 새 업무를 해야 했다. 그 외에도 새 도시에 자리를 잡고, 지방에서 모든 것을 운반해오고, 또 많은 것을 구입하고 주문할 시간이 필요했다. 요컨대 그가 생각한 대로, 프라스코비야 표도로브나가 마음속으로 결정한 그대로 정리가 되어야 했다.

이제 모든 것이 순조롭게 정리되고, 두 사람의 목표도 일치하고, 그 외에도 함께 지냈던 시간이 길지 않아선지, 그들은 신혼 초 이래 오랜만에 다시 다정해졌다. 이반 일리치는 당장 가족을 데리고 가려 했지만, 그와 가족에게 갑자기 상냥하고 친밀하게 대하기 시작한 처남 내외가 고집을 피우는 바람에 홀로 떠나야 했다.

이반 일리치는 혼자 그렇게 떠났다. 자신의 성공과 부부간 화해가 빚어낸 유쾌한 기분은 서로 상승작용을 일으키며 내내 그를 떠나지 않았다. 부부가 지금껏 꿈꾸던 그런 멋진 집도 구했다. 널찍하고 높고 고풍스러운 응접실, 편안하고 넓은 서재, 아내와 딸의 방, 아들 공부방, 이 모든 것이 특별히 그들을 위해 세워진 것 같았다. 이반 일리치는 내부 수리에 손수 참여하여 벽지를 고르고, 가구 특히 골동품을 샀는데 특별히 우아한 스타일로 덮개를 씌웠다. 모든 것이 착착 진척되어 그가 그려둔 이상적인 수준에 점점 가까워졌다. 반 정도 수리가 끝났을 때, 결과는 이미 기대치를 넘어설 정도였다. 모든 준비가 끝나면 내부는 참으로 고상하고 우아하며 천박함과는 거리가 멀 것으로 기대했다. 그는 잠을 청하며 응접실이 어떤 모습으로 바뀔지 상상해보았다. 아직 미완인 응접실을 보면서는 벌써부터 벽난로, 병풍, 책장, 산재한 걸상, 벽에 걸린 크기가 각기 다른 접시들 그리고 청동 제품이 제자리에 있을 때를 그려 보았다. 같은 취향을 지닌 파샤와 리잔카[16]를 놀라게 할 생각을 하니 기쁘기 그지없었다. 그들은 결코 이런 수준까지는 기대하지 못했을 테다. 무엇보다 모든 것에 특별히 고상함을 더할 골동품을 발견하고 이를 저렴하게 매입하는 데도 성공했다. 하지만 가족에게 보

---

16   아내와 딸의 애칭

낸 편지에서는 그들을 놀라게 할 심산으로 일부러 실제보다 좋지 않게 소개했다. 이 모든 일에 너무나 사로잡혀 있었으므로, 그토록 고대했던 새 임무에도 제대로 관심을 기울이지 못할 정도였다. 심지어 재판 중에 정신이 딴 데 가 있던 순간도 있었다. 커튼에는 어떤 종류의 처마장식이 어울릴지, 직선이 어울릴지 곡선이 어울릴지 고민하느라 그러기도 했다. 그는 너무나 그 일에 몰두한 나머지 자주 부산을 피웠고, 가구를 옮겨 놓거나 스스로 커튼을 다시 달기도 했다. 한 번은 어떻게 휘장을 걸치길 원하는지 전혀 감을 잡지 못하는 한 도배장이에게 시범을 보이려고 몸소 사다리에 올라갔다가 발을 헛디뎌 떨어지고 말았다. 그러나 튼튼하고 기민했기에 그는 넘어지지 않고 버텼고, 단지 틀 손잡이에 옆구리를 부딪혔을 뿐이었다. 다친 부위는 아팠지만, 이내 통증은 가셨다. 이반 일리치는 당시 유난히 쾌활하고 건강했다. "15년 정도 젊어진 느낌이다"라고 썼을 정도였다. 9월 말까지는 끝나리라고 생각했지만, 공사는 10월 중순까지 이어졌다. 그 대신에 집은 무척 아름다웠다. 자기 혼자만 그렇게 본 것이 아니라 집을 본 사람은 모두 그렇게 말했다.

실상으로 부유하지는 않지만, 부자처럼 보이고 싶어서 결국에는 서로가 닮아 보이는 사람들이 흔히 갖고 싶어 하는 것이 있었다. 다마스크, 흑단, 꽃, 양탄자 그리고 동(銅) 제품이 그랬다. 어둡고 빛나는 것, 그 모든 것은 특정 부류가 높은 계층의 사람들을 닮기 위해 손에 넣는 것이었다. 그의 경우에도 구분이 불가능할 정도로 비슷했다. 하지만 그에게는 모든 게 특별해 보였다. 그는 가족을 역에서 맞이하여, 공사가 끝나고 조명을 밝힌 아파트로 데려왔다. 집에서는 흰 넥타이를 맨 하인이 꽃으로 장식한 현관문을 열어주었다. 그다음 그들은 응접실과 서재로 들어가 보고 환호성을 질렀다. 그는 무척 행복했다. 그들을 구석구석 안내하고, 돌아오는 찬사에 흠뻑 취했다. 얼굴은 만족스러움으로 빛났다. 그날 저녁, 차를 마시면서 프라스코비야 표도로브나가 그런데 어쩌다가 넘어졌느냐고 물었을 때, 그는 웃으며 어떻게 몸을 날려 도배장이를 놀라게 했는지 행동으로 보여주기까지 했다.

"나를 이유 없이 체조선수라고 부르는 게 아니지. 다른 사람 같았으면 크게 다쳤을지 모르지만, 나는 여기만 살짝 부딪쳤어요. 부딪쳤을 때는 아팠지만, 통증은 벌써 사라지고 있소. 단순한 타박상이오."

그렇게 그들은 새집에서 생활하기 시작했다. 완전하게 자리를 잘 잡고 나자 언제나처럼 방 하나가 부족했고, 새 수입으로도 언제나처럼 돈이 아주 조금—500루블 정도— 부족했지만, 그렇더라도 정말 흡족한 생활이었다. 특히 모든 것이 채 정돈되지 않아 여전히 정리가 필요했으므로, 매입하고 주문하고 위치를 옮기고 조정이 가능한 초창기가 서로에게 좋았다. 남편과 아내 사이에 약간의 의견 차이가 있었지만, 두 사람은 매우 만족했고, 할 일이 너무 많아 모든 일은 큰 다툼 없이 해결되었다. 더 이상 정돈할 게 없어지자 약간 지루하고 뭔가가 부족했지만, 그때쯤 그들은 어느새 친분을 쌓으며 습관을 만들어갔고, 삶은 충만해졌다.

이반 일리치는 법원에서 오전 시간을 보내고 식사를 하러 집으로 왔다. 그리고 비록 집 문제로 약간 짜증이 나기도 했지만, 처음엔 기분이 좋았다(식탁보, 다마스크 위의 모든 얼룩, 커튼의 해진 끈이 거슬렸다. 그는 집 정리에 많은 힘을 기울였기 때문에 아무리 작은 손상이라도 마음이 아팠다). 그러나 전체적으로 그의 삶은 자기 인생이 마땅히 그렇게 흘러가야 한다고 믿었던 대로 흘러갔다. 편하고, 즐겁고, 고상하게. 그는 9시에 일어나 커피를 마시고 신문을 읽은 다음, 제복을 입고 법원으로 출근했다. 거기엔 그가 쓰고 일하던 멍에가 이미 준비되어 있었다. 그는 이내 청원자들, 사무국 문의 사항, 사무국 자체, 공개 및 운영 회의에 뛰어들었다. 이 모든 일을 할 때는 언제나 공식 업무의 규칙적인 흐름을 방해하는, 생소하거나 중요하다고 하는 것을 모두 배제하는 방법을 알아야 했다. 즉, 공적인 관계가 아니면 사람들과의 관계를 허용해선 안 되며, 관계의 이유는 오로지 공적이어야만 한다. 예를 들어 어떤 사람이 무엇인가를 알아보고 싶어 찾아오면, 공적 위치에 있지 않은 이반 일리치는 그 사람과 어떤 관계도 맺을 수 없다, 그러나 만일 그 사람과 동료로서 관계가 있다면, 예를 들어 관인이 찍힌 서류에서 함께 드러나는 관계라면 그는 그 한계 내에서 할 수 있는 모든 것을 적극 수행했고, 그럴 때 우호적인 인간관계, 즉 공손함을 발휘했다. 하지만 공적인 관계가 종료되는 즉시, 다른 모든 것도 끝난다. 이반 일리치는 공적인 면을 자신의 실제 생활과 혼동하지 않고 구분하는 능력을 최대한도로 발휘하는 법을 알았다. 심지어 오랜 실천과 타고난 재능 덕에 그 능력을 마치 거장처럼, 개인 관계와 공적 관계를 뒤섞는 수준으로까지 끌어올렸다. 자신에게 이렇게 한 것은 필요할 때면 언제라도 다시 공적인 것을 분리하고, 인간적인 것을 내려놓을 수 있다고 느꼈기 때문이다. 이반 일리치는 이 일을 쉽고, 유쾌하고, 품위 있게, 심지어 예술적으로 처리했다. 휴정 시간에는 담배를 피고, 차를 마시며, 정치와 일상, 카드놀이에 대해 잠시 이야기를 나눴는데, 대부분은 승진에 관한 대화가 주를 이루었다. 그리고 피곤하지만, 관현악단 제1바이올린 주자 중 하나로 참여해 자기 파트를 완벽하게 연주해내며 마치 대가가 된 듯한 기분을 안고 집으로 돌아왔다. 집에선 딸이 어머니와 함께 어딘가를 다녀오거나, 누군가가 집에 와 있었다. 아들은 학교 다녀와서 가정교사의 도움을 받으며 예습하고, 학교에서 배운 것을 꼼꼼히 공부했다. 모든 것이 순조로웠다. 식사 후에 손님이 없으면, 이반 일리치는 사람들 입에 많이 오르내리는 책을 읽었고, 저녁에는 일을 마주하고 앉아 서류를 읽고 법률을 찾아보고 진술을 대조하고 적용할 법을 정리했다. 이 일은 그에게 지루하지도 유쾌하지도 않았다. 빈트 게임을 할 기회가 있을 때는 지루하긴 했다. 하지만 게임이 없을 땐 혼자 앉아 있거나 아내와 있었는데, 그보다는 이게 더 좋았다. 이반 일리치의 진짜 즐거움은 중요한 사회적 지위에 있는 신사 숙녀들을 초대하여 함께 시간을 보내는 작은 만찬을 여는 것이었다. 응접실이 서로 비슷비슷하듯, 그런 부류는 통상적으로 그렇게 시간을 보냈다.

한번은 그의 집에서 야회가 개최되어, 사람들이 모여 춤을 추었다. 이반 일리치도 매우 유쾌했고 모든 것이 훌륭했는데, 다만 케이크와 사탕 때문에 아내와 큰 싸움이 벌어졌다. 프라스코비야 표도로브나는 자신만의 계획이 있었지만, 이반 일리치가 모든 것을 값비싼 제과점에서 사겠다고 고집하며 많은 양의 케이크를 사 왔다. 그로 인해, 케이크가 남아돌았고, 제과점이 보낸 계산서가 45루블에 달했다는 것 때문에 다툼이 발생한 것이다. 싸움은 매우 크고 고약해서, 프라스코비야 표도로브나는 그에게 '바보', '얼간이'라고 부를 정도였다. 그는 머리를 움켜잡고 화가 나서 '이혼'이란 단어를 입에 올렸다. 하지만 야회 자체는 즐거웠다. 최고의 인사들이 모였고, 이반 일리치는 트루포노바 공주와 춤을 추었다. 그녀는 "내 슬픔을 가져가주오"라는 모임을 설립해 유명해진 사람의 동생이었다. 직무상 기쁨은 자부심에서 오는 기쁨이었고, 사회적 기쁨은 공명심에서 오는 기쁨이었다. 그러나 이반 일리치의 진정한 기쁨의 원천은 빈트 게임이었다. 삶에서 어떤 불쾌한 일이 일어나든지 간에 다른 모든 것 앞에서 촛불처럼 빛나게 하는 기쁨은 일과 후 좋은 놀이꾼들과 부드럽게 말하는 파트너와 하는 빈트 게임이라고 생각했다. 게임은 반드시 4인조로 하고(다섯 명이 되면 성가신데, 아무렇지 않은 척하지만 한 명이 판을 쉬어야 하기 때문이다), 영리하고 진지하게 빈트 게임을 하고 난 뒤(패가 허용되면), 저녁 식사를 하고 한 잔의 포도주를 마시는 기쁨은 이루 말로 표현할 수 없을 정도였다. 빈트 게임 후, 특히 간신히 이겼을 때(크게 이기는 것은 그리 유쾌하지 않다), 이반 일리치는 특히 좋은 기분으로 잠자리에 들었다.

그들은 그렇게 살았다. 그들을 중심으로 최고의 사교 동아리가 만들어져 거기에 중요한 인사들과 젊은이들이 출입했다.

주변 지인을 바라보는 시각에서는 남편, 아내 그리고 딸이 완전히 일치했는데, 사전에 의논하지 않고도, 벽을 따라 일본제 도자기가 잔뜩 진열된 그들의 응접실에 상냥한 태도로 몰려드는 온갖 친구들과 친척들, 어중이떠중이들을 밀어내고, 그들에게서 벗어나 멀리하려고 했다. 이내 이 어중이떠중이 친구들은 날아들기를 멈췄고, 골로빈의 집에는 최고의 동아리만 남게 되었다. 젊은이들은 리잔카에게 구애했고, 드미트리 이바노비치 페트리셰프의 아들로서 유일한 상속자인 예심판사 페트리셰프도 구애를 시작하여, 이반 일리치는 벌써부터 프라스코비야 표도로브나와 함께, 그 둘을 삼두마차에 함께 타도록 할지, 연극 관람을 준비해야 하는 것은 아닌지 이야기 나누기까지 했다. 그들은 그렇게 살았다. 그리고 모든 것이 변함없이 그렇게 흘러갔고 더 바랄 나위가 없었다.

4

가족 모두 건강했다. 이반 일리치가 이따금 입맛이 이상하다고, 왼쪽 배가 어딘가 불편하다고 했지만, 그렇다고 건강에 이상 신호가 있다고는 할 수 없었다.

그러나 이 불편함이 점점 심해지더니, 아직 통증이랄 건 아니지만, 옆구리에 늘 묵직한 느낌이 자리 잡았고 기분 나쁜 상태로 바뀌기 시작했다. 불편한 느낌은 점점 커져서 골로빈 가정에 힘겹게 찾아왔던 안락하고 품위 있는 삶의 즐거움을 망쳐놓기 시작했다. 남편과 아내는 더 자주 다투기 시작했고, 그래서 안락함과 즐거움은 사라지고 형식적인 체면치레만 어렵사리 유지되었다. 소란도 점점 빈번해졌다. 다시금 작은 섬들만 남았고, 남편과 아내가 폭발하지 않고 만날 수 있는 섬은 거의 없었다.

그리고 프라스코비야 표도로브나가 이제 남편 성격이 보통 까다로운 게 아니라고 말하더라도 이상하지 않게 되었다. 그녀는 특유의 과장을 섞어 그이 성격이 항상 고약했고, 20년 동안 그 성격을 받아내느라 마음고생이 심했노라고 말했다. 지금의 다툼이 그에게서 비롯한 것은 확실했다. 그의 잔소리는 언제나 식사 전에 그리고 빈번하게는 식사를 시작할 때, 수프에서 시작했다. 그는 접시 위의 무언가가 상했다느니, 음식이 제대로 조리되지 않았다느니, 아들이 팔꿈치를 탁자 위에 올려놓았다느니, 딸의 머리가 엉망이라느니 하는 지적을 해댔다. 그리고 모든 것이 프라스코비야 표도로브나 책임이라고 비난했다. 처음에 프라스코비야 표도로브나는 그에게 반박하며 불쾌한 말을 내뱉었지만, 그가 두어 번 식사 전에 몹시 격노하자, 그것이 음식에서 비롯된 병적 증세임을 깨닫고 그만두었다. 그녀는 더는 반박하지 않고, 다만 식사를 서둘렀다.

프라스코비야 표도로브나는 이러한 자기 절제를 위대한 공적처럼 내세웠다. 남편의 성격이 끔찍하고, 자기 삶이 불행해졌다고 결론짓자 자신이 가엾어지기 시작했다. 그리고 자신을 가엾게 여길수록, 남편에 대한 증오는 더욱 커졌다. 그녀는 그가 죽기를 바랐지만, 실제로 그런 일이 일어나서는 안 되었는데, 그렇게 되면 급여가 들어오지 않을 것이기 때문이었다. 그리고 그 사실은 그녀의 반감을 더욱 증폭시켰다. 심지어 그가 죽더라도 자기는 구원받을 수 없었기에 자신이 몹시 비참하다고 생각했고, 그래서 화가 났으나 그것을 숨겼다. 그리고 그녀가 화를 숨기자, 반대로 그의 화가 더욱 끓어올랐다.

이반 일리치가 특히 부당하게 처신한 소란이 끝난 후, 자신이 짜증을 낸 건 맞지만 그것은 병 때문이었다고 해명하자, 그녀는 아프면 치료가 필요하다며 저명한 의사에게 가볼 것을 권유했다.

그는 의사에게 갔다. 모든 것이 예상했던 대로였고, 늘 하던 대로 진행되었다. 기다림, 자신이 법정에서 취하는 태도와 똑같아서 익숙한 의사의 거만함, 타진과 청진, 사전에 이미 답이 정해져 있어 대답이 별로 필요가 없는 그런 질문, "당신이 믿고 맡기면 우리가 다 알아서 처리할게요. 우리는 모든 것을 어떻게 해야 할지 한 치의 의심 없이 알고 있고, 누구라도 똑같은 방식으로 할 겁니다"라고 말하는 듯한 의미심장한 분위기. 모든 것이 법정에서와 같았다. 그가 법정에서 피고들에게 허세를 부리듯 의사도 자기 앞에서 똑같이 허세를 부렸다.

의사가 말했다. "이런저런 것은 환자분 몸속에 이런저런 것이 있음을 알려줍니다. 하지만 만일 이런저런 검사로 확인이 되지 않는다면, 그때는 당신에게 이런저런 것이 있다고 예상해야 하죠. 만일 이런저런 것이 있다고 가정한다면, 그때는……." 이반 일리치에게는 오직 한 가지, 자기 상태가 위험한지 아닌지가 중요했다. 하지만 의사는 이 부적절한 질문을 무시했다. 의사의 관점에서 이런 물음은 무익하고 논의할 필요도 없었다. 오직 부유 신장, 만성 대장염, 맹장염 중 무엇이 확률이 더 높은지 저울질하는 일만 남았다. 의사에게는 이반 일리치의 생명이 중요한 게 아니라, 부유 신장이냐 맹장염이냐를 결정해야 하는 문제일 뿐이었다. 그리고 의사는 이반 일리치의 눈앞에서 맹장염 쪽으로 가닥을 잡으면서, 소변 검사 후에 결과에 따라 다시 검토할 수도 있다고 정리했다.

이 모든 것은 이반 일리치 자신이 피고를 상대로 수천 번 넘게 멋들어지게 써먹었던 방법이었다. 의사는 안경 너머로 피고를 힐끗힐끗 보면서 의기양양하게, 심지어 신나게 내용을 요약했다. 의사의 요약을 들으며 이반 일리치는, 의사나 다른 사람에게는 그다지 중요하지 않겠지만, 자기 상태가 좋지 않다는 결론에 도달했다. 그리고 이 결론으로, 이반 일리치는 크게 고통스러워하며 자신에 대한 깊은 연민과 함께, 이토록 중요한 문제에 그리도 냉담한 의사를 향해 큰 분노가 일었다.

하지만 그는 아무 말도 하지 않고 일어나, 책상 위에 돈을 놓고 한숨을 쉰 다음 이렇게 말했다.

"우리 환자들은 아마도 이렇게 엉뚱한 질문을 하겠지요?" 그가 말했다. "어쨌든 이게 일반적으로 위험한 질병입니까, 아닙니까?"

의사는 안경 너머 한쪽 눈으로 그를 준엄하게 보았다. 마치 이렇게 말하는 듯 보였다. '피고가 허용되지 않은 질문을 계속하면 부득이 당신을 법정에서 끌어내라는 명령을 내릴 수밖에 없어요.'

"필요하고 적절하다고 생각하는 것은 이미 말씀드렸습니다." 의사가 말했다. "검사 결과가 나오면 더 많은 것을 알 수 있겠지요." 그리고 의사는 고개 숙여 인사했다.

이반 일리치는 천천히 나가서 침울하게 썰매에 올라 집으로 돌아갔다. 돌아가는 내내 그는 의사가 한 말을 끊임없이 되짚어 보며, 그 복잡하고 모호한 과학 용어를 단순한 언어로 옮기고, 그 안에서 '내 상태가 나쁜 건가, 아주 안 좋은가? 아직은 별일 아닌가?' 하는 물음에 대한 답을 찾으려고 애썼다. 의사가 한 말을 모두 되짚어봤을 때 상태가 무척 안 좋게 느껴졌다. 거리의 모든 것이 이반 일리치에게는 슬퍼 보였다. 마부들도 슬펐고, 집들도 슬펐고, 행인, 상점들도 슬펐다. 이 통증, 잠시도 멈추지 않는 둔중하고 저린 통증은 의사의 모호한 이야기와 결합하여 이제까지와는 다른, 더 심각한 의미로 다가왔다. 이반 일리치는 이제 새로운, 무거운 느낌으로 거기에 주의를 기울였다.

그는 집에 도착하여 아내에게 결과를 이야기했다. 귀 기울여 듣는 중간에 딸이 모자를 쓰고 들어왔다. 모녀가 어디론가 가려는 것이었다. 아이는 마지못해 곁에 앉았지만, 이 따분한 이야기를 오래 견디지 못했고 엄마도 끝까지 듣지 않았다.

"어쨌든 나는 기뻐요." 아내가 말했다. "이제부터 잊지 말고 정확하게 약을 복용하세요. 처방전 이리 주세요. 게라심더러 약국에 다녀오라고 할게요." 그리고 그녀는 옷을 입으러 갔다.

그녀가 방에 있을 때 이반 일리치는 자유롭게 숨을 쉴 수 없었다. 그래서 그녀가 나가자 깊은 한숨이 나왔다.

"글쎄." 그는 말했다. "실제로 그렇게 나쁘지는 않을 거야."

그는 소변 검사를 계기로 바뀐 의사의 처방에 따라 약을 복용하기 시작했다. 그러나 그 검사 결과와 예상되는 증상이 서로 일치하지 않아 혼란이 생겼다. 의사를 찾아가는 것은 불가능했고, 진행되는 일은 의사가 말한 것과는 사뭇 달랐다. 그가 잊었거나, 거짓말했거나, 뭔가를 숨긴 것이다.

그러나 어쨌든 이반 일리치는 지시를 정확하게 이행하기 시작했고, 그러면서 처음에는 편안함을 느꼈다. 의사를 방문한 때부터 이반 일리치가 주로 한 일은, 위생과 관련하여 의사의 지시를 정확하게 이행하고 약을 복용하며 자신의 통증과 신체 기관의 움직임에 주의를 기울이는 것이었다. 이제 인간의 질병과 건강이 이반 일리치의 주요 관심사가 되었다. 사람들이 그의 앞에서 아픈 사람, 죽은 사람, 완쾌된 사람, 특히 그의 병과 유사한 질병에서 완쾌된 사람 이야기를 하면, 그는 애써 흥분을 감춘 채 귀 기울여 듣고 질문하고 그것을 자신에게 적용해 보았다.

통증은 줄지 않았다. 그러나 이반 일리치는 억지로라도 자기 상태가 좋다고 생각하려고 애썼다. 그리고 걱정거리가 생기지 않는 한 자신을 속일 수 있었다. 그러나 아내와의 사이에 불쾌한 일이 생기거나, 업무상 실수를 하거나, 빈트 게임에서 나쁜 패가 들어오면, 그는 즉시 자기 병을 온몸으로 느꼈다. 그는 잘못된 것을 빨리 바로잡고, 극복하며, 카드놀이에서 그랜드 슬램[17]을 달성하듯 이러한 좌절을 이겨내려 했다.

---

17 한 번의 게임은 13회의 패겨루기(트릭)로 이루어지는데, 13회의 트릭을 모두 이기는 것을 말한다.

하지만 지금은 온갖 종류의 실패가 그를 위축시키고 절망 속으로 빠뜨렸다. 그는 속으로 말했다. '이제 몸도 좋아지고, 약도 잘 듣는 것 같은데 이런 빌어먹을 불쾌한 일들이 생기다니….' 그리고 그는 이러한 불행을 일으키고 자신을 망가뜨리는 사람들에게 분노했다. 이 분노가 자신을 죽이고 있다고 느꼈지만 억누를 수 없었다. 상황과 사람들에 대한 이러한 분노가 병을 악화시키고 있으므로 불쾌한 일에 신경 쓰지 않아야 했지만, 그는 정반대로 판단했다. 그는 안정이 필요하다고 말하면서도, 그 안정을 방해하는 모든 것을 주시하며, 아주 사소한 방해에도 짜증을 냈다. 그의 상태는 의학 서적을 읽고, 의사와 상담하면서 더욱 악화되었다. 상태가 무척 점진적으로 진행되어 다른 날과 비교하면서 자기를 속일 수 있었다. 사실 그 차이는 미미했다. 하지만 의사와 상담하면, 상태가 더 나빠지고 있으며 심지어 그 속도도 빨라진다는 느낌이 들었다. 그럼에도 그는 끊임없이 의사를 만나고 다녔다.

그달에 그는 다른 저명한 의사에게 다녀왔다. 그는 첫 번째 의사와 거의 같은 말을 했지만, 질문은 달랐다. 이 저명한 의사와의 상담은 이반 일리치의 의심과 공포를 강화했을 뿐이었다. 그의 친구의 친구인, 대단히 뛰어나다는 한 의사는 병을 전혀 다른 방식으로 진단하고 완쾌를 약속했지만, 그의 질문과 제안은 이반 일리치를 더욱 혼란스럽게 만들고 의심을 키웠다. 한 대체의학 전문의는 병을 또 다르게 진단하고 약을 주었다. 이반 일리치는 아무도 모르게 그 약을 일주일 동안 복용했다. 그러나 일주일 후에도 아무런 차도를 느끼지 못하자, 그는 과거나 이번 치료에 대해서도 다 믿음을 잃고 더욱 실의에 빠졌다. 한 번은 잘 아는 부인이 성화(聖畫)의 치유력에 관해 이야기했다. 이반 일리치는 그 이야기에 주의를 기울이면서 자신에게도 일어날 거로 믿었다. 이때 그는 흠칫 놀랐다. '내 정신 상태가 정말 이렇게까지 허약해졌나?' 그는 속으로 말했다. '헛소리! 터무니없군. 의심해선 안 되겠어. 의사 한 명을 정해서 그의 치료법을 엄격하게 지켜야 해. 그렇게 할 거야. 이제 끝이야. 다른 것은 생각하지 말고 여름까지 진지하게 치료를 받자. 그때가 되면 뭔가 보이겠지. 이제 이 망설임은 끝이다!' 말은 쉽지만, 실천은 어려웠다. 옆구리의 통증은 끊임없이 그를 괴롭혔고, 더 심해지고 자주 있었으며, 입맛은 점점 이상해졌고, 입에서는 악취가 나는 것 같았다. 식욕과 기력은 점점 떨어졌다.

자기를 속일 수는 없었다. 이반 일리치에게 뭔가 끔찍하고, 새롭고, 어느 때보다 더 중요한 일이 그의 몸속에서 일어나는 중이었다. 그리고 혼자만 알 뿐, 주변 사람들은 이해할 수도, 이해하려 하지도 않았다. 그들은 세상의 모든 것이 전과 다름없이 돌아간다고 생각했다. 이반 일리치를 괴롭힌 것은 바로 그것이었다. 그가 보기에 가족, 특히 한창 사교계에 출입하는 아내와 딸은 그의 몸 상태에 대해 아무것도 몰랐고, 그저 자기들이 우울하고 까탈스럽게 구는 게 모두 이반 일리치의 책임인 양 짜증을 냈다. 비록 그들은 내색하지 않으려고 애썼지만, 이반 일리치는 자기가 그들의 삶에 방해가 될 뿐이고, 아내는 자신의 병에 대해 분명한 선을 긋고 자기의 말과 행동에 상관없이 대한다는 것을 알았다. 그녀는 지인들에게 이런 식으로 말했다.

"있잖아요, 이반 일리치는 남들이 하는 것처럼 의사 처방을 엄격하게 지키지 않아요. 하루 정도는 물약을 용량대로 복용하고, 지시에 따라 식사하고 제때 잠자리에 들 거예요. 그런데 내일은, 제가 주의를 기울이지 않으면, 갑자기 약 복용을 잊고, 철갑상어를 먹고(금지된 거죠) 새벽 한 시까지 앉아서 빈트 게임을 할 거예요."

이반 일리치는 짜증스럽게 물었다.

"글쎄, 그게 언제였소? 표트르 이바노비치네 집에서 한 번 그랬을 뿐이오."

"어제는 셰벡과 함께였죠."

"어쨌든 아파서 잠을 잘 수가 없었소."

"이유가 어찌됐든, 당신은 이대로는 결코 나을 수 없고 우리를 괴롭히기만 할 거라고요."

프라스코비야 표도로브나가 남편의 병과 관련해 그에게나 남에게 보인 외적인 태도는, 이반 일리치가 직접 병을 책임져야 하고, 이 병은 그가 자기에게 안겨준 새로운 골칫거리란 것이었다. 이반 일리치는 그 태도가 무의식적으로 나타났을 뿐이라고 느꼈지만, 그렇다고 마음이 편하지는 않았다.

이반 일리치는 법원에서도 자신을 똑같이 이상하게 대한다는 것을 알아차렸다. 아니, 그렇게 생각했다. 때로 사람들은 곧 자리를 비울 사람처럼 그를 주목하는 것 같았다. 때로 동료들은 갑자기 그의 불안을 가지고 친근하게 농담을 하기 시작했다. 그의 내부에 자리 잡고 앉아 끊임없이 그를 쑤셔대고 어딘가로 무자비하게 끌어당기는 그 끔찍하고 무시무시하고 일찍이 들어보지 못한 일이 마치 농담하기에 무척 즐거운 주제라도 되는 것처럼. 특히 장난기 가득하고 생기 넘치며 우아한 슈바르츠를 보면 이반 일리치는 10년 전 자기 모습이 떠올라 짜증이 올라왔다.

친구들이 카드 게임을 하러 와서 자리를 잡았다. 패를 돌린 후, 새 카드를 만지작거리며 길을 들였다. 다이아몬드끼리 7장을 모았다. 같은 편인 파트너가 "으뜸패[18] 없이" 하자며 두 장의 다이아몬드를 이반 일리치에게 주었다. 무엇을 더 바라겠는가? 마땅히 유쾌하고 활기가 넘쳐야 했다. 그랜드 슬램이다. 그런데 이반 일리치는 갑자기 물어뜯는 듯한 고통을 느끼고, 입에서는 묘한 냄새가 났다. 이런 순간에 그랜드 슬램을 했다고 기뻐한다는 게 우스꽝스럽다는 생각이 들었다.

파트너 미하일 미하일로비치는 자신감 넘치는 손으로 책상을 치며 이긴 패들을 줍지 않고, 이반 일리치가 팔을 멀리 뻗는 수고를 하지 않고도 그것을 즐겁게 모아들이도록 점잖고 너그럽게 그의 앞으로 밀어 주었다. '내가 팔을 멀리 뻗을 수 없을 정도로 약해졌다고 생각하나?' 그렇게 생각하다가 으뜸패를 잊고, 쓸데없이 파트너를 누르는 패를 내는 바람에 세 카드 차로 승리를 놓쳤다. 무엇보다 끔찍한 것은 미하일 미하일로비치가 괴로워하는 것을 보면서도 아무렇지도 않았다는 것이다. 그리고 자기가 왜 그리 무신경해졌는지 떠올리자 더 끔찍했다.

모두가 그가 힘들어하는 것을 보고 말한다. "피곤하면, 그만합시다. 쉬세요." 쉬라고? 아니다, 그는 전혀 피곤하지 않다. 그들은 러버까지 끝낸다. 모두가 침울하고 말이 없다. 이반 일리치는 그들에게 우울함을 안겨준 사람이 자신이라고 느끼지만, 분위기를 바꿀 수 없었다. 저녁 식사를 하고 헤어진 뒤에 그는 홀로 여러 생각에 잠겼다. 이반 일리치는 자기의 삶에 독이 스며들었고, 다른 사람에게도 이 독을 퍼뜨리고 있으며 이 독이 약해지기는커녕, 점점 더 자기 전 존재에 침투하고 있다는 것을 의식했다.

그는 이 자의식 그리고 신체적 고통과 두려움을 안고 잠자리에 들

18 경기에서 정해진 으뜸 패로 다른 모양의 카드에 대해 우위를 가진 모양의 카드

어야 했고, 종종 통증 때문에 거의 밤새 잠을 이루지 못했다. 아침에는 다시 일어나 옷을 입고 법원으로 가서, 이야기하고 서류를 작성해야 했다. 가지 않는 날에는 하루 24시간을 집에서 보냈는데, 그럴 때면 매 시간이 고통의 연속이었다. 그렇게 자기를 이해하고 불쌍히 여겨주는 사람 하나 없이, 그는 홀로 파멸의 문턱에서 살아가야 했다.

5

그렇게 한 달이 가고 두 달이 갔다. 새해를 맞기 전에 그가 사는 도시로 처남이 와서 그들의 집에 머물렀다. 이반 일리치는 법원에 있었다. 프라스코비야 표도로브나는 장을 보러 나가 있었다. 그가 집으로 돌아와 서재에 들어서니 건강하고 혈색 좋은 처남이 여행 가방을 풀고 있었다. 그는 이반 일리치의 걸음 소리를 듣고 고개를 들어 잠시 말없이 바라보았다. 그 시선이 이반 일리치에게 모든 걸 말하고 있었다. 처남은 탄식하려는 듯 입을 벌렸다가 이내 참았다. 그 움직임이 모든 것을 확실히 보여주었다.

"그래, 내가 좀 변했지?"

"네, 그러네요."

그리고 이반 일리치가 자기 외모에 관해 더 이야기하려고 했지만 처남은 침묵을 지켰다. 프라스코비야 표도로브나가 귀가하고, 처남은 그녀에게 갔다. 이반 일리치는 문을 잠그고 자신을 거울에 비춰보기 시작했다. 처음에는 정면으로, 그다음에는 옆으로. 그리고 아내와 함께 그려진 초상화를 가져와 거울 속에 비친 자기 모습과 대조해보았다. 엄청난 변화가 있었다. 그다음 팔꿈치까지 걷어 팔을 살펴본 뒤 소매를 내리고 소파에 앉았다. 얼굴은 밤보다 더 어두워졌다.

'아냐, 안 돼.' 속으로 그렇게 말하고 그는 벌떡 일어나 책상으로 다가가 서류를 펼쳐놓고 읽기 시작했다. 하지만 읽히질 않았다. 그는 문을 열고 응접실로 갔다. 응접실 문은 닫혀 있었다. 그는 까치발로 다가가 안에서 나오는 말을 엿들었다.

"아니, 네가 부풀리는 거야." 프라스코비야 표도로브나가 말했다.

"부풀린다고? 누나 눈엔 안 보여? 매형은 죽은 사람 같아. 눈을 봐. 눈에 빛이 없잖아. 매형한테 대체 무슨 일이 있었던 거야?"

"아무도 몰라. 니콜라예프(다른 의사였다)가 뭐라고 했는데 난 모르겠어. 레셰티츠키(유명한 의사였다)는 그 반대로 말하고⋯."

이반 일리치는 자기 방으로 물러나 드러누워 생각하기 시작했다. '신장, 부유 신장.' 신장이 어떻게 분리되어 그렇게 부유하게 되었는지 의사가 이야기해준 것을 떠올렸다. 그리고 상상력을 발휘하여 신장을 붙들어 멈춰 세운 다음 강화해주려고 했다. 딱히 할 게 없어 보였다. '표트르 이바노비치(의사를 친구로 둔 그 친구였다)에게 가 봐야겠다.' 그는 초인종을 울려 말을 지시하고 나설 준비를 했다.

"장[19], 어디 가요?" 아내가 특히 슬프고, 유별나게 친절한 표정으로 물었다.

이 유별난 친절함이 그를 더욱 자극했다. 그는 음울하게 그녀를 바라보았다.

"표트르 이바노비치에게 가야 하오."

그는 의사 친구를 둔 친구에게 가서 함께 의사에게 갔다. 그리고 의사를 만나 오랫동안 대화를 나누었다. 자기 몸 안에서 어떤 일이 일어나는지에 관해 의사가 해부학 및 생리학적으로 살핀 후에 전해준 의견을 들으면서, 그는 모든 것을 이해했다.

---

19 Jean, 러시아인 이름 이반을 프랑스어로 부른 것이다. 영어의 John, 프랑스어의 Jean, 독일어의 Hans에 해당한다.

무엇인가 작은 것이, 아주 작은 것이 맹장에 있었다. 바로잡을 수 있는 수준이었다. 한 기관의 에너지를 강화하고 다른 기관의 활동을 약하게 하면, 흡수작용이 일어나고 모든 것이 좋아질 수 있었다. 그는 식사에 약간 늦었다. 식사 후에는 즐겁게 담소를 나누다 보니 얼마간 일하러 자기 방으로 갈 수가 없었다. 마침내 서재로 돌아와선 즉시 일거리를 앞에 두고 앉았다. 서류를 읽고 일을 했지만, 일을 마치면 챙겨야 할 중요하고 진지한 일을 미뤄놓았다는 의식이 떠나지 않았다. 일을 마치고, 그는 그 진지한 일이 맹장에 관한 생각이었다는 것을 떠올렸다. 그러나 그는 그 일에 전념하지 않았고, 차를 마시러 응접실로 갔다. 손님들이 와 있었다. 그들은 담소를 나누고, 피아노를 치며 노래를 불렀다. 딸이 신랑감으로 원하는 예심판사도 와 있었다. 프라스코비야 표도로브나의 말처럼, 이반 일리치는 다른 사람들보다 더 즐겁게 저녁 시간을 보냈다. 하지만 맹장에 관한 중요한 문제는 미뤄져 있음을 한시도 잊지 않았다.

그는 열한 시에 잘 자라는 인사를 하고 자기 방으로 갔다. 그는 발병한 이래 서재 옆 작은 방에서 혼자 잤다. 서재로 가서 옷을 벗고 졸라[20]의 소설을 집어 들었지만, 읽지 않고 그저 생각에 잠겼다. 그리고 맹장의 호전이 이루어지는 것을 상상했다. 흡수되고 방출되면서 올바른 기능이 회복되었다. '그래, 그래야 해.' 그는 속으로 말했다. '오로지 자연의 힘을 보조하기만 하면 돼.' 그는 약 생각을 하면서 자리에서 일어나 복용한 뒤, 다시 똑바로 누워 약이 얼마나 효과적으로 작용하고, 그것이 어떻게 통증을 해소해주는지 관찰했다. '시간 맞춰 약을 복용하고,

20　프랑스 작가 에밀 졸라(1840~1902)를 말한다.

해로운 영향은 잘 피하면 돼. 지금 벌써 느낌이 좋아. 훨씬 좋아.' 그는 옆구리를 더듬어보았다. 더듬어도 아프지 않았다. '그래, 못 느끼겠어. 맞아, 벌써부터 훨씬 좋아.' 그는 촛불을 끄고 모로 누웠다. … 맹장은 회복되고, 흡수하고 있었다.

갑자기 그는 익숙해질 정도로 오래된, 둔중하고 쑤시는 듯한 통증, 집요하고 심각한 통증을 느꼈다. 입에서는 익숙하고 역겨운 냄새가 났다. 심장이 죄어들었고, 머리는 아찔했다. '맙소사, 맙소사!' 그는 중얼거렸다. '다시, 또다시. 도대체 멎지를 않는구나.'

그리고 갑자기 그는 모든 것을 다른 각도에서 보았다. '맹장? 신장.' 그는 속으로 말했다. '신장의 문제가 아니고, 맹장의 문제도 아니고, 삶 그리고 … 죽음의 문제야. 그래, 삶이었어. 그리고 떠나는구나, 내게서 떠나는구나. 그런데 난 그걸 막을 수 없고. 그래, 날 속일 필요가 있을까? 내가 죽어가는 것이 나 빼고 모두에게 분명한걸. 문제는 몇 주, 며칠이 남았느냐는 거잖아. 어쩌면 지금 당장일 수도 있고. 한때는 빛이 있었지만, 지금은 온통 어둠뿐이구나. 한때 나는 여기 있었는데 지금은 그리로 가겠지! 어디로 가는 걸까?' 한기가 엄습했고, 호흡이 멎었다. 오로지 심장 고동치는 소리만 들렸다.

'내가 없어진다면, 무엇이 있을까? 아무것도 없겠지. 내가 없다면, 나는 어디 있을 것인가? 이것은 정말로 죽음인가? 아냐, 나는 싫어.' 그는 벌떡 일어나 양초에 불을 붙이려고 떨리는 손으로 더듬다가 초와 촛대를 바닥에 떨어뜨렸다. 그는 다시 베개 위로 쓰러졌다. '이게 다 무슨 소용인가? 아무 상관 없어.' 그는 눈을 크게 뜨고 어둠을 바라보며 속으로 말했다. '죽음? 그래, 죽음이야. 그런데 그들은 아무도 몰라. 알려고도 하지 않고, 안타까워하지도 않아. 연주하는군(그는 문 너머 멀리

서 들려오는 목소리와 리토르넬로[21]를 들었다). 저들은 상관하려 하지 않지만, 그들 또한 죽을 거야. 바보 같은 것들! 내가 먼저 가면, 나중에 따라오 겠지. 하지만 그들에게도 똑같은 일이 일어나. 그런데 즐거워하고 있어. 짐승만도 못한 것들!' 그는 분노로 숨이 막혔다. 그리고 그는 참을 수 없을 정도로 고통스러웠다. 모든 인간이 항상 이 끔찍한 공포에 시달리는 것은 아니다. 그는 몸을 일으켰다.

'뭔가 잘못됐어. 진정하고 모든 것을 처음부터 잘 생각해봐야겠어.' 그리고 그는 다시 곰곰이 생각하기 시작했다. '그래 내 병의 시초는 이랬어. 옆구리를 부딪쳤지. 나는 그날도 그 이틀날도 그 전과 다름없었지. 약간 쑤시더니 그다음에 심해지고, 그다음엔 의사를 찾고, 그다음으로 낙담과 우울이 찾아와 다시 의사를 찾고. 나는 점점 더 심연에 가까이 가고 있어. 힘은 약해지고. 점점 가까이, 점점 가까이. 그리고 나는 쇠약해졌고, 눈에는 빛도 없어. 그리고 죽음이 코앞에 있는데도 나는 맹장을 생각하고 있군! 맹장을 어떻게 치료할까 고민하지만, 이런 게 죽음이야. 정말 죽음일까?' 다시 공포가 덮쳤고, 그는 숨을 헐떡였다. 몸을 굽혀 팔꿈치로 침대 옆 협탁을 밀며 성냥을 찾기 시작했다. 하지만 탁자 때문에 성냥을 찾지 못했고 팔꿈치도 아프자 화가 나서 강하게 밀치다 넘어뜨렸다. 그리고 낙담한 나머지 숨을 헐떡이며 금방이라도 죽을 것처럼 벌렁 드러누웠다.

손님들은 막 떠나고 있었다. 프라스코비야 표도로브나는 그들을 배웅하는 중이었다. 무엇인가가 넘어지는 소리를 듣고 그녀가 방으로 들어왔다.

---

21   17세기 오페라의 간주곡

"무슨 일이에요?"

"아무것도 아니오. 내가 실수로 넘어뜨렸소."

그녀는 나갔다가 양초를 가지고 돌아왔다. 그는 누워서, 마치 1베르스타[22]를 달린 사람처럼 거칠고 가쁘게 숨을 몰아쉬며 그녀를 뚫어져라 쳐다보았다.

"무슨 일이에요, 장?"

"아무…것도, 그저… 넘어…뜨렸…소." '무슨 말을 하든 그녀는 이해하지 못할 거야' 하고 그는 생각했다.

실제로 그녀는 이해하지 못했다. 그녀는 탁자를 일으켜 세우고 촛불을 붙인 다음, 서둘러 나갔다. 그녀는 손님들을 배웅해야 했다.

그녀가 돌아왔을 때, 그는 여전히 천장을 보며 누워 있었다.

"무슨 일이에요, 몸이 더 안 좋아요?"

"그렇소."

그녀는 고개를 저으며 앉았다. "장, 레셰티츠키를 집으로 불러야 하는 것 아닌가 생각해요."

이 말은 비용을 생각하지 말고 저명한 의사를 집으로 불러들이겠다는 의미였다. 그는 싸늘한 미소를 지으며 "아니요" 하고 말했다. 그녀는 잠시 앉았다가 다가와 그의 이마에 입을 맞췄다. 그녀가 입 맞출 때 이반 일리치는 마음속 깊은 곳에서 그녀를 증오하며, 그녀를 밀쳐내려는 마음을 가까스로 억눌렀다.

"잘 주무세요. 하느님께서 편히 잘 수 있게 당신을 도와주실 거예요."

"그래."

---

22   러시아의 옛 거리 단위. 1베르스타는 약 1,067미터.

6

이반 일리치는 자기가 죽어가고 있다는 것을 알았고, 그래서 끝없는 절망에 빠졌다.

영혼 깊은 곳에서 이반 일리치는 자기가 죽어가고 있음을 알았지만, 그 상황에 도저히 익숙해지지 않았고, 사실로 받아들이지 못했으며, 도대체 이해할 수도 없었다.

그는 키제베터[23] 논리학에서 배운 삼단논법, 즉 "카이사르는 인간이다, 인간은 죽는다, 고로 카이사르는 죽는다"라는 예는 항상 카이사르와 관련해서만 생각했지 자신에게는 해당되지 않는다고 여겼다. 그 카이사르는 인간, 그것도 일반적인 인간이었으므로 그 예는 전적으로 정당했다. 그러나 자신은 카이사르도 아니고 일반적인 인간도 아니며, 언제나 다른 존재보다 아주, 아주 특별했다. 그는 엄마, 아빠, 미탸 및 볼로댜, 장난감, 마부, 보모 그다음 카텐카와 함께 어린 시절과 소년 시절, 청소년 시절의 기쁨, 슬픔, 환희를 나누었던 바냐[24]였다.

바냐가 좋아했던 줄무늬 가죽 공 냄새는 카이사르를 위한 것이었을까? 과연 카이사르가 어머니 손에 입을 맞췄을 것이며, 어머니의 비단

23　요한 고트프리트 키제베터, Johann Gottfried Karl Christian Kiesewetter (1766-1819): 독일의 철학자

24　이반의 애칭. 러시아인의 이름은 "본인 이름 + 특정한 어미가 붙는 아버지의 이름 + 성"으로 이루어진다. 그리고 이름은 어린 시절이나 가까운 사람들에 의해 애칭으로 불리는데 바냐와 볼로댜, 카텐카 등이 그러한 애칭이다.

옷 주름에서 나는 바스락 소리를 들어봤을까? 형편없는 음식 때문에 법학원에서 소란을 피운 적이 있을까? 이반 일리치처럼 사랑에 빠져본 적이 있었던가? 과연 카이사르가 그렇게 재판을 진행할 수 있었던가?

카이사르는 필멸의 존재이고, 그래서 그는 죽는 게 당연하다. 그러나 나, 바냐, 이반 일리치에게, 내 모든 감각과 생각으로 볼 때, 그것은 완전히 다른 문제다. 내가 죽어야만 하는 것은 아니다. 그것은 너무나도 끔찍하다.

그것이 그의 느낌이었다.

'만일 내가 카이사르처럼 죽어야 한다면, 나는 그것을 알았을 거다. 내면의 목소리가 말해주었을 거야. 그렇지만 그런 것은 없었어. 나도 내 친구들도 모두, 내가 카이사르와는 다르다는 것을 알았지. 그런데 지금 이게 뭐란 말인가!' 그는 속으로 말했다. '그럴 리 없어. 그럴 리가. 하지만 이건 엄연한 사실이야. 어떻게 그럴 수 있지? 어떻게 이해해야 하지?'

그는 이해할 수 없었고, 그래서 그릇되고 옳지 않고 병적인 생각을 올바르고 건강한 다른 생각으로 대체하고자 노력했다. 그러나 그 생각은, 그저 생각이 아니라 엄연한 현실로 돌아와 그 앞에 우뚝 막아섰다.

그는 이 생각 대신에 다른 생각들을 차례차례 불러냈고, 거기서 의지할 것을 찾길 기대했다. 그는 앞서 죽음에 관한 생각을 흐릿하게 만들었던 이전 사고방식으로 돌아가려고 노력했다. 하지만 이전에는 죽음의 의식을 가리고, 숨기고, 지워버리는 데 도움이 됐던 모든 것이, 더는 그러한 효과를 내지 못했다. 최근에 이반 일리치는 죽음을 가려주던 이전의 감정 세계를 복원하기 위해 대부분의 시간을 보내곤 했다.

그는 속으로 말했다. '나는 일에 몰두할 거야, 내가 그렇게 살아오지 않았는가.' 그리고 모든 의심을 떨쳐내며 법원으로 가서 동료들과 대화를 시작하고, 과거 습관대로 멍하니 앉아 생각에 잠긴 시선으로 군중을 살피고, 쇠약해진 양팔로 평소처럼 참나무 의자의 팔걸이에 기댄 채 평소처럼 동료에게 몸을 기울이고, 사건 기록을 끌어당기며 몇 마디 속삭였다. 그다음 별안간 눈을 쳐들고 똑바로 앉아 익숙한 말을 하고 일을 시작했다.

그런데 재판 도중에 옆구리의 통증이 갑자기 찾아와 제멋대로 신경을 물어뜯기 시작했다. 절차가 어느 단계를 지나는지는 아무 상관이 없었다. 통증 생각을 쫓아내려 했지만 나아지지 않았고, 마치 죽음이 그 앞에 버티고 서서 쳐다보는 듯했다. 그러면 그는 굳어버렸고, 눈에서는 총기가 사라졌다. 그리고 그는 다시 '정말 이게 진실인가?' 하고 자문하기 시작했다. 그리고 동료들과 수하들은 그토록 명석하고 섬세한 재판관이 이토록 혼란스러워하고 실수하는 것을 보고 놀라고 속상했다. 그는 몸을 떨며 정신을 수습하고 어떻게든 재판을 끝낸 뒤, 법원 업무도 더 이상 전처럼 치부를 숨겨주지 못한다는 슬픈 인식을 안고 집으로 돌아왔다. 즉, 법원 업무를 통해서도 그는 거기서 벗어날 수 없는 것이다. 그리고 무엇보다 최악은 죽음이 자꾸만 자기 쪽으로 주의를 끌어당기면서 하는 짓이었다. 무슨 일이든 해보라고 하지 않고, 단지 자기 눈을 똑바로 들여다보고 아무것도 하지 않으면서도, 말로 표현할 수 없을 정도로 고통이 느껴지게 했다.

이 상황을 벗어나기 위해, 이반 일리치는 위안, 즉 다른 가림막을 찾곤 했다. 그러면 그 가림막들은 짧은 시간엔 그를 구한 듯 보였지만 이내 다시 산산조각 파괴되었고, 마치 모든 것을 꿰뚫는 듯 투명해져서 아무것도 그것을 가릴 수 없었다.

최근에 그는 자기가 꾸민 응접실, 바로 그가 쓰러졌던 곳에 들어가 보곤 했다. 그 방을 위해, 그 응접실 장식을 위해 목숨을 걸었다고 생각하면 우스꽝스럽기 짝이 없었다. 자기 병이 그때 떨어지면서 입은 타박상에서 비롯했다는 것을 알았기 때문이다. 그는 방에 들어가 니스 칠이 된 탁자 상판에 무언가에 베인 자국이 난 것을 보았다. 그는 가장 자리가 구부러진 앨범의 청동 장식에서 그 원인을 찾았다. 그는 소중하게 꾸민 그 앨범을 집어 들고 살피다가 딸과 그 친구들의 무심함에 화가 났다. 어떤 것은 찢기고, 어떤 사진은 뒤집혀 있었다. 그는 이것을 열심히 바로잡고 장식을 다시 바뤘다.

그다음 앨범과 이 모든 물건[25]을 방의 다른 구석, 꽃 옆에 놓아야겠다는 생각이 들었다. 그는 하인을 불렀다. 그런데 딸과 아내가 도우러 와서는 탁자를 옮기는 일에 반대했고, 그는 말다툼하다 화를 냈다. 하지만 그래도 좋았다. 그때만큼은 죽음을 떠올리지 않았고, 죽음이 보이지 않았기 때문이었다.

그가 물건들을 손수 옮길 때마다 아내는 말했다. "제발 사람들이 하게 놔둬요. 그러다가 또 다쳐요." 그리고 가림막 너머로 갑자기 통증이 한 차례 어른거렸고. 죽음이 어렴풋하게 보였다. 그것이 한 차례 어른거리고 나서, 다시 모습을 감출 것으로 기대하면서도 그는 무의식적으로 옆구리에 주의를 기울였다. 같은 것이 여전히 거기 앉아 똑같이 쑤셔댔다. 더 이상 그것을 잊지 못하게 했다. 죽음은 꽃 뒤편에서 분명히 그를 응시하고 있었다. 왜 그러는 거야?

---

25   프랑스어, etablissement. '설비, 시설물'을 의미한다.

'그래 맞아. 여기, 이 커튼 위에서, 마치 요새가 습격당한 것처럼, 목숨을 잃은 거야. 정말 그렇다고? 얼마나 끔찍하고 어리석은지! 있을 수 없는 일이야! 있을 수 없는 일이지만, 현실이기도 해.'

그는 서재로 가서 누워 다시 죽음과 얼굴을 맞대면서 단둘이 남았다. 할 수 있는 게 아무것도 없었다. 다만 죽음을 보면서 몸을 떨 뿐이었다.

7

이반 일리치가 병에 걸린 지 석 달 만에 어떻게 이런 일이 일어났는지는 설명이 불가능하다. 이 일은 눈에 띄지 않게 한 걸음 한 걸음 다가왔기 때문이다. 하지만 그의 아내, 딸, 아들, 하인들, 지인들, 의사들, 무엇보다 그 자신이 알게 된 사실이 있었는데, 사람들은 결국 그가 얼마나 빨리, 마침내 자리를 비우고, 얼마나 빨리 그가 초래한 속박에서 살아 있는 사람들을 자유롭게 해줄 것인가 그리고 그가 얼마나 빨리 스스로 그 고통에서 자유로워질 것인가를 알고 싶어 한다는 사실이었다.

그가 잠자는 시간은 점점 줄었다. 아편이 투여되고 모르핀이 주사되기 시작했다. 그러나 그 처치가 고통을 덜지는 못했다. 그가 반수면상태에서 경험하는 둔한 괴로움은 처음에는 새롭게 다가와 그를 편안하게 했지만, 그다음에는 겪고 있는 통증과 같거나 그 이상으로 고통을 안겼다.

의사 처방에 따라 특별식이 준비되었다. 그러나 이 음식들은 더더욱 맛이 없었고 역겨웠다.

배설을 위한 특별 장치가 만들어졌는데, 그것은 매번 그를 괴롭게 했다. 불결함, 꼴사나움과 냄새로 괴로웠고, 다른 사람이 이 일에 참여해야 한다는 사실이 특히 고역이었다.

그런데 가장 불편하기만 한 이 일에서도 이반 일리치에게는 한 가지 위안이 있었다. 집사 일을 하던 농부 게라심이 와서 배설물을 치워주었던 것이다.

게라심은 깨끗하고, 생기 있고, 도시 음식을 먹어 살이 찐 젊은 농부였다. 그는 언제나 유쾌하고 밝았다. 처음엔 늘 깨끗하게 러시아식으로 차려입고 이 역겨운 일을 수행하는 그를 보고 이반 일리치는 몹시 당황했다.

한번은 그가 변기에서 일어났지만 바지를 올릴 힘이 없어 부드러운 팔걸이의자 위로 펄썩 주저앉은 적이 있었다. 힘줄이 잘 드러나는 힘없는 넓적다리를 바라보며 덜컥 겁이 났다.

그때 두꺼운 장화를 신고, 대마로 만든 깨끗한 앞치마와 깨끗한 면 셔츠를 입고 튼튼하고 젊은 팔뚝 위로 소매를 걷어 올려 맨살을 드러낸 게라심이 기분 좋은 장화 타르 냄새와 상쾌한 겨울 공기 냄새를 주변에 퍼뜨리며 경쾌하고 힘찬 걸음으로 들어왔다. 그는 이반 일리치는 쳐다보지도 않고 곧장 변기 쪽으로 갔다. 행여나 환자가 자기 얼굴에서 빛나는 삶의 기쁨을 보면서 모욕감을 느낄까 봐 그랬을 것이다.

"게라심." 이반 일리치가 힘없이 불렀다.

게라심은 움찔했다. 아마 자기가 뭔가 실수한 것은 아닌가 하는 생각으로, 생기 넘치고 선하고 소박하고 막 수염이 나기 시작한 젊은 얼굴을 환자에게로 휙 돌렸다.

"무슨 일이십니까, 나리?"

"내 생각에 자네는 이 일을 하는 게 유쾌하지 않을 거야. 미안하네. 어쩔 수가 없어."

"별말씀을 다 하십니다." 그리고 게라심의 눈은 빛났고, 그는 반짝이는 하얀 이를 드러냈다. "어떻게 안 할 수 있겠습니까? 나리께서 편찮으신데."

그리고 그는 튼튼한 손으로 민첩하게 몸에 밴 일을 처리하고, 잰걸음으로 나갔다. 그리고 5분 후 똑같이 가벼운 걸음으로 돌아왔다.

이반 일리치는 여전히 그대로 의자에 앉아 있었다.

"게라심." 게라심이 깨끗하게 씻은 요강을 제자리에 놓자 그가 말했다. "미안하지만 나 좀 도와주게. 이리 와봐." 게라심이 다가왔다. "나를 들어 올려줘. 혼자서는 힘들어. 드미트리를 보냈다네."

게라심이 다가왔다. 그는 튼튼한 손으로, 평소 걸을 때처럼 가볍고 능란하게 주인을 안아서 부드럽게 일으켜, 한 손으로는 그를 부축하고 다른 손으로 바지를 당긴 다음 다시 앉히려 했다. 그러나 이반 일리치는 자기를 소파로 이끌어달라고 부탁했다. 게라심은 힘들이지 않고 무게를 느끼지 못하는 듯, 그를 안다시피 소파로 데려가 앉혔다.

"고맙네. 자네는 참, 모든 일을 빠르게… 잘하는구나."

게라심은 다시 미소를 짓고 나가려 했다. 그러나 이반 일리치는 그와 있는 것이 좋아 내보내고 싶지 않았다.

"하나만 더 부탁하지. 저 의자를 나에게 밀어주게. 아니, 바로 저것 말일세. 다리 밑으로. 다리를 높이 올리면 더 편하거든." 게라심이 의자를 가져와 소리 없이 내려놓고 즉시 바닥까지 낮춘 후, 이반 일리치의 다리를 그 위에 올려주었다. 그런데 이반 일리치는 게라심이 자기 다리를 높이 들었을 때가 더 편한 것 같았다.

"다리를 더 높였을 때 더 편했네." 이반 일리치가 말했다. "저기 저 베개를 밑에 괴어주게."

게라심은 그렇게 했다. 그가 다시 다리를 들었다 놓아주었다. 게라심이 자기 다리를 들고 있는 동안 이반 일리치는 다시 편안해졌다. 그가 다리를 내려놓자, 더 불편해졌다.

"게라심." 그가 게라심에게 말했다. "자네 지금 바쁜가?"

"아닙니다." 주인들과 말하는 법을 도시인들에게서 배운 게라심이 말했다.

"또 할 일이 있고?"

"무엇을 해야 하느냐고 물으셨습니까? 다 했습니다, 다만 내일 쓸 장작을 패야 합니다."

"내 다리를 좀 더 높이 들어주게. 해줄 수 있나?"

"물론, 할 수 있습니다." 게라심은 다리를 더 높이 들었고, 이반 일리치는 그 자세에서 통증이 느껴지지 않았다.

"장작은 어떻게 하는가?"

"걱정하지 마십시오. 시간은 많습니다."

이반 일리치는 게라심에게 앉아서 자기 다리를 들고 잠시 이야기를 나누자고 부탁했다. 그리고 신기하게도, 게라심이 다리를 들고 있는 동안 기분이 더 좋아지는 것 같았다.

그때부터 이반 일리치는 종종 게라심을 불러, 다리를 그의 어깨 위에 올려달라고 하고, 그와 이야기하기를 즐겼다. 게라심은 이 일을 쉽게, 기꺼이, 간단하게 그리고 이반 일리치가 감동할 만큼 친절하게 수행했다. 다른 사람들이 지닌 건강, 힘, 활기는 이반 일리치에게 모욕을 안겼지만, 게라심의 힘과 활기만큼은 그를 괴롭히기는커녕 마음을 편안하게 해주었다.

이반 일리치를 가장 괴롭게 하는 것은 거짓말이었다. 그 거짓말은 어떤 이유에선지 모든 사람이 인정하는 것이었는데, 그가 단지 아플 뿐이지 죽는 것이 아니므로, 오직 안정을 취하며 치료를 잘 받으면, 아주 좋은 결과를 얻을 것이라는 얘기였다. 하지만 그는 무슨 처치를 하든 고통과 죽음 이외에는 아무 일도 기대할 수 없다는 것을 알고 있었다. 사람들이 그들 모두가 알고 자기 자신도 아는 것을 인정하지 않고, 그의 끔찍한 상태를 생각해 거짓말을 하고, 그도 거기에 참여하길 원하고 강요한다는 사실이 무척 괴로웠다. 거짓말, 죽기 직전까지 그에게 강요된 이 거짓말, 죽음이라는 무섭고도 엄숙한 행위를 두고, 그들 모두의 의례적 문병이니, 혹은 커튼, 저녁 식사의 철갑상어 요리와 같은 수준으로 전락시킨 거짓말로 이반 일리치는 끔찍하게 고통스러웠다. 그들이 자기에게 여러 번 이런 속임수를 쓸 때 그는 "거짓말하지 마, 너희도 나도 내가 죽어가고 있다는 것을 알잖아. 그러니 적어도 그런 거짓말일랑 그만둬!"라고 외칠 뻔했다. 그러나 이상하게도 용기가 없었다. 그는 주변 사람들이 자신의 무섭고 끔찍한 죽음의 과정을 그저 우발적인 성가심, 부분적으로는 무례(마치 불쾌한 냄새를 퍼뜨리며 응접실에 들어온 사람을 대하는 것 같은)의 수준으로 격하시키는 것을 보았다. 그것도 그가 평생을 바쳐 온 '품위'라는 이름으로 말이다. 그리고 아무도 자기 상태를 이해하려고도 하지 않으므로, 자기를 가엾게 여기지도 않을 것을 알았다. 오로지 한 사람, 게라심만이 그의 상태를 이해했고 그를 가여워했다. 그래서 이반 일리치는 게라심과 있을 때만 기분이 좋았다. 그는 게라심이 종종 밤새 그의 다리를 들고, "걱정 마십시오, 나리. 저는 또 충분히 자면 됩니다" 하고 말할 때, 또는 그가 갑자기 친밀하게 "이렇게 아프지 않더라도 제가 이 정도 못해드리겠어요?" 할 때 편안함을 느꼈다. 게라심 한 사람만이 거짓말하지 않았고, 모든 면으로 보았을 때 그 혼자만 문제가 무엇인지 이해했으며, 그것을 숨길 필요가 없다고 생각했고, 기력이 쇠하고 연약한 주인을 그저 가엾게 여겼다. 심지어 한 차례 이반 일리치가 그를 내보내려 할 때 직설적으로 말하기도 했다.

"우리는 모두 죽습니다. 이런 수고를 하는 게 그리 큰일은 아니지요." 그는 이 말에, 자기는 바로 죽어가는 사람을 위해 일하는 것이고 그리고 자기도 그런 때가 왔을 때 누구든 자기를 위해 똑같은 일을 할 것이라고 기대하기 때문에, 자기가 하는 일이 힘들지 않다는 뜻을 담아 말했다.

이 거짓말을 제외하고 또는 그 때문인지, 이반 일리치에게 가장 괴로웠던 것은 아무도 그가 원하는 만큼 자기를 가련하게 여기지 않는다는 것이었다. 오랫동안 고통을 겪은 후 어느 순간 이반 일리치가 가장 원했던 것은—그 점을 인정하는 것은 부끄러웠지만— 누구라도 자기를 병든 아이처럼 가련하게 여겨주는 것이었다. 그는 아이들을 어루만지고 달래듯, 자기를 어루만지고, 자기에게 입 맞추고, 자기를 위해 눈물을 흘려주길 원했다. 그는 자신이 요직에 있고, 수염이 하얗게 셀 만큼 나이를 먹었으므로, 그렇게 하는 게 불가능함을 알았다. 그래도 어쨌든 그렇게 해주기를 바랐다. 그리고 게라심과의 관계에서는 무엇인가 거기에 가까운 게 있었고, 그래서 게라심과의 관계에서는 위안을 받았다. 이반 일리치는 울고 싶었고, 사람들이 자기를 어루만지고 자기를 위해 울어주길 원했다. 하지만 동료 판사 셰벡이 오면, 이반 일리치는 울고 다독임을 구하는 대신 진지하고, 엄격하고, 사려 깊은 표정을 짓고 타성에 따라 상고심 판결의 의의에 대해 자기 의견을 말하고 그 의견을 완강하게 고수했다. 무엇보다도 이러한 자신과 주위의 거짓말이 이반 일리치의 생애 마지막 날들을 망치고 있었다.

8

아침이었다. 게라심이 떠나고 하인 표트르가 들어와 촛불을 끄고 한쪽 커튼을 열고 조용히 청소를 시작하는 걸 보니 아침이 온 것이 틀림없었다. 아침인지 저녁인지, 금요일인지 일요일인지, 모든 게 차이가 없었고, 모든 것이 똑같았다. 쑤셔대는 듯한, 한순간도 가라앉지 않는 괴로운 통증, 절망적으로 흘러가고 있지만, 여전히 사라지지 않은 삶에 대한 의식, 유일한 현실로 가까워지고 있는 끔찍하고 증오스러운 죽음 그리고 여전한 거짓말. 여기에 요일이며, 주일, 시간이 무슨 의미란 말인가?

"차 드시겠습니까?"

'저 녀석은 규칙대로 하는 거야. 그래서 아침마다 차를 마시라는 거지.' 그는 이렇게 생각하고 간단히 대답했다.

"됐네."

"소파로 옮겨 드릴까요?"

'방을 정리해야 하는데 내가 걸리적거리는 모양이구나. 내가 더럽고 지저분하겠지.'

그는 이렇게 생각하고 간단히 대답했다.

"이대로 그냥 놔두게."

하인은 계속 법석을 피웠다. 이반 일리치는 한쪽 팔을 뻗었다. 표트르가 친절하게 다가왔다.

"무엇을 찾으십니까?"

"시계."

표트르가 바로 가까이에서 시계를 집어 건네주었다.

"8시 반이군. 다들 아직 안 일어났는가?"

"아닙니다. 바실리 이바노비치(아들이었다) 도련님은 학교에 갔고, 프라스코비야 표도로브나는 나리께서 찾으시면 깨워달라고 했습니다. 깨울까요?"

"아니, 그럴 것 없네."

'차를 마셔볼까?' 그는 생각했다. "그래, 차 좀… 가져오게."

표트르가 방을 나가려 했다. 이반 일리치는 혼자 남는 것이 무서웠다. '저 친구를 어떻게 잡아두지? 그래 약이 있지.' "표트르, 약 좀 주게." '어쩌면 약이 더 도움이 될 수 있을 거야.' 그는 숟갈로 약을 떠먹었다. '아니야, 도움이 안 될 거야. 이 모든 게 무의미하고 속임수야.' 그에게 익숙한, 달콤하고 희망 없는 맛을 느끼자마자 그리 판단했다. '더 이상 믿을 수가 없어. 하지만 통증, 통증은 왜, 잠시라도 멈추질 않는단 말이냐.' 그리고 신음하기 시작했다. 표트르가 돌아왔다. "아니네. 가서 차를 가져오게."

표트르가 다시 자리를 떴다. 홀로 남은 이반 일리치는 연신 신음을 토하기 시작했다. 통증 때문이라기보단, 마음의 고뇌가 그를 짓눌렀기 때문이었다. '모든 게 똑같군, 똑같아. 이 끝없는 낮과 밤. 조금 더 빨리 왔으면…. 뭐가? 죽음? 어둠? 아니야, 아니야. 모든 것이 죽음보다는 나아!'

표트르가 쟁반에 차를 받쳐 들고 들어왔을 때, 이반 일리치는 그가 누군지, 뭘 하는 사람인지 깨닫지 못하고, 오랫동안 어찌할 바를 모른 채 바라보았다. 표트르는 그 시선에 당황했다. 표트르가 당황하자 이반 일리치는 정신을 차렸다.

"그래." 그가 말했다. "차… 좋아. 여기에 놓게. 세수하는 것과 깨끗한 셔츠로 갈아입는 것을 도와주게."

그리고 이반 일리치는 세수하기 시작했다. 간간이 쉬면서 손을 씻고, 얼굴을 씻고, 이를 닦고, 머리를 빗고 나서 거울을 보았다. 그는 무서워졌다. 창백한 이마에 머리카락이 납작하게 바싹 달라붙어 있는 모습이 특히 무서웠다.

셔츠를 갈아입는 동안, 자기 몸을 본다면 더 놀랄 것을 알았고, 그래서 일부러 눈길을 주지 않았다. 이제 모든 준비가 끝났다. 그는 가운을 걸치고 담요를 몸에 감싼 다음, 차를 앞에 두고 의자에 앉았다. 잠시 생기를 느꼈지만, 차를 마시기 시작하자마자 예의 그 맛과 통증을 느꼈다. 그는 억지로 다 마시고 발을 뻗고 자리에 누웠다. 그리고 표트르를 방에서 내보냈다.

매번 그랬다. 한 방울의 희망이 반짝이고 나면, 그다음 절망의 바다가 분노하고, 변함없이 통증, 변함없이 통증, 변함없이 우울함, 그런 후 모든 것이 똑같다. 혼자는 끔찍히 쓸쓸해서 누구든 부르고 싶었으나, 누군가가 있으면 상태가 더 나빠진다는 것을 이미 알고 있었다. '다시 모르핀이라도 맞아야 하나. 그럼 통증을 잊을 수 있을 텐데. 의사에게 뭐든 더 생각해달라고 해야겠다. 이렇게 계속 가는 것은 불가능해. 불가능하다.'

한 시간, 두 시간이 그렇게 흘렀다. 그러다 현관에서 초인종이 울렸다. 아마도 의사일 거다. 그렇다. 생기있고, 활기차고, 뚱뚱하고, 유쾌한 의사다. 그의 표정은 '뭔가 무섭겠지만, 우리가 이제 모든 것을 해결해 드리겠습니다'라고 말하고 있다. 의사는 그런 표정이 여기서 어울리지 않는다는 것을 알지만, 아침부터 프록코트를 입고 여기저기를 방문하는 사람처럼, 이미 한번 지은 표정을 거둘 수는 없다.

의사는 힘차고 편안하게 손을 비빈다.

"춥습니다. 정말 매섭네요. 일단 몸을 녹여야겠습니다." 마치 몸을 데우는 동안 잠시 기다려야 하지만, 몸을 따뜻하게 하고 나면, 모든 것을 다 처리할 수 있다는 표정이었다.

"그래, 좀 어떻습니까?"

이반 일리치는, 의사는 '상태가 어떻습니까?' 하고 말하고 싶지만, 그렇게 물을 수는 없다고 느껴 '밤새 편안하셨습니까?' 하고 말한다고 느꼈다.

이반 일리치는 '당신은 진실을 감추는 게 부끄럽지 않습니까?' 하고 묻는 듯 의사를 바라봤다.

그러나 의사는 그런 질문은 이해하려 하지 않았다.

이반 일리치는 답했다.

"여전히 끔찍합니다. 통증은 떠나지 않고 누그러지지 않습니다. 뭐라도 좀 해주시면 좋겠습니다."

"네, 환자들은 늘 그렇지요. 자 이제 몸도 녹았으니, 꼼꼼하기로 소문난 부인께서도 제 몸이 차다고 뭐라 하진 않으시겠죠. 자, 좀 볼까요?" 그리고 의사가 손을 잡았다.

그리고 의사는 지금까지의 장난기는 접어두고는, 진지한 표정으로 환자의 맥박, 체온을 재보고 타진과 청진을 시작했다.

이반 일리치는 이 모든 게 부질없으며, 헛된 기만이라는 것을 분명히 알고도 남았지만, 의사가 무릎을 꿇고 그의 위로 몸을 뻗어 위아래로 귀를 기울이고 의미심장한 표정으로 자기 위에서 다양한 체조 동작을 취하는 것을 보며 그냥 넘어가고 말았다. 예전에 변호사들이 늘 거짓말을 하고, 왜 거짓말하는지 잘 알면서도 그들의 말에 속아 넘어간 것과 같았다.

소파 위에 무릎을 꿇고 있던 의사가 또 뭔가를 타진할 무렵, 문가에서는 프라스코비야 표도로브나의 비단 옷자락이 스치는 소리가 났고, 의사가 왔다는 사실을 자기에게 보고하지 않았다고 표트르를 질책하는 소리가 들렸다.

그녀는 방에 들어와 남편에게 입을 맞추고, 자기는 오래전에 일어났는데 뭔가 착오가 있어서 의사가 왔을 때 오지 못했다며 변명을 늘어놓기 시작했다.

이반 일리치는 아내를 머리부터 발끝까지 훑어보았고, 그녀의 흰 살결, 통통한 몸, 깨끗한 손목, 목, 윤기 흐르는 머릿결, 생기 넘치는 반짝이는 눈이 못마땅하게 생각됐다. 그는 온 힘을 다해 그녀를 미워했는데, 그녀의 손길이 조금만 스치더라도 증오심이 솟구치면서 고통에 시달렸다.

남편과 그의 병에 대한 그녀의 태도는 한결같았다. 의사가 환자를 대하는 태도를 한번 형성하게 되면 이미 거기서 벗어날 수 없는 것처럼, 그녀도 남편에 대한 태도를 바꾸지 못했다. 그러니까 남편이 마땅히 해야 할 일을 하지 않았으므로 책임을 져야 하며, 그녀는 이에 대해 사랑스럽게 나무란다는 것이었다. 이미 그 태도에서 헤어날 수 없었다.

"아예 말을 듣지 않는다니깐요! 때맞춰 약을 복용하지도 않아요. 자기에게 해로울 게 틀림없는데도, 누워서 다리를 높이 올리고 있어요."

그녀는 남편이 게라심에게 어떻게 다리를 들고 있게 하는지 이야기했다.

의사는 부드러우면서도 비웃는 듯한 미소를 지었다. '어쩌겠어요. 환자들은 이따금 그런 바보 같은 짓을 생각해낸답니다. 너그러이 넘어가야죠.' 이런 의미가 담긴 듯했다.

진찰을 마치고 의사는 시계를 들여다보았다. 프라스코비야 표도로브나는 이반 일리치에게, 그가 원하든 원하지 않든, 오늘 저명한 의사를 초청했으며 그는 미하일 다닐로비치(지금 와 있는 평범한 의사의 이름이었다)와 함께 진찰하고 의논할 것이라고 알렸다.

"거부하지 말아요, 제발. 나 자신을 위해 하는 거예요." 그녀는 이 모든 일이 다 그를 위한 일이므로 남편에게는 거부할 권리가 없다고 느끼도록 반어적으로 말했다. 그는 입을 다물고 눈살을 찌푸렸다. 그는 자기를 둘러싼 이 거짓말이 너무 혼란스러워 아무것도 알아내기 어렵다고 느꼈다.

그녀가 그를 위해 한 모든 일은 순전히 그녀 자신을 위해 한 것이며, 확실히 자신을 위해 한 일이 맞는다고 말했다. 도저히 믿기 힘든 말은 반대로 생각해야 이해되는 듯 말했지만, 실상도 그랬다.

실제로 11시 반에 저명한 의사가 왔다. 다시 그의 눈앞에서 그리고 옆 방에서 몸을 두드리거나 소리를 듣는 진찰이 시작되었고, 신장과 맹장에 대해 의미심장한 대화를 나누었다. 진지한 분위기에서 묻고 답하면서, 그가 이미 직면한 삶과 죽음이라는 현실적인 물음 대신에 제대로 기능하지 않는 신장과 맹장 문제에만 관심을 쏟을 뿐이었다. 미하일 다닐로비치와 저명한 의사는 장기들에 달려들어 어떻게든 고쳐놓겠다고 했다.

저명한 의사는, 심각하긴 하지만 희망은 있다는 표정으로 작별했다. 그리고 이반 일리치가 두려움과 희망 섞인 반짝이는 눈으로 회복의 가능성이 있느냐고 소심하게 건넨 질문에는, 보장할 수는 없지만 그럴 가능성도 있다고 답했다. 이반 일리치가 의사를 배웅할 때 보인 희망에 찬 표정이 너무나 애처로워서, 그것을 본 프라스코비야 표도로브나는 저명한 의사에게 왕진료를 건네려고 서재 문을 나서면서 심지어 울음을 터뜨리기까지 했다.

하지만 의사의 위안을 듣고 고양된 정신은 그리 오래가지 않았다. 여전히 같은 방, 같은 그림, 커튼, 벽지, 약병, 똑같이 아프고 고통을 겪는 몸, 뭐 하나 바뀐 게 없었다. 그리고 이반 일리치는 신음하기 시작했다. 그는 주사를 맞고 나서 의식을 잃었다.

그가 정신을 차렸을 때는 날이 저물고 있었다. 저녁상이 들어왔다. 그는 억지로 고깃국을 삼켰다. 그리고 다시 모든 일이 전과 똑같았고, 똑같이 밤이 찾아왔다.

식사 후 7시 정도가 되자 프라스코비야 표도로브나가 방으로 들어왔다. 가슴을 치켜올려 팽팽하게 만들었고 야회용 옷을 입고 얼굴에는 분 자국이 있었다. 그에게는 저녁에 극장에 갈 거라고 아침에 미리 얘기했다. 사라 베르나르[26]가 도시를 방문하는데, 이반 일리치가 이를 알고 미리 사놓은 지정 특별석이 있었다. 지금 그는 그 사실을 까맣게 잊은 탓에, 아내의 차림새에 마음이 무척 상했다. 그러다 특별석을 사서 가는 것이 아이들에게 교육적, 미학적으로 좋은 일이라며 고집을 부렸던 것을 떠올리고는 모욕감을 애써 감추었다.

프라스코비야 표도로브나는 꽤 만족스러운 표정이었지만 약간은 죄

---

26 Sarah Bernhardt(1844~1923), 프랑스의 배우로 1870년대 유럽 무대에서 명성을 쌓았고 극적인 연기 덕에 "여신 사라"라고 불렸다.

지은 기분이었다. 그녀는 곁에 앉아 남편의 상태를 물어보았는데, 단지 묻기 위한 것일 뿐, 알아볼 게 없음을 아는 그녀는 굳이 뭔가를 알기 위해 그런 것은 아니었다. 그리고 그녀는 진작에 하고 싶은 말을 꺼냈다. 그녀는 결코 가고 싶지 않았지만 특별석을 예약한 데다 엘렌과 딸, 페트리셰프(예심판사로 딸의 신랑감)가 가는데 그들만 가게 놔둘 수는 없는 일이다, 그렇지 않으면 그와 함께 있는 일이 더 즐거웠을 것이다, 다만 그녀가 없는 동안 의사의 처방을 잘 따라야만 한다는 것이 요지였다.

"아, 맞다. 표도르 페트로비치(약혼자)가 들어오고 싶어 했어요. 괜찮겠어요? 리자도."

"들어오라 하시오."

딸이 젊은 몸을 드러내는 옷차림으로 들어왔다. 몸은 이반 일리치에게 고통만 안길 뿐이었지만, 딸은 그것을 자랑스레 드러내놓고 있다. 힘차고 건강하고 사랑에 빠진 모습이었다. 그리고 자기의 행복을 방해하는 아버지의 질병, 고통 그리고 죽음에는 분노하고 있었다.

연미복을 입고 카폴식[27]으로 머리를 매만진 표도르 페트로비치도 들어왔다. 길고 단단한 목은 흰 깃에 빈틈없이 싸여 있었고, 가슴은 하얀 와이셔츠가 덮고 있었으며, 통이 좁은 바지는 튼튼한 허벅지에 착 달라붙어 있고, 흰 장갑을 팽팽하게 낀 한쪽 손에는 오페라해트[28]가 들려 있었다.

그의 뒤로 새 교복을 입은, 김나지움에 다니는 아들이 슬그머니 들

---

27   프랑스어, a la Capoul, 프랑스의 유명 테너 가수 조셉 카폴이 했던 머리 모양이었다.
28   원통형의 실크해트와 같아 보이지만 원통을 찌그릴 수 있게 제작된 모자를 말한다.

어왔는데, 양손에 장갑을 끼고 있었고, 눈 밑은 끔찍하게 푸르스름했다. 이반 일리치는 그 의미를 잘 알았다.

아들은 그에게 언제나 가여웠다. 그래서 아이의 놀라고 슬퍼하는 시선을 보는 게 마음이 아팠다. 이반 일리치는 게라심을 제외하고, 바샤[29]만이 자신을 이해하고 안쓰럽게 여긴다고 생각했다.

모두 자리에 앉아 다시 이반 일리치의 건강을 물었다. 침묵이 흘렀다. 리자는 어머니에게 오페라글라스에 관해 물었다. 누가 어디에 그것을 두었는지를 두고 어머니와 딸 사이에 마찰이 일었다. 이것 때문에 좀 불쾌했다.

표도르 페트로비치는 이반 일리치에게 사라 베르나르를 보았느냐고 물었다. 이반 일리치는 처음에 무엇을 묻는지 이해하지 못하다가 조금 뒤에 대답했다.

"아니, 자네는 보았나?"

"네, 「아드리나 르쿠르뵈르」[30]에서 봤습니다."

프라스코비야 표도로브나는 그녀가 그 작품에서 특히 좋았다며 끼어들었다. 딸은 동의하지 않았다. 그러자 여배우의 연기가 얼마나 우아한지, 또 얼마나 실제적인지에 관한 대화가 시작되었고, 늘 그렇듯 그 얘기가 그 얘기였다.

대화 도중에 표도르 페트로비치가 이반 일리치를 힐끗 보더니 침묵을 지켰다. 다른 사람들도 그를 보고 입을 다물었다. 이반 일리치는 분

---

29   바실리의 애칭
30   Adrienne Lecouvreur, 이탈리아 작곡가 프란체스코 칠레아(Francesco Cilea, 1866~1950)
      가 작곡한 4막의 오페라

명 그들에게 분노한 듯 빛나는 눈으로 정면을 응시했다. 사태를 수습해야 했지만, 방법이 없었다. 어떻게든 이 침묵을 깨야만 했다. 하지만 아무도 그렇게 하지 못했는데, 그들 모두 그럴싸한 사기극이 어떻게든 갑자기 깨지고 거기에 담긴 것이 모두에게 분명하게 드러날까 봐 두려운 것이었다. 마침내 리자가 용기를 내고, 침묵을 깼다. 그녀는 모두가 겪는 일을 숨기고 싶었지만, 무심코 입을 놀렸다.

"그런데 가야 한다면, 지금 가야 해요." 그녀는 아버지에게 선물로 받은 시계를 보며 말했다. 그리고 약혼자에게는 그들만이 아는 뭔가를 암시하는 의미심장한 미소를 지으며, 드레스를 바스락거리며 일어섰다. 모두 일어서서 작별 인사를 하고 나갔다.

그들이 나가고 나서야 이반 일리치는 좀 살 것 같았다. 그들과 함께 거짓이 사라진 것이다. 그들과 함께 거짓은 떠났지만, 통증은 남았다. 여전히 통증과 두려움이 남아서, 어떤 게 더 힘들고 참을 만한지 따질 게 없었다. 모든 것이 더 나빠졌다.

다시 일 분 또 일 분, 한 시간 또 한 시간이 지나고, 모든 것이 전과 같았다. 도무지 끝이 보이지 않았고, 불가피한 끝은 더욱 끔찍함을 더했다.

"그래, 게라심을 보내주게." 그는 표트르의 물음에 이렇게 대답했다.

9

아내는 밤늦게 돌아왔다. 까치발로 들어왔지만, 이반 일리치의 귀에는 다 들렸다. 그는 눈을 떴다가 서둘러 다시 감았다. 그녀는 게라심을 보내고, 자기가 남편 곁에 있겠다고 했다. 그가 눈을 뜨고 말했다.

"아니, 가시오."

"많이 고통스러워요?"

"상관없소."

"아편을 조금 드세요."

그는 동의하고 아편을 마셨다. 그녀는 나갔다.

대략 새벽 3시까지 괴로운 비몽사몽 상태가 이어졌다. 사람들이 자기를 고통스럽게 좁고 깊은 검은 자루 속으로 밀어 넣고 있는데, 계속해서 밀어붙이지만, 끝까지는 해내지 못하는 듯한 느낌이었다. 그에게 끔찍한 이 일은 엄청난 고통과 함께 진행 중이었다. 그는 두려웠지만 그 안으로 완전히 빠지고 싶은 마음도 들었다. 자루에 들어가지 않으려고 저항하다가 언젠가는 몸을 맡겼다. 그러다 갑자기 멈추더니 쓰러지고 의식을 되찾았다. 게라심은 여전히 침대 발치에 앉아 조용히 참을성 있게 졸고 있다. 그리고 자신은 긴 양말을 신은 야윈 다리를 게라심의 어깨 위에 올려놓은 채 누워 있었다. 갓을 씌운 촛불도 그대로였고, 끊이지 않는 통증도 여전했다.

"게라심, 그만 가보게." 그가 속삭였다.

"아닙니다. 여기 있겠습니다."

"아니야. 가게."

그는 다리를 거두어들이고, 한쪽 팔을 베고 모로 누웠다. 자신이 처량하게 느껴졌다. 그는 게라심이 옆방으로 가길 기다렸다가 더 이상 참지 못하고 어린아이처럼 울기 시작했다. 자신의 무기력함과 끔찍한 고독, 인간들의 잔인함, 하느님의 무자비함 그리고 하느님의 부재로 서러워 울었다. '어찌하여 당신은 이 모든 일을 하셨습니까? 나에게 이렇게까지 하는 이유가 무엇입니까? 왜, 왜 나를 이토록 끔찍하게 괴롭힙니까?' 딱히 대답을 기대하지는 않았다. 대답도 없거니와, 대답이 있을 수도 없어서 울었다. 통증은 다시 심해졌지만, 그는 움직이지 않고 사람을 부르지도 않았다. 그는 속으로 말했다. '그래, 자, 그래 때리시오! 하지만 무엇 때문에? 내가 당신에게 무슨 짓을 했습니까, 무엇 때문에?'

그다음 그는 조용해졌고, 울음뿐 아니라 호흡도 멈추고는 주의를 집중했다. 마치 몸으로 내는 소리가 아니라, 영혼의 목소리, 그의 내부에서 일어나는 생각의 흐름에 집중하려는 듯.

"뭐가 필요한 거지?" 말로 표현할 수 있는, 첫 번째로 명확한 개념이었다. "대체 뭐가 필요한 거야? 대체 무엇이?" 그는 속으로 되풀이했다. "무엇?" "고통받지 않는 것, 사는 것." 그가 대답했다.

다시 그는 심지어 통증조차 주의를 산만하게 만들 수 없을 정도로 온 정신을 집중했다.

"산다? 어떻게 산다는 거지?" 영혼의 목소리가 물었다.

"그래, 전에 살았던 것처럼 사는 거지. 건강하게, 즐겁게."

"네가 전에 살았던 것처럼, 건강하게, 즐겁게?" 목소리가 물었다. 그리고 그는 상상 속에서 자기의 즐거웠던 삶 가운데 최고의 순간을 하나하나 되새겨보기 시작했다. 그러나 이상하게도, 그 즐거웠던 삶 중에서도 가장 멋진 순간들이 지금은 그때와 완전히 달라 보였다. 어린 시절의 첫 기억을 제외하고는 모든 것이. 거기, 어린 시절에는, 그 시절이 돌아오기만 한다면 더불어 살고 싶은 정말로 즐거운 것이 있었다. 그러나 그 즐거움을 경험한 그 사람은 더 이상 존재하지 않는다. 그것은 마치 다른 사람의 기억 같았다.

기억이 오늘날의 자신, 즉 지금의 이반 일리치의 시대로 넘어오자마자, 당시 보였던 모든 즐거움은 이제 그의 눈앞에서 녹아 사라져 하찮고 종종 역겨운 뭔가로 바뀌었다.

어린 시절에서 점점 멀어지고 현재에 점점 가까워질수록, 그 즐거움은 더 보잘것없고 의심스러웠다. 그것은 법학원에서 시작되었다. 그곳에는 여전히 무엇인가 진실로 좋은 것이 있었다. 그곳에는 명랑함이, 우정이, 희망이 있었다. 그러나 상급 학년에 올라가자, 이미 이런 좋은 순간은 드물어졌다. 그다음 현지사 부속실에서 첫 경력을 시작했을 때, 다시 즐거운 순간이 있었다. 그것은 한 여인에 대한 사랑의 기억이었다. 그다음 모든 것이 바뀌었고, 좋은 것은 더 드물어졌다. 계속 좋은 순간은 드물어졌고, 그 뒤에는 시간이 흐를수록 더욱 희귀해졌다.

결혼…. 그것은 아주 우연히 찾아왔고 이어진 실망 그리고 아내의 입냄새 그리고 관능, 가식! 그리고 이 쓸모없는 직무, 돈에 대한 집착, 그렇게 한 해, 두 해, 십 년, 이십 년 그리고 똑같은 삶. 그리고 다음은 죽음. 산 위로 올라간다고 상상했지만, 사실은 완벽하게 일정한 속도로 내리막길을 간 거였다. 그랬다. 다들 내가 산을 오르고 있다고 생각했지만, 정확히 그만큼 삶은 내 밑에서 멀어지고 있었다…. 그리고 이제 모든 것은 끝났고, 죽음의 시간이다!

그런데 이게 뭐야? 무엇 때문에 이렇게 된 거지? 그럴 수는 없다. 삶이 그렇게 무의미하고 역겨운 것이었을까? 그런데 만일 삶이 그렇게 역겹고 무의미하다면, 왜 죽어야 하고, 고통 속에 죽어야 하는 거지? 뭔가 잘못된 거다.

'어쩌면 내가 마땅히 살아야 할 삶을 살지 않은 건 아닐까?' 하는 생각이 문득 뇌리를 스쳤다. '하지만 내가 해야 할 일을 다 했다면, 어떻게 그럴 수 있는 거지?' 그는 속으로 이렇게 말하고, 삶과 죽음의 전체 수수께끼에 대한 이 유일한 해결책은 절대 불가능한 것이라고 보고 즉시 일축해버렸다.

'넌 지금 뭘 원하는 거야? 산다? 어떻게 살아야 하지? 정리(廷吏)가, 재판이 진행 중입니다, 하고 선언할 때 법정에서 살았던 것처럼 사는 것인가? 재판이 진행 중입니다, 재판이 진행 중입니다.' 그는 속으로 되풀이했다. '여기가 그 법정이다! 그러나 나는 잘못이 없어!' 그는 화를 내며 소리 질렀다. '무엇 때문에?' 그리고 그는 울음을 멈추고 얼굴을 벽 쪽으로 돌리고 계속 같은 생각을 하기 시작했다. 왜, 무엇 때문에 이 모든 두려움이 생긴 거지?

아무리 생각해도 답을 찾지 못했다. 그리고 자주 그랬듯, 이 모든 것은 그가 제대로 살지 않은 데서 비롯됐다는 생각이 떠오를 때마다 즉시 자기의 모든 삶이 정당했음을 떠올리면서 이상한 생각을 떨쳐냈다.

IO

또 두 주일이 흘러갔다. 이반 일리치는 이미 더 이상 소파에서 일어나지를 못했다. 그는 침대에 눕고 싶지 않았고, 그래서 소파에 누웠다. 그리고 거의 언제나 얼굴을 벽 쪽으로 향하고, 여전히 해결되지 않는 고통을 홀로 겪고, 여전히 해결되지 않는 생각을 혼자서 했다. '이게 뭐람? 이것이 정말 죽음이란 거야?' 그리고 내면의 목소리가 답했다. '그래, 맞아. 왜 이런 고통을 겪는 거지?' 그러자 또 목소리가 대답했다. '그냥. 아무 이유 없어.' 그런 대답 말고는 아무것도 없었다.

발병 초기부터, 이반 일리치가 처음 의사를 찾았을 때부터, 그의 삶은 서로 반대되는 두 개의 감정을 오가며 살아야 했다. 불가해하고 끔찍한 죽음을 절망스럽게 기다리는 것이 하나였고, 다른 하나는 신체 기능을 흥미진진하게 관찰하는 희망 섞인 마음이었다. 때로는 눈앞에, 한동안 제 의무를 게을리한 신장과 맹장이 있는가 하면, 때로는 무슨 수를 써도 결코 벗어날 수 없는, 불가해하고 끔찍한 죽음이 있었다.

이 두 가지 감정이 발병 초기부터 번갈아 나타났다. 그러나 병이 진행될수록 신장과 관련한 생각이 더 모호하고 환상적인 성격을 띠게 되고, 임박한 죽음에 대한 의식은 더욱 사실적으로 느껴졌다.

석 달 전 자기 모습과 함께, 얼마나 일정한 속도로 내리막길을 걸어왔는지 떠올리다 보면 모든 희망의 가능성은 산산조각 나버렸다.

최근에 소파 등받이 쪽으로 얼굴을 돌린 채 누워 있을 때의 그 외로움, 북적거리는 도시와 수많은 지인 그리고 가족들 한가운데서 느끼는 외로움, 바다 밑에도, 땅속에도 그 외로움보다 더 큰 외로움은 어디에도 없었다. 이반 일리치는 이 끔찍한 최근의 외로움을 오직 과거의 상상 속에서 살며 버텨냈다. 과거의 그림이 하나씩 떠올랐다. 그것은 언제나 가까운 시간에서 시작해 가장 먼 시절, 즉 어린 시절로 이어져 거기서 멈췄다. 그날 식사로 나왔던 삶은 자두를 생각하다 보면, 어린 시절 쭈글쭈글한 프렌치 날자두가 떠올랐다. 그 독특한 맛과 씨앗에 닿을 때 입안 가득 고인 침을 떠올렸고, 이 맛을 기억하면서 동시에 그 시절 일련의 기억이 함께 이어졌다. 보모, 형, 장난감. '

아냐, 그 생각을 하면 안 돼…. 너무 고통스러워.' 그는 속으로 말하고 다시 현재로 넘어왔다. 소파 등받이의 단추와 염소 가죽의 주름. '염소 가죽은 비싸고, 물러. 그 때문에 다퉜지. 그러나 그때는 염소 가죽도 달랐고, 다툼도 달랐어. 우리가 아버지 방에서 서류 가방을 찢은 일로 벌을 받을 때, 어머니는 작은 피로그[31]를 가져오셨지.'

그러다 생각은 다시 어린 시절에 머물렀고, 이반 일리치는 다시 고통스러웠다. 그래서 그 생각을 몰아내고 다른 생각을 하려고 애썼다.

그리고 바로 그곳에서, 이 기억 과정과 함께 그의 영혼에서는 또 다른 기억 과정이 진행되고 있었다. 즉, 그의 병이 어떻게 커지고 악화했는지. 더 거슬러 올라갈수록 삶은 더욱 삶다웠다. 좋은 일이 더 많았고, 삶 자체도 정말 살 만했다. 그리고 두 가지가 하나로 합쳐졌다. '고통이 점점 심해지면서, 내 삶도 점점 더 나빠졌어.' 그는 생각했다. 저기 초기에 삶이 시작될 때 하나의 밝은 빛이 있었는데, 점점 더 어두워지고 점점 더 속도가 빨라졌다. '죽음에 가까워질수록 속도가 반비례하

---

31 러시아식 만두

여 더 빨라지는구나.'

이반 일리치는 생각했다. 그리고 점점 속도가 증가하며 아래로 떨어지는 생각은 돌처럼 그의 영혼 깊은 곳으로 추락해버렸다. 점점 증가하는 고통의 연속인 삶이 그 끝, 가장 끔찍한 고통을 향해 점점 더 빠르게 떨어지고 있었다. '나는 날아간다….' 그는 몸부림치고 살짝 움직여 저항하고자 했다. 그러나 그는 이미 저항할 수 없다는 것을 알고 있었고, 지치긴 했지만, 자기 앞에 무엇이 있는지 보지 않을 수 없었다. 그는 소파 등받이를 응시하며 기다렸다. 끔찍한 낙하, 충격, 파멸을 기다렸다.

'저항은 불가능해.' 그는 속으로 말했다. '그러나 이것이 무엇 때문인지 이해할 수만 있다면! 그것도 불가능해. 내가 마땅히 살아야 하는 대로 살지 않았다고 말한다면, 설명이 가능할지도 모른다. 하지만 그걸 인정할 수는 없어.' 그는 자신이 법도에 따라 바르게, 어긋남 없이, 점잖게 살아왔다고 떠올리면서 혼잣말했다. '그건 도저히 받아들일 순 없지.'

그는; 마치 누군가가 속여넘길 사람이 있기라도 한 듯 입가에 미소를 지으며 속으로 말했다. '설명 따윈 없어! 고통, 죽음… 무엇 때문이란 말이지?'

II

그렇게 두 주일이 또 흘렀다. 이 기간에 이반 일리치 부부가 바라던 일이 일어났다. 페트리셰프가 정식으로 청혼을 한 것이다. 이 일은 저녁에 일어났다. 다음날 프라스코비야 표도로브나가 표도르 페트로비치의 청혼을 어떻게 설명할까 고민하며 남편에게 왔지만, 간밤에 이반 일리치의 상태는 더 악화되고 있었다. 여전히 그 소파지만, 전혀 다른 자세로 누워 있는 남편을 발견한 것이다. 그는 똑바로 누워서 신음하며 시선을 고정한 채 정면을 바라보고 있었다.

그녀는 약 얘기를 꺼냈다. 그는 시선을 그녀에게로 옮겼다. 그녀는 시작한 이야기를 끝마치지 못했다. 남편의 시선에는 자신을 향한 극심한 증오가 드러나 있었기 때문이었다. "제발 내가 편히 죽게 놔두시오" 하고 그가 말했다.

그녀는 나가려 했지만, 바로 그 순간 딸이 들어와 그에게 인사하려고 다가왔다. 그는 아내를 볼 때와 똑같은 눈으로 딸을 바라보았고, 용태를 묻는 그녀에게 곧 그들 모두를 자기에게서 자유롭게 해주겠노라고 무뚝뚝하게 말했다. 두 사람은 말없이 잠시 앉아 있다가 나갔다.

리자가 어머니에게 말했다. "우리가 뭐 잘못한 거라도 있어요? 꼭 우리 탓인 것처럼 하시잖아요! 아빠가 불쌍하긴 하지만, 왜 우리를 괴롭히는 거죠?"

의사는 늘 오던 시간에 왔다. 이반 일리치는 분노가 가득한 시선을 거두지 않은 채, "네, 아니요"로만 대답하다가 마지막에 말했다.

"당신이 해줄 일이 없다는 것을 아시잖습니까? 나를 그냥 내버려두세요."

"고통을 좀 덜어드릴 순 있습니다." 의사가 말했다.

"그것도 못 하고 있어요. 그냥 놔두세요."

의사는 응접실로 나가 프라스코비야 표도로브나에게 환자 상태가 아주 좋지 않고, 끔찍하기 이를 데 없는 고통을 덜어주려면 아편을 쓸 수밖에 없다고 말했다.

의사는 이반 일리치의 육체적 고통이 끔찍할 것은 맞지만 정신적인 고통은 훨씬 심할 것이고, 환자는 이것 때문에 가장 힘들 것이라고 말했다.

그의 정신적 고통은 그날 밤 졸음을 못 이기는, 광대뼈가 튀어나온 게라심의 선한 얼굴을 보면서, 문득 이런 의문이 머리에 스치면서 든 것이었다. '내 모든 삶, 내 의식적인 삶이 옳지 않은 것이라면?'

전에는 이런 생각이 전혀 떠오르지 않았지만, 자신이 마땅히 살아야 했던 삶을 살지 못했으며 그것이 사실일 수도 있다는 생각이 들었다. 가장 높은 지위에 있던 자들이 좋다고 여기는 것에 맞서 싸우려고 했던 눈에 띄지 않았던 충동, 그가 즉시 억눌렀던 그런 충동이 진짜이고 나머지는 전부 거짓일 수도 있다는 생각이 떠올랐다. 그의 일, 삶의 방식, 가족, 사회적 및 직업적 이해관계 역시 모두 거짓일 수도 있었다. 이 모든 것을 변호하려고 했지만, 문득 자기가 변호하는 것들의 온갖 약점이 다 보였다. 방어할 게 아무것도 없었다.

그는 속으로 말했다. '만일 그렇다면, 나에게 주어진 모든 것을 잃어버리고 고칠 수도 없다는 의식을 가지고 이생을 떠난다면, 그러면 어쩌지?' 그는 똑바로 누워 자신의 전 생애를 하나하나 완전히 새롭게 정리하기 시작했다. 아침에 하인을, 그다음 아내를, 딸을, 의사를 차례대로 만났을 때, 그들의 움직임 하나하나, 그들의 말 한마디 한마디가 밤사이에 그에게 드러난 끔찍한 진실을 확인시켜주었다. 그는 그들에게서 자신을, 자기가 살아온 모든 것을 보았다. 이 모든 것이 옳지 않다는 것과 그리고 삶과 죽음을 모두 가려버리는 끔찍하고 거대한 기만이었음을 분명히 보았다. 이 의식은 더욱 커져서 그의 육체적 고통은 열 배나 증가했다. 그는 신음하고 뒤척이며 입고 있던 옷을 쥐어뜯었다. 걸친 옷이 자신을 질식시키고 짓누르는 것 같았다. 그 때문에 그는 그들을 증오했다.

그는 다량의 아편을 투여받고 정신을 잃었다. 하지만 점심때가 되자 통증이 다시 시작되었다. 그는 모두를 내보내고 이리저리 뒤척였다.

아내가 그에게 와서 말했다.

"장, 여보, 날 봐서 이 일을 해줘요(나를 봐서라고?). 해로울 건 없고 도움이 될 일이에요. 별것은 아니에요. 건강한 사람들도 자주 해요…."

그는 눈을 크게 떴다

"뭐라고? 성찬을 받으라고? 무엇 때문에? 필요 없소! 그렇지만…."

그녀는 울기 시작했다.

"네, 여보. 우리 신부님을 부를게요. 그분은 아주 좋은 분이에요."

"훌륭해요, 아주 좋아." 그가 중얼거렸다.

신부가 와서 그의 참회를 들었다. 그는 마음이 누그러졌고, 의심에서 해방된 것 같은 느낌을 받았고 그 결과 고통도 나아진 것 같았다. 그리고 한 줄기 희망이 보이기 시작했다. 그는 맹장이 회복 가능할지 생각하기 시작했다. 그는 눈물을 글썽이며 성찬을 받았다.

성찬식 후 자리에 눕자 마음이 편해졌다. 순간, 삶에 대한 희망이 다시 불붙었다. 언젠가 제안받았던 수술에 대해 생각하기 시작했다. '살고 싶다, 살고 싶다.' 그는 속으로 말했다. 아내가 그의 성찬식을 축하하기 위해 왔다. 그녀는 통상적인 말을 하고 덧붙였다.

"기분이 좋아졌죠. 그렇지 않아요?"

그는 그녀를 보지 않고 중얼거렸다. "그렇소."

아내의 옷차림과 몸매, 표정, 목소리의 울림, 이 모든 것은 한 가지를 말하고 있었다. '이게 아냐. 당신이 살아온 것은 다 거짓이야. 삶과 죽음을 못 보게 만든 기만이지.' 그리고 그가 이런 생각을 하자마자 증오가 일었고, 그와 함께 극도로 괴로운 육체적 고통이 들이닥쳤다. 또한 고통과 함께 가까이 다가와 있던 불가피한 죽음을 떠올리기 시작했다. 그러자 새로운 증상이 나타났다. 몸이 죄고, 쑤시고, 숨 막히는 느낌이 들기 시작했다.

"그렇소" 하고 중얼거릴 때 그의 표정은 끔찍했다. 그녀의 얼굴을 똑바로 쳐다보며 "그래"라고 중얼거리고 나서, 쇠약한 몸이라고는 믿을 수 없을 만큼 빠르게 몸을 뒤집으며 소리쳤다.

"가시오, 가. 혼자 있고 싶소!"

12

그때부터 사흘간 끊임없이 비명이 들렸는데, 그 소리는 너무나 끔찍해서 닫힌 문 두 개를 사이에 두고서도 몸서리를 칠 지경이었다. 아내에게 대답하는 순간, 그는 자신이 길을 잃었고, 다신 돌아갈 수 없다는 것을, 그리고 종말, 완전한 종말이 다가왔지만 의심은 여전히 해소되지 않을 것을 깨달았다.

"우! 우우! 우!" 그는 다양한 높이로 소리쳤다. "나는 싫어!" 하고 소리치기 시작하더니 계속해서 "우" 하고 울부짖었다.

그 사흘 내내 그에게선 시간이 사라졌다. 보이지 않고 거역할 수 없는 힘이 욱여넣은 검은 자루 속에서 그는 몸부림쳤다. 사형 선고를 받은 자가 벗어날 수 없음을 알면서도 형리의 손아귀에서 몸부림치듯 그렇게 기를 썼다. 매 순간 온 힘을 다해 기를 쓰는데도, 자신을 두렵게 만드는 그것에 점점 더 가까워지고 있음을 느꼈다. 그는 자기의 고통이 이 검은 구멍 속으로 빨려 들어가는 데 있긴 하지만, 그보다는 자기가 그 속으로 바로 들어가지 못하는 것이 더 크다고 느꼈다. 자기 삶이 나름대로 훌륭했다는 의식이 그 안으로 들어가는 것을 방해했다. 자기 삶에 대한 이러한 정당화는 그를 붙들어 앞으로 나아가지 못하게 하고, 무엇보다 그를 괴롭혔다.

갑자기 어떤 힘이 그의 가슴을, 옆구리를 밀치며, 더 강하게 그의 호흡을 짓눌렀다. 그는 구멍 속으로 떨어졌고, 거기 구멍의 끝에서 뭔가가 빛나기 시작했다. 기차를 타고 있을 때 벌어지는 것과 같은 일이 그에게 벌어졌다. 즉, 앞으로 가고 있다고 생각할 때, 뒤로 가고 있고, 그런 다음 갑자기 진짜 방향을 인식하게 되는 일이.

"그래, 모든 게 옳지 않았어." 그는 혼자 중얼거렸다. "하지만 상관없어. 할 수 있어. 옳게 할 수 있어. 그런데 옳다는 게 뭐지?" 그는 자신에게 묻다가 갑자기 조용해졌다.

그것은 사흘째 되는 날의 끝, 그가 죽기 한 시간 전에 있었던 일이다. 바로 그 시각 아들이 조용히 아버지 침대 곁으로 다가왔다. 죽어가는 자는 여전히 절망적으로 소리치며 양손을 휘젓고 있었다. 그의 한쪽 손이 아들의 머리 위에 닿았다. 아들은 그 손을 붙들어 입술에 대고 울기 시작했다.

바로 그때 이반 일리치는 구멍에 떨어져 한 줄기 빛을 보았다. 자기 삶이 비록 완전한 것은 아니었지만 아직은 바로잡을 수 있다는 것을 확연히 알게 되었다. 그는 자신에게 '옳은 것'이 무엇인가 묻고 조용히 귀를 기울였다.

이때 그는 누군가가 자기 손에 입 맞추는 것을 느꼈다. 그는 눈을 뜨고 아들을 보았다. 그는 아들에게 미안함을 느꼈다. 아내가 다가왔다. 그는 그녀를 바라보았다. 그녀는 입을 벌린 채, 콧잔등과 뺨에 흐르는 눈물을 닦지도 못하고 절망적인 표정으로 그를 바라보았다. 그는 그녀에게 미안함을 느꼈다.

'그래, 내가 그들을 정신적으로 괴롭히고 있구나.' 그는 생각했다. '그들은 비통하겠지만, 내가 죽으면 편해질 거야.' 이 말을 하고 싶었지만, 힘이 없었다. '꼭 말하지 않아도 돼. 행동해야지.' 그는 눈으로 아내에게 아들을 가리키고 말했다.

"데리고 나가… 미안해… 그리고 당신에게도." 그는 '날 용서하오'

하고 덧붙이고 싶었지만, '통과시켜'[32] 하고 말했다. 그리고 이미 정정할 힘이 없어 이해할 사람은 이해할 것이라고 믿고, 한 손을 내저었다.

그리고 갑자기 그를 괴롭히고 나오지 않던 것이, 별안간 한꺼번에 양방향으로, 열 방향으로, 온갖 방향으로 나온다는 것이 분명해졌다. 그들이 가엾다. 그들이 아파하지 않도록 해야만 한다. 그들을 구출하고 스스로 이 고통에서 벗어나야 한다.

'얼마나 훌륭하고 얼마나 간단한가!' 그는 생각했다.

'그리고 통증은?' 그는 자문했다. '그것은 어디로 가고 있지? 너는 어디 있니, 통증아?'

그는 귀를 기울였다.

'그래, 여기 있구나. 자, 통증을 내버려두지.'

'그럼 죽음은? 죽음은 어디 있나?'

그는 죽음에 대한 오랜 습관적인 두려움을 찾았으나 찾지 못했다. 그것은 어디 있지? 무슨 죽음? 더 이상 죽음이 없었기 때문에 어떤 두려움도 없었다.

죽음 대신에 빛이 있었다.

"그래, 그렇지!" 갑자기 그는 큰 소리로 말했다. "이렇게 기쁠 수가!"

그에게 이 모든 일이 한순간에 일어났고, 그 순간의 의미는 변하지 않았다. 거기 있는 사람들에게 그의 임종의 고통은 두 시간 더 이어졌다. 그의 가슴에서 무언가가 끓어올랐다. 그의 기진맥진한 몸이 계속 경련을 일으켰다. 그러더니 끓는 소리와 쌕쌕거리는 소리가 점점 가라앉았다.

---

32 러시아어에서 '용서하라'는 말과 '통과시키라'는 말의 철자는 비슷하다.

"다 끝났습니다." 그의 위에서 누군가가 말했다.

그는 그 말을 듣고 마음속에서 되풀이해 보았다. '죽음은 끝났다.' 그는 속으로 말했다. '죽음은 더 이상 없어.'

그는 숨을 들이켰다가 뱉는 도중에 멈추고, 몸을 쭉 뻗고 생을 마감했다.

주인과 일꾼

I

70년대 어느 해 성 니콜라우스 겨울 축일[33] 다음날이었다. 교구에선 축제가 열렸다. 마을 여관주인이자 두 번째 상인조합 구성원인 바실리 안드레이치 브레후노프는 잠시도 집을 비울 수 없었는데, 교회 장로로서 교회에 가 있어야 했고, 집에서는 친척들과 친지들을 맞아 대접해야만 했기 때문이다. 그러나 마지막 손님이 떠나자 바실리 안드레이치는 즉시 오랫동안 흥정해왔던 삼림을 매입하기 위해 이웃 지주를 만나러 갈 채비를 하기 시작했다. 바실리 안드레이치가 서둘러 떠난 까닭은 도시 상인들이 이 유리한 거래를 가로채지 못하도록 하기 위해서였다. 젊은 지주는 삼림 대금으로 1만 루블을 요구했는데, 단지 바실리 안드레이치가 먼저 7천 루블을 제시했다는 이유 때문이었다. 7천 루블은 숲의 실제 가치의 3분의 1에 지나지 않았다. 바실리 안드레이치는 가격을 더 깎을 가능성도 있었는데, 숲이 그가 사는 지역에 있고, 그와 다른 동료 상인들 사이에는 각자 남이 흥정하는 데 끼어들어 가격을 올리지 말자는 규율이 이미 오래전에 확립되어 있었기 때문이었다. 그렇지만 그는 현의 삼림 거래상들이 고랴친스키 숲을 흥정하러 가고 싶어 한다는 것을 알았고, 그래서 얼른 가서 지주와의 거래를 끝내자고 결심했다. 그래서 축제가 끝나자마자 트렁크에서 7백 루블을 꺼내고,

---

33 성 니콜라우스는 네덜란드어와 영어를 거쳐 산타클로스라고 불리게 된 인물이다. 축일은 연중 두 차례로 여름(5월 22일)과 겨울 축일(12월 19일)이 있다.

거기에 자기 수중에 있는 교회 돈 2천 3백 루블을 더해 도합 3천 루블을 장만했다. 그리고 그것을 조심스럽게 여러 번 센 다음 지갑에 넣고 서둘러 떠났다.

그날 바실리 안드레이치의 일꾼들 가운데 유일하게 술에 취하지 않은 니키타가 마구를 메우러 달려갔다. 그는 본래 술꾼이었는데, 금식일이 시작되기 전날 반외투와 가죽 장화까지 저당 잡혀 술로 없애고 나더니 금주를 다짐하고 두 달째 그것을 지키고 있었다. 축제가 시작되고 처음 이틀간 어디서나 사람들이 진탕 마셔댔지만, 그는 술의 유혹을 이겨냈다.

니키타는 근처 마을에서 온 50세 정도의 농부였다. 그는 사람들이 이야기하듯 관리인은 아니었고, 인생의 대부분을 집에서 살지 않고 사람들과 부대끼며 보냈다. 그는 근면성과 일솜씨, 일할 때 발휘하는 힘, 무엇보다 친절하고 유쾌한 성격으로 어디서나 높은 평가를 받았다. 하지만 1년에 두어 번, 혹은 더 자주 고주망태가 되도록 마셨는데, 그럴 때면 자신이 가진 것을 몽땅 마시는 데 쓰고, 소란을 피우고 시비를 걸어서 어디에서도 화목하게 지내지 못했다. 바실리 안드레이치 또한 몇 번이나 그를 내쫓았다가 그의 정직함, 동물을 사랑하는 마음을 높이 사서, 특히 몸값이 저렴했기에 나중에 다시 데려갔다. 니키타 같은 일꾼들은 원래 새경으로 80루블을 받지만, 바실리 안드레이치는 그에게 40루블만, 게다가 정식 계산은 하지도 않고 잔돈으로 그리고 대부분 현금이 아니라 상점 물건을 비싸게 쳐서 넘기는 방식으로 지급했다.

한때 아름답고 활기찬 아낙이었던 니키타의 아내 마르파는 아직 미성년인 아들과 두 명의 딸을 데리고 농가 살림을 했지만, 남편에게 집으로 들어오라고 부르지 않았다. 물론 이유는 있었다. 첫째, 그녀는 그들 집에 세입자로 묵고 있는 다른 마을 출신 농부이자 통 제조공과 이미 20년 정도를 살았고, 둘째, 멀쩡할 때는 마음대로 남편을 부렸지만, 그가 술에 취했을 때는 불처럼 두려웠기 때문이다. 한번은 집에서 취했을 때, 아마도 멀쩡할 때의 유순함을 분풀이라도 하려는 듯, 니키타는 그녀의 옷상자를 부수고 가장 값나가는 옷을 꺼내 도끼로 사라판[34]과 속옷들을 산산조각 내버렸다. 번 돈은 전부 그의 아내 수중으로 들어갔는데 니키타는 거기에 한 번도 이의를 제기하지 않았다. 그렇게 지금, 축제 이틀 전에 마르파는 바실리 안드레이치에게 와서 밀가루, 차, 설탕 그리고 보드카 8분의 1파운드를 받아 갔는데, 그것은 다 해봐야 3루블 어치밖에 되지 않았다. 거기에 현금 5루블을 더 받고는, 마치 특별한 은전이라도 되는 양 감사를 표했다. 하지만 바실리 안드레이치가 더 지급해야 할 품삯은 낮게 잡아도 20루블이었다.

"우리가 어떤 계약을 맺었나?" 바실리 안드레이치가 니키타에게 말했다 "필요한 것이 있으면 가져가고 일해서 갚아. 나는 다른 사람들처럼 자넬 기다리게 하고, 계정을 만들어 벌금을 계산하는 짓을 하고 싶지 않네. 우리는 명예를 걸고 일하네. 자네가 나를 위해 일하면 나는 모른 체하지 않겠네."

이 말을 할 때 바실리 안드레이치는 자기가 니키타에게 은혜를 베풀고 있다고 진심으로 확신했다. 그는 이야기를 매우 설득력 있게 할 줄 알았고, 그래서 니키타로부터 시작해서 그의 돈에 의지하는 사람 모두는 그가 자기들을 기만하지 않고 호의를 베풀고 있다고 굳게 믿으며 그를 지지했다.

---

34 러시아 여성들의 전통 의상

"네, 이해합니다. 바실리 안드레이치. 제가 성심으로 일하는 것 아시죠. 아버지께 해드리듯 애쓰고 있어요. 아주 잘 이해합니다." 니키타는 대답했다. 그는 바실리 안드레이치가 자기를 기만하고 있다는 것을 아주 잘 알았지만, 동시에 자기의 품삯을 놓고 그와 따져봐야 부질없고, 다른 데 갈 데가 없는 한 그냥 살고, 주는 대로 받아야 한다고 느꼈다.

지금 말을 메우라는 주인의 명을 받은 니키타는 여느 때처럼 유쾌하고 기꺼이, 빠르고 경쾌하게 거위걸음을 내디디며 헛간으로 갔다. 거기서 그는 못에 걸린, 술이 달린 무거운 가죽 굴레를 내려 재갈을 쟁그랑거리며 문 닫힌 마구간으로 갔다. 거기엔 바실리 안드레이치가 메우라고 지시한 말이 홀로 서 있었다.

"뭐야, 외롭다고, 외로웠다고, 바보야?" 니키타가 홀로 마구간에 서 있던, 중키에 체격 좋고, 엉덩이가 약간 처졌으며, 전체적으로 흑갈색 바탕에 얼굴, 다리, 배에 갈색 반점이 있는 종마가 환영하듯 낮게 울자 그에 응답하듯 말했다. "자, 시간은 충분해, 먼저 물을 주마." 그는 말을 알아듣는 존재와 이야기하듯 말하며, 한가운데가 움푹 꺼졌고 좀이 슨 것처럼 먼지를 뒤집어쓴 살진 말 등을 겉옷 앞자락으로 털고 나서, 녀석의 잘생긴 머리에 굴레를 씌우고 귀와 앞머리를 곧게 펴고 고삐를 내려뜨린 뒤 물을 먹이기 위해 이끌었다.

거름으로 뒤덮인 마구간에서 조심스럽게 나온 뒤, 무호르티[35]는 장난을 치며, 마치 함께 우물로 달려가던 니키타를 뒷다리로 차기라도 하려는 듯 힘차게 뒷다리를 차올렸다.

---

35 무호르티는 갈색 반점이 있는 말이란 보통명사인데, 톨스토이는 이 보통명사를 처음 쓴 이후로는 말의 이름으로 계속 부르고 있다.

"버릇없구나, 버릇없어, 이 망나니!" 니키타는 무호르티가 차지는 않고 기름에 찌든 털가죽에만 닿도록 조심스럽게 뒷발을 들어 올리기만 한다는 것과 특히 이런 장난을 좋아한다는 사실을 알았기에 되풀이해 말했다.

냉수를 실컷 마신 말은 한숨을 쉬고 두툼한 젖은 입술을 가볍게 움직였다. 털에서 구유 위로 투명한 물방울이 뚝뚝 떨어졌다. 그리고 마치 생각에 잠긴 듯 가만히 있다가 갑자기 큰 소리로 콧김을 내뿜었다.

"그만 마시고 싶으면 그래도 돼. 대신 나중에 더 달라고 하면 안 돼." 니키타는 자신의 행동을 무호르티에게 아주 진지하고 충분하게 설명했다. 그런 다음 그는 뒷발을 차며 온 마당을 뛰어다니려는 유쾌한 젊은 말의 고삐를 잡고 헛간으로 되돌아갔다.

일꾼들은 아무도 없었다. 다만 축제에 온 요리사의 남편만 있었는데, 낯선 얼굴이었다.

"여보게, 가서 좀 물어보시게." 니키타가 그에게 말했다. "어떤 썰매를 매야 할지, 폭이 넓고 낮은 썰매인지[36] 작은 썰매인지."

요리사의 남편은 바닥을 높이고 양철 지붕을 이은 집 안으로 들어가 이내 작은 썰매를 매라는 지시를 듣고 돌아왔다. 그때 니키타는 무호르티의 목줄과 놋쇠 장식 복대를 묶은 뒤, 한 손에는 밝게 칠한 멍에를 들고, 다른 손에는 말을 끌며 창고에 있는 두 대의 썰매 쪽으로 다가가고 있었다.

"작은 썰매라, 작은 썰매라." 그는 그렇게 말하며, 내내 자신을 무는 시늉을 하던 똑똑한 말을 썰매째 끌고 와 요리사 남편의 도움을 받아

---

36   이 썰매 내부에는 인피 즉 보리수나 느릅나무 껍질로 된 내피를 깔았다.

말을 메우기 시작했다.

모든 것이 거의 끝나고 고삐 채우는 일만 남았을 때, 니키타는 요리사의 남편에게 헛간에서 짚을, 창고에서는 마포(麻布)를 가져오게 했다.

"됐어. 자, 자, 흥분하지 말라고!" 니키타는 요리사의 남편이 가져온 갓 탈곡한 귀리 짚을 썰매 속에 욱여넣으며 말했다. "이제 거베를 깔고 그 위에 마포를 깔면 돼. 그렇지, 그렇지. 이제 앉기 편할 거야." 그는 말에 행동을 맞추며 자리 주위로 짚 위에 마포를 깔았다.

"고맙소, 친구." 니키타가 요리사의 남편에게 말했다. "둘이 하면 언제나 빨라." 그리고 연결된 끝에 고리 달린 가죽 고삐를 풀고 마부석에 앉아, 출발하지 못해 안달하는 착한 말을 부려서 거름이 얼어붙은 마당을 지나 대문을 향해 몰았다.

"미키트[37] 아저씨, 아저씨!" 검정색 털가죽 반외투 차림에 새로 산 펠트 장화를 신고 털모자를 쓴 일곱 살짜리 소년이 현관에서 마당으로 급히 뛰어나오며 뒤에서 높은 목소리로 외쳤다. "나도 태워줘요." 그는 털외투 단추를 채우며 외쳤다.

"그래, 그래. 같이 가자." 니키타는 말하며 썰매를 멈췄다. 그리고 기뻐서 얼굴이 환히 빛나는, 창백하고 빼빼 마른 주인 아들을 태우고 거리로 나갔다.

오후 두 시가 지나 있었다. 날씨는 흐리고 바람이 불면서 영하 10도 정도로 추웠다. 하늘의 절반이 낮게 드리운 먹구름에 가려져 있었다. 그러나 마당은 조용했다. 거리에서는 바람이 점차 거세졌다. 이웃 창고의 지붕에서 눈이 쓸려 내려와 목욕실 근처 구석에서 소용돌이쳤다.

---

37   니키타를 말한다.

니키타가 대문을 지나 현관으로 말머리를 돌리는 순간, 양가죽 툴룹[38]을 입고 허리에 낮게 가죽띠를 단단히 묶은 차림으로, 바실리 안드레이치가 입에는 담배를 문 채 높은 현관에 나와 섰다. 현관에선 밟아서 다져진 눈이 펠트 장화 아래에서 뽀득뽀득 소리를 냈다.

한 모금 빨고 나서 그는 꽁초를 바닥에 던지고 발로 비벼 껐다. 그리고 수염을 통해 연기를 내뿜으면서 다가오는 말을 곁눈으로 힐끗 보았다. 내쉬는 숨에 모피가 축축해지지 않도록, 외투 깃 모서리를 콧수염을 빼고 말끔히 면도한 혈색 좋은 얼굴 양쪽으로부터 안으로 밀어 넣기 시작했다.

"저것 보라지, 저 장난꾸러기가 벌써 저기 있네!" 그는 썰매에 앉아 있는 아들을 보고 말했다. 바실리 안드레이치는 손님과 함께 마신 술로 들떠 있었고, 그래서 자기에게 속한 모든 것, 자기가 하는 모든 일에 평소보다 더욱 만족스러워했다. 언제나 마음속으로 후계자라고 여기는 아들의 모습은 지금 그에게 큰 만족을 안겨주었다. 그는 눈을 가늘게 뜨고 긴 이를 드러내며 아들을 바라보았다.

머리와 어깨를 모직 숄로 감싸 오직 눈만 보이는 창백하고 마른 바실리 안드레이치의 아내는, 임신했지만 남편을 배웅하기 위해 현관에 나와 그의 뒤에 서 있었다.

"정말, 니키타를 데려가시면 좋겠어요." 그녀가 문 뒤에서 소심하게 나서며 말했다.

바실리 안드레이치는 그녀의 말에 아무 대꾸도 하지 않고, 화가 난 듯 이맛살을 찌푸리며 침을 뱉었다.

---

38 깃이 높고 안에 천을 대지 않은 긴 털외투

"돈을 가져가는 거잖아요." 아내가 여전히 애처로운 목소리로 말을 이어갔다. "게다가 날씨가 나빠지면 어떻게 해요. 제발, 그를 데려가세요."

"뭐야, 내가 길을 모르니까 안내자가 필요하다는 거야?" 바실리 안드레이치는 매수자나 매도자와 이야기할 때면 늘 그렇듯, 입술을 부자연스럽게 긴장시켜 낱말 하나하나를 분명하게 발음하며 말했다.

"데려가는 게 좋겠어요, 제발 부탁이에요." 아내가 숄을 다른 쪽으로 더 싸매며 되풀이했다.

"정말 거머리같이 끈질기군…. 내가 어디로 데려가야 한다는 거요?"

"뭘요, 바실리 안드레이치, 저는 준비가 돼 있습니다." 니키타가 유쾌하게 말했다. "다만 소인이 없는 동안 말에게 여물을 주라고 하면 좋겠어요." 그가 여주인을 향해 덧붙였다.

"내가 살펴볼게요, 니키티슈카. 세몬에게 주라고 할게요." 여주인이 말했다.

"자, 그럼. 같이 갈까요, 바실리 안드레이치?" 니키타가 말하며 대기했다.

"보아하니 마누라 비위를 맞춰야겠군. 다만 같이 갈 거라면 가서 더 따뜻하게 입고 오게." 바실리 안드레이치는 다시 미소를 지으며 겨드랑이 아래와 등이 해지고, 가장자리 술이 뜯겨나가고, 기름때가 묻은 니키타의 털가죽 반외투를 가리키며 말했다. 옷은 주인을 만난 이래 많은 일을 겪은 탓에 형태가 엉망이었다.

"어이, 친구. 말 좀 잡아주게!" 니키타가 여전히 마당에 있는 요리사의 남편에게 소리쳤다.

"내가, 내가 할래!" 소년이 소리치며 발갛게 언 작은 손을 주머니에서 꺼내 차가운 가죽 고삐를 쥐었다.

"너무 오래 치장하지는 마, 서둘러." 바실리 안드레이치가 니키타에게 소리치며 씩 웃었다.

"잠깐이면 됩니다. 바실리 안드레이치." 니키타는 말하고 펠트 천으로 밑창을 덧댄 낡은 펠트 장화 안의 발가락을 꼼지락거리며, 재빨리 마당을 가로질러 일꾼 방으로 달려갔다.

"어이, 아리누슈카, 난로에서 내 외투 좀 내려줘. 주인과 함께 가야 해!" 그가 안으로 달려 들어가 못에 걸린 가죽 띠를 내리며 말했다.

점심 식사 후 한잠 자고 난 뒤, 이제 남편을 위해 사모바르(주전자)를 준비하던 일꾼들의 요리사가 유쾌하게 니키타를 맞았다. 그녀는 그가 서두르자 덩달아 재빠르게 움직이기 시작하며, 난로에서 말리고 있던 나사로 지은 엉성하고 닳아빠진 카프탄[39]을 가져와 재빨리 털고 주물러 부드럽게 만들기 시작했다.

"이제 아주머니도 낭군과 가뿐하게 쉬도록 해." 둘이 있으면 누구에게나 친절하고 공손하게 말하는 니키타가 요리사에게 말했다.

그리고 그는 닳아빠진 가느다란 허리띠를 몸에 두르며, 이미 마른 배를 숨을 들이켜서 더 홀쭉하게 만들고는 털가죽 반외투를 최대한 조였다.

그는 더 이상 요리사가 아닌 띠를 향해 그 끝을 허리춤에 집어넣으며 말했다. "자, 이제 풀리지 않을 거야." 그리고 어깨를 위아래로 움직여 팔을 편하게 하고, 그 위에 할라트[40]를 걸치고 팔을 더 편하게 만들

---

39 옷자락이 긴 남성용 겉옷
40 단추를 채우지 않고 입는 긴 겉옷

려고 등을 훨씬 더 둥글게 하고 겨드랑이 아래를 찔러 넣어보고는 선반에서 벙어리장갑을 꺼냈다. "자, 이제 됐어."

"스테파니치, 당신은 발을 싸주면 좋을 텐데요. 장화 상태가 별로잖아요." 요리사가 말했다.

니키타는 문득 무언가 깨달았다는 듯 걸음을 멈췄다.

"그래, 마땅히…. 하지만 저들도 이렇게 하는데, 먼 길도 아니고." 그러고는 마당으로 달려나갔다.

"그렇게 하고 춥지 않겠어요, 니키투슈카[41]?" 그가 썰매에 다가가자 여주인이 말했다.

"춥다니요, 아주 따뜻한걸요." 니키타는 그렇게 대답하며 다리를 가리기 위해 썰매 앞부분의 짚을 정돈하고, 좋은 말에게는 쓸 일이 없는 채찍을 짚 아래 밀어 넣었다.

바실리 안드레이치는 벌써 썰매에 앉아 있었는데, 두 벌의 모피 외투를 겹쳐 입은 그의 등이 썰매의 둥근 등받이를 꽉 채웠다. 그는 곧 고삐를 잡고 말을 툭툭 건드렸다. 니키타는 썰매가 움직이자 왼쪽 앞에 걸터앉아 한쪽 다리를 밖으로 내밀었다.

---

41 니키타의 애칭

2

좋은 종마가 썰매를 끌자 미끄럼대가 살짝 삐걱거렸다. 말은 마을을 가로질러 나 있는 매끄럽게 얼어붙은 길을 따라 활발한 걸음으로 출발했다.

"어디에 달라붙어 있는 거냐? 채찍 이리 줘. 미키타[42]!" 바실리 안드레이치는 미끄럼대 뒷부분에 걸터앉아 있던 후계자를 보며 기뻐하며 외쳤다. "여깃다! 엄마에게 가거라. 이 강아지!"

소년은 뛰어내렸다. 무호르티는 걸음을 재촉하다가 갑자기 발을 바꾸어 속보로 넘어갔다.

바실리 안드레이치의 집이 있는 크레스티 마을에는 여섯 채의 건물이 있었다. 마지막에 있는 대장장이 집을 지나자마자 그들은 이내 바람이 생각보다 훨씬 강하다는 것을 느꼈다. 길은 이미 거의 보이지 않았다. 미끄럼대가 남긴 자국은 즉시 눈에 덮였고, 길은 단지 양쪽 가장자리보다 높다는 것 외엔 구별하기 어려웠다. 온 들에 눈보라가 휘몰아쳤고, 땅과 하늘이 만나는 선은 보이지 않았다. 언제나 잘 보이던 텔랴틴 숲은 먼지처럼 몰아치는 눈 사이로 그저 이따금 거뭇거뭇하게 보일 뿐이었다. 바람은 왼쪽에서 불어와 무호르티의 가파르고 살진 목위 갈기를 끊임없이 반대쪽으로 몰아붙였고 단순한 매듭으로 묶은 부드러운 꼬리도 반대쪽으로 밀어냈다. 니키타가 입은 외투의 넓은 깃은

---

42   니키타를 의미한다.

바람이 불어오는 쪽에 앉은 탓에 뺨과 코에 바싹 달라붙었다.

"진짜로 달릴 기회를 주지 않는군. 눈이 너무 많이 와." 자기 말[馬]에 대해 자부심이 있던 바실리 안드레이치가 말했다. "한번은 녀석을 타고 파슈티노에 갔는데, 30분밖에 안 걸렸지."

"뭐라고요?" 깃 때문에 제대로 듣지 못한 니키타가 물었다.

"파슈티노까지 30분 만에 갔다고 했네." 바실리 안드레이치가 큰 소리로 말했다.

"녀석이 좋은 말인 것은 더 얘기할 필요도 없지요." 니키타가 대꾸했다.

그들은 침묵을 지켰다. 그러나 바실리 안드레이치는 이야기가 하고 싶었다.

"그런데 안사람에게는 통 제조공에게 술을 주지 말라고는 했는가?" 그는 좀 전처럼 큰 목소리로 말하며, 니키타가 자기와 같은 현명하고 유력한 사람과 이야기 나누는 것을 틀림없이 영광으로 여길 거라고 확신했다. 또한, 자신이 건넨 농담에 너무 만족해서 그 말이 니키타에게 불쾌할 수도 있다는 생각은 하지도 않았다.

그러나 니키타는 거센 바람 소리에 다시 주인의 말을 제대로 듣지 못했다. 바실리 안드레이치는 크고 명확한 소리로 통 제조공과 관련한 자기 농담을 되풀이했다.

"그것은 그들 일이고요, 나는 거기에 끼어들지 않습니다. 그녀가 우리 아이를 괴롭히지 않는 한 그냥 둡니다."

"그렇군." 바실리 안드레이치가 말했다. "그럼, 봄에 말을 살 건가?" 그는 주제를 바꿔 이야기를 계속했다.

"네, 달리 방법이 없습니다." 니키타가 카프탄의 깃을 뒤로 접고 주인 쪽으로 몸을 기울이며 대답했다.

이제 대화가 니키타에게도 재미있어졌고, 그래서 그는 한 마디도 놓치지 않으려 했다.

"아들이 성장했으니 스스로 농사를 짓기 시작해야 하는데, 지금까지는 늘 사람을 써 왔습죠."

"그래, 살도 찌지 않고 윤이 나는 놈을 하나 데려가지. 많이 달라고 하지 않겠네!" 바실리 안드레이치는 활기를 느끼며 외쳤고, 결국 자신이 온통 몰두하며 좋아하는 일, 즉 말 거래를 시작했다.

"15루블 정도를 주시면 말 시장에서 사겠습니다." 니키타는 바실리 안드레이치가 자기에게 넘기고자 하는 말이 기껏 해봐야 7루블인데, 25루블로 쳐서 넘기려 할 테고, 그러면 반년간의 품삯을 한 푼도 받지 못할 것을 알고 말했다.

"말은 좋아. 난 자네 일을 내 일처럼 생각한다네. 양심을 걸고. 브레후노프는 누구에게도 손해를 입히지 않아. 손해는 내가 봐. 난 다른 사람들하고는 달라. 명예를 걸고." 그는 매도자와 매수자를 구워삶는 예의 그 목소리로 소리쳤다. "말은 진짜 좋아!"

"그렇군요." 니키타는 한숨을 쉬었고, 더 이상 들어볼 것도 없다고 확신하며 깃을 세웠고, 그 즉시 귀와 얼굴이 덮였다.

그들은 말없이 30분을 달렸다. 털외투가 해진 니키타의 옆구리와 팔 사이로 바람이 세차게 불어왔다.

그는 몸을 웅크리고, 덮고 있던 깃 속으로 숨을 불어넣었다. 그러자 완전히 춥지는 않았다.

"어떻게 생각하나? 카라미셰보를 통과할까, 똑바로 갈까?" 바실리 안드레이치가 물었다.

카라미셰보를 지나는 길은 이정표가 2열로 잘 세워져 있고, 왕래가 더 빈번했지만, 조금 더 멀었다. 똑바로 가는 길은 더 가까웠지만, 통행량이 적고 이정표도 없었으며 노면이 고르지 않고 눈에 덮여 있었다.

니키타는 잠깐 생각했다.

"카라미셰보로 가는 길은 조금 더 멀긴 하지만, 가기엔 더 좋습니다." 그가 말했다.

"그렇지만 똑바로 골짜기만 통과하면 헤맬 일은 없어. 숲에 들어가면 괜찮을 거야." 똑바로 가려는 바실리 안드레이치가 말했다.

"원하는 대로 하십시오." 니키타는 말하고 다시 깃을 세웠다.

바실리 안드레이치는 그렇게 했다. 그들은 반베르스타쯤 간 뒤에 아직 마른 이파리 몇 장이 달린 채 바람에 흔들리는 키 큰 참나무 가지에 이르러 왼쪽으로 꺾었다.

방향을 틀자 그들은 바람을 거의 정면으로 맞았다. 그리고 눈도 내리기 시작했다. 썰매를 몰던 바실리 안드레이치는 뺨을 부풀리고 숨을 아래로, 콧수염쪽으로 뱉었다. 니키타는 졸고 있었다.

그렇게 조용히 10분 정도를 달렸다. 갑자기 바실리 안드레이치가 무슨 말을 하기 시작했다.

"무슨 일입니까?" 니키타가 눈을 뜨며 물었다. 바실리 안드레이치는 아무 대답도 하지 않고 몸을 꺾어 뒤를 돌아보더니 말 앞에 놓인 전방을 바라보았다. 사타구니와 목털이 땀으로 가늘게 말리기 시작한 말은 완보로 걷고 있었다.

"무슨 일입니까?" 니키타가 다시 물었다.

"무슨 일, 무슨 일!" 바실리 안드레이치는 화가 잔뜩 난 목소리로 그를 흉내 냈다. "이정표를 찾을 수가 없어! 길을 벗어난 게 틀림없는 것 같아."

"멈추세요, 길을 찾아볼게요." 니키타는 그렇게 말하고 썰매에서 가볍게 뛰어내려서는 짚 속에서 채찍을 꺼내 들고 제자리에서 왼쪽으로 갔다.

그해에 눈은 깊이 쌓이지 않아 어디에나 길이 있었지만, 그래도 어떤 곳에서는 눈이 무릎까지 쌓여 니키타의 장화 속으로 들어왔다. 니키타는 오가며 발과 채찍으로 더듬어보았지만 길은 어디에도 없었다.

"그래, 어떤가?" 니키타가 다시 썰매로 다가오자 바실리 안드레이치가 물었다.

"이쪽으로는 길이 없습니다. 저쪽으로 가 봐야겠습니다."

"저기 앞에 뭔가가 있는 것 같아. 그리로 가보게."

니키타는 뭔가가 거뭇거뭇하게 보이는 쪽으로 갔다. 그것은 벌거벗은 겨울 귀리밭에서 바람에 날려와 흩뿌려져 눈을 검게 물들인 흙이었다. 오른쪽도 살펴보고 나서 니키타는 썰매로 돌아와 옷과 장화에 묻은 눈을 털어내고 썰매에 앉았다.

"오른쪽으로 가야 합니다." 그는 단호하게 말했다. "바람이 왼쪽에서 불어왔는데 지금은 코앞에서 불어옵니다. 오른쪽으로 가야 합니다." 그는 단호하게 반복했다.

바실리 안드레이치는 그의 말을 듣고 오른쪽으로 길을 잡았다. 그러나 여전히 길은 보이지 않았다. 그들은 그렇게 얼마간 달렸다. 바람은 잠잠해지지 않았고, 눈이 가볍게 내리기 시작했다.

"바실리 안드레이치, 우리가 완전히 길을 잃은 것 같습니다."

니키타가 뭔가 좋은 일이라도 생긴 것처럼 갑자기 말했다. "이게 뭐죠?" 눈 밑에서 솟아 나온 검은 감자 줄기를 가리키며 그가 말했다.

바실리 안드레이치는 이미 땀에 젖어 간신히 몸을 가누며 걷던 말을 세웠다.

"뭔가?" 그가 물었다.

"우리가 자하로프 들에 있는 것 같습니다. 우리가 가야 할 곳을 보십시오."

"허튼소리." 바실리 안드레이치가 반응했다.

"아닙니다. 바실리 안드레이치, 정말입니다." 니키타가 말했다. "썰매가 감자밭을 훑고 지나는 것을 느낄 겁니다. 저기 줄기 더미를 보세요, 위의 것은 실어 내갔잖아요. 자하로프 공장의 들판입니다."

"우리가 어디를 헤매고 다닌 거야!" 바실리 안드레이치는 말했다. "이제 어떻게 하지?"

"똑바로 가야 합니다. 그러면 됩니다. 어디로든 나가게 될 겁니다." 니키타가 말했다. "자하로프 공장이 아니라면 누군가의 농장으로 나가게 될 겁니다."

바실리 안드레이치는 이에 동의하고, 니키타가 가리키는 대로 말을 몰았다. 그들은 상당히 오래 달렸다. 이따금 그들은 아무것도 없는 들 위로 나오기도 했는데, 그러면 썰매는 꽁꽁 얼어붙은 흙무더기 위에서 덜거덕거렸다. 이따금 그들은 수확한 밭으로, 혹은 가을갈이 밭으로, 혹은 봄갈이 밭으로 나왔는데, 그럴 때면 쑥과 지푸라기가 눈 사이로 삐져나와 바람에 흔들리는 것이 보였다. 그리고 이따금 깊고 아무것도 보이지 않는 평평하고 새하얀 눈밭으로 썰매를 몰았다.

눈은 위에서 내리고, 이따금 아래로부터 날아올랐다. 말은 분명 지쳤고 온몸의 털은 땀 때문에 곱슬곱슬 말리고 서리에 덮인 듯했으며, 보통 걸음으로 전진했다. 그러다가 갑자기 말이 물웅덩이인지 도랑인지에 빠져 주저앉았다. 바실리 안드레이치는 멈추려 했지만, 니키타가 소리쳤다.

"왜 멈춥니까? 빠졌어요. 나가야 합니다. 어이, 망아지야! 어이! 어이, 친구야!" 그는 썰매에서 내려 도랑에 뛰어들며, 유쾌한 목소리로 말을 보고 외치기 시작했다.

말은 단숨에 몸을 움직여 이내 얼어붙은 둑 위로 나왔다. 분명히 파인 도랑이었다.

"우리가 지금 어디쯤 있는가?" 바실리 안드레이치가 물었다.

"곧 알 수 있을 겁니다." 니키타가 대답했다. "움직입시다. 어딘가로 나가겠죠."

"그런데 이게 고랴친스키 숲이 틀림없겠지?" 바실리 안드레이치가 정면에 내리는 눈 뒤로 거뭇거뭇하게 보이는 것을 가리키며 말했다.

"가까이 가보면 그게 그 숲인지 알게 되겠죠." 니키타가 말했다.

니키타는 거뭇거뭇해 보이는 쪽으로부터 타원형의 마른 버드나무 잎들이 날리는 것을 보았고, 그래서 그것이 숲이 아니라 마을인 것을 알았지만, 이야기하고 싶지 않았다. 그리고 실제로 도랑으로부터 10사젠[43]도 채 가지 않았는데 그들 앞에 마을이 거뭇거뭇하게 보이기 시작했고, 어떤 낯설고 음울한 소리가 들려왔다. 니키타의 짐작이 옳았다. 그것은 숲이 아니고, 줄지어 서 있는 키 큰 버드나무였는데 여기저기 가지 위에서는 아직도 잎사귀가 매달려 나부끼고 있었다. 버드나무는 분명 탈곡장의 도랑을 따라 심긴 것 같았다. 바람에 음울하게 울부짖는 버드나무에 가까이 다가가자 말이 갑자기 앞발을 썰매보다 높이 쳐

---

43   옛 거리 단위로 1사젠은 2.13미터이다.

들고 앞으로 내달렸다. 뒷발로는 높은 곳으로 끌어올리며 썰매를 끌어당겨 왼쪽으로 돌았다. 그러자 더 이상 무릎까지 눈에 빠지지 않았다. 길로 돌아온 것이다.

"드디어 나왔습니다." 니키타가 말했다. "그런데 어디가 어딘지 모르겠습니다."

말은 길에서 벗어나지 않고 눈 덮인 길을 따라 전진했다. 그들이 40사젠을 가기도 전에, 눈이 두껍게 쌓인 곳간 지붕 아래에 일직선으로 세운 나뭇가지 울타리가 거뭇거뭇하게 보였다. 그 지붕에서는 끊임없이 눈이 흩날렸다. 곳간을 지나며 길은 바람이 부는 방향으로 꺾였다. 그들은 눈더미 속으로 들어갔다. 전방 두 채의 집 사이에 골목길이 보였다. 분명 눈더미가 바람에 불려와 쌓였을 것이고, 그들은 그것을 지나가야 했다. 그리고 실제로 그랬다. 그들은 눈더미를 건너 거리로 들어섰다. 마을 끝에 있는 집 바깥마당에서는 빨랫줄에 널린 채 얼어붙은 속옷, 빨간색 셔츠 한 벌과 흰색 셔츠 한 벌, 바지 한 벌, 각반 그리고 치마 한 벌이 필사적으로 펄럭이고 있었다. 흰색 셔츠는 특히 소매를 흔들며 유난히 허우적거렸다.

"저 집은 여인이 게으른지 죽어가고 있는지 축제 전에 빨래를 걷지 않았군요." 흔들리는 셔츠를 보며 니키타가 말했다.

3

거리 초입에는 아직 바람이 불고 길은 눈에 덮여 있었지만, 마을 한가운데는 조용하고 따뜻하고 유쾌했다. 한 집에서 개가 짖고 있고, 또 다른 집에서는 자기 외투로 머리를 감싼 여인이 어디선가 달려와 나그네를 보려고 문지방에 멈췄다가 집 안으로 들어갔다. 마을 한가운데서 처녀들의 노랫소리가 들려왔다.

마을 내에서는 바람이나 눈도 잦아들고, 추위도 좀 누그러진 것 같았다.

"아니, 여기는 그리슈키노 아닌가." 바실리 안드레이치가 말했다.

"그렇습니다." 니키타가 대꾸했다.

정말 그리슈키노였다. 그러니까 그들이 목표로 했던 방향에서 왼쪽으로 벗어나 8베르스타가량이나 간 것이었지만, 어쨌든 목적지를 향해 이동한 것을 의미했다. 그리슈키노에서 고랴츠키노까지는 대략 5베르스타였다.

마을 한가운데서 그들은 거리 한가운데를 지나던 키 큰 사람과 마주쳤다.

"누구요?" 그 사람이 말을 세우며 소리치다가 이내 바실리 안드레이치를 알아보고는 채를 잡고 손으로 더듬으며 썰매까지 다가와서 마부석에 앉았다.

그 사람은 바실리 안드레이치와 면식이 있는 농부 이사이로, 그 지역에서 으뜸가는 말 도적으로 잘 알려진 사람이었다.

"아! 바실리 안드레이치! 어디를 가는 길입니까?" 이사이가 니키타에게 보드카 냄새를 풍기며 말했다.

"고랴츠키노에 가는 길이오."

"아니, 어디를 오신 겁니까! 마라호보를 거쳐서 가야 하는데."

"그랬어야 하는데, 그렇게 못했소." 바실리 안드레이치가 말을 세우며 말했다.

"좋은 말입니다." 이사이는 말을 유심히 보고 덥수룩한 꼬리의 느슨한 매듭을 익숙한 동작으로 끝까지 조이며 말했다. "하룻밤 묵을 건가요?"

"아니, 친구. 반드시 가야 해요."

"일이 급한가 보군요. 이 사람은 누구죠? 아! 니키타 스테파니치!"

"또 누가 있겠어?" 니키타가 대답했다. "그런데, 형씨. 어떻게 하면 우리가 다시 길을 잃지 않겠소?"

"여기서 어떻게 길을 잃겠습니까! 뒤로 돌아 길을 따라 직진하고, 마을을 벗어나서도 계속 직진하세요. 왼쪽으로는 가지 마세요. 큰길로 나가게 되면 그때 오른쪽으로 가세요."

"큰길에선 어디서 전환하지? 여름 길을 따라, 겨울 길을 따라?" 니키타가 물었다.

"겨울 길을 따라서. 지금 당신들이 나가면 바로 작은 덤불이 있는데 그 맞은편에 키 크고 가지가 많은 참나무 이정표가 서 있습니다. 거기가 맞는 길입니다."

바실리 안드레이치는 말을 뒤로 돌려 마을 외곽으로 몰았다.

"묵어가시는 게 좋을 겁니다!" 뒤에서 이사이가 소리쳤다.

그러나 바실리 안드레이치는 대답하지 않고 말을 쓰다듬었다. 평탄

한 길로 약 5베르스타 거리인데, 그중 2베르스타는 숲으로 나 있어서, 쉽게 갈 수 있어 보였다. 게다가 바람이 잠잠해지고 눈도 그치는 것 같았다.

그들은 다시금 빈번한 통행으로 다져지고 여기저기 새똥으로 거뭇거뭇해진 길을 따라 거리를 지났고, 마당에 빨래가 널려 있고 이제는 흰 셔츠가 헐거워져 한쪽 소매만 걸려 있는 마당을 지나서 섬뜩하게 윙윙거리는 버드나무가 서 있는 곳으로 다시 나와 재차 탁 트인 들로 나섰다.

하지만 눈보라는 잠잠해지기는커녕 더 강해진 것 같았다. 길은 온통 눈으로 덮였고, 오직 이정표만이 길을 잃지 않았음을 보여주었다. 그렇지만 바람이 정면에서 불었기 때문에, 전방에 있는 이정표도 식별이 힘들었다.

바실리 안드레이치는 눈을 찡그리고 머리를 숙인 채 이정표를 찾았지만, 주로 영리한 말을 믿고 스스로 길을 가도록 내버려두었다. 말도 실제로 길을 잃지 않고 발아래서 느껴지는 길의 굴곡에 따라 오른쪽 왼쪽으로 돌며 전진했다. 그래서 눈이 더 많이 내리고 바람도 더 강해졌음에도, 이정표는 오른쪽 혹은 왼쪽에서 계속 보였다.

그렇게 10분 정도 갔을 때, 눈이 비스듬히 바람에 날리는 가운데 말 앞에서 움직이는 검은 물체가 갑자기 보였다. 그것은 여행자들이 탄 썰매였다. 무호르티는 그들을 따라잡아서 앞에 가는 썰매 뒷부분을 발로 찼다.

"앞서 가쇼…. 어이… 먼저 가요!" 썰매에서 외치는 소리가 들렸다. 바실리 안드레이치는 추월하기 시작했다. 썰매에는 남자 세 명, 여자 한 명이 앉아 있었다. 축제에 왔다 돌아가는 사람들이 분명했다. 한 남자는 눈을 뒤집어쓴 작은 말의 엉덩이를 회초리로 때렸다. 앞에 앉은 두 남자는 손을 마구 휘두르며 뭐라고 소리를 질렀다. 몸을 꽁꽁 싸맨 여자는 눈을 뒤집어썼는데, 얼굴을 찌푸린 채 꼼짝도 하지 않고 뒷자리에 앉아 있었다.

"누구시오?"

"아 아 아……요!" 하는 소리만이 들렸다.

"어디서 왔냐고요?"

"아 아 아……요!" 남자 중 하나가 온 힘을 다해 소리쳤지만, 무슨 소린지 알아들을 수가 없었다.

"어서 가자! 뒤처지지 마!" 다른 사람이 끊임없이 회초리로 작은 말을 때리며 소리쳤다.

"보아하니 축제에서 오는 길 같소만?"

"달려, 달려! 어서 가, 셈카! 어서!"

썰매들은 곡봉⁴⁴끼리 서로 부딪쳐 뒤엉킬 뻔했지만, 가까스로 분리되었고 농부의 썰매가 뒤로 처지기 시작했다. 온몸에 눈을 뒤집어쓴 덥수룩하고 배가 불룩한 작은 말은 낮게 멘 멍에 밑에서 힘겹게 숨 쉬며 안간힘을 쓰고 있었다. 자기에게 떨어지는 회초리에서 벗어나려고 헛되이 애쓰는 것이 역력했다. 녀석은 짧은 다리를 절뚝거리면서 깊은 눈 속을 헤치고 나아갔다. 물고기처럼 당겨진 아랫입술, 크게 벌어진 콧구멍과 겁에 질려 귀를 바싹 붙이고 있는 말은 분명 어려 보였는데,

---

44 원문에 쓰인 낱말은 썰매 표면을 더 넓게 제작하기 위해 썰매 전방에서 위쪽 상판보다 더 넓게 비스듬히 휘어놓은 두 개의 봉을 말한다. 우리나라에는 이러한 썰매가 쓰이지 않은 관계로 그에 적합한 낱말이 없다. 그래서 부득이하게 '휘어놓은 봉'이라는 뜻으로 곡봉(曲棒)이라고 이름 붙였다.

니키타의 어깨에 몇 초간 닿을 듯 말 듯하다가 뒤로 처지기 시작했다.

"술기운 때문이군!" 니키타가 말했다. "저 작은 말을 아주 죽일 셈이네요. 아시아인들처럼!"

잠깐 힘이 빠진 작은 말이 씩씩거리는 소리와 술 취한 농부들의 외침이 들리더니, 씩씩거리는 소리가 조용해지고 그다음 외침이 잦아들었다. 그리고 그들 주위에서는 귓가에 휙휙 스치는 바람 소리와 이따금 바람이 눈을 쓸고 지나간 길에서 썰매날이 약하게 삐걱삐걱 하는 소리를 제외하고는 다시 아무 소리도 들리지 않았다.

이런 만남은 바실리 안드레이치를 즐겁고 활기차게 했고, 그는 이정표를 살피지도 않고 말을 신뢰하며 더 대담하게 몰아댔다.

니키타는 할 일이 없었다. 그래서 그런 상황에 놓이면 늘 그랬듯, 잠 못 이룬 시간을 만회하려고 꾸벅꾸벅 졸았다. 그러다 갑자기 말이 멈췄다. 그 바람에 니키타는 하마터면 앞으로 고꾸라져 코방아를 찧을 뻔했다.

"우리가 다시 길을 벗어난 것 같군." 바실리 안드레이치가 말했다.

"어떻게 됐다고요?"

"이정표가 보이지 않네. 우리가 다시 길에서 벗어난 것이 틀림없어."

"길을 벗어났다면 찾아야죠." 니키타가 퉁명스럽게 말하고 자리에서 일어나더니 안짱다리를 가볍게 옮겨 놓으며 다시 눈밭을 오가기 시작했다.

그는 오랫동안 시야에서 벗어났다 돌아오기를 반복하더니 마침내 돌아왔다.

"여기는 길이 없습니다. 아마 저 앞 어딘가에 있을 겁니다." 그가 썰매에 앉으며 말했다.

벌써 눈에 띄게 어두워지기 시작했다. 눈보라는 더 심해지지 않았지만, 그렇다고 약해지지도 않았다.

"아까 그 농부들에게 물어보는 게 좋겠네." 바실리 안드레이치가 말했다.

"글쎄, 저들이 우리를 따라잡지 못한 것을 보면, 우리가 멀리 벗어난 것 같습니다. 어쩌면 저들도 벗어났을 수 있습니다." 니키타가 말했다.

"그럼 어디로 가야 한다지?" 바실리 안드레이치가 말했다.

"말한테 맡겨야 할 것 같습니다." 니키타는 말했다. "녀석이 이끌 것입니다. 고삐를 주세요."

따뜻한 장갑을 낀 손이 어는 게 느껴졌기 때문에 바실리 안드레이치는 선뜻 고삐를 건넸다.

니키타는 고삐를 넘겨받아 그냥 줄 뿐, 자기 귀염둥이의 지혜를 즐기면서 고삐를 흔들지는 않으려고 했다. 실제로 똑똑한 말은 혹은 한쪽 귀를, 혹은 다른 쪽 귀를 이쪽으로 돌렸다 저쪽으로 돌렸다 하며 방향을 바꾸기 시작했다.

"말만 못 할 뿐, 못하는 게 없는 녀석이죠." 니키타가 말했다. "보세요, 뭘 하는지! 가, 가, 너는 알잖아! 그렇지, 그렇지."

이제 바람은 등 뒤에서 불어 좀 더 따뜻해졌다.

"네, 똑똑해요." 니키타는 계속 말에게 감탄했다. "키르기즈 말은 힘은 세지만 멍청해요. 그런데 이 녀석은 귀로 무엇을 하는지 보세요. 전신(電信)도 필요 없고요. 1베르스타 밖에서도 냄새를 맡는다니까요."

30분이 지나지 않아 실제로 전방에 숲인지 마을인지, 뭔가가 거뭇거뭇하게 보였다. 그리고 오른쪽에는 다시 이정표가 보였다. 그들이 도로로 다시 나온 것이 분명했다.

"아니, 다시 그리슈키노입니다." 갑자기 니키타가 말했다.

실제로 지금 그들의 왼쪽에 바로 그 헛간이 있었고 그곳에서는 여전히 눈이 날리고 있었으며 멀리서는 여전히 바람에 절망적으로 흔들리는 얼어붙은 속옷, 셔츠와 바지가 매달린 바로 그 줄이 보였다.

그들은 다시 거리로 들어섰다. 다시 조용하고, 따뜻하고 유쾌했다. 다시 똥 덮인 길이 보였고, 말소리, 노랫소리가 들렸고 개들이 짖기 시작했다. 벌써 꽤 어두워져서 몇 군데 창에서는 불빛이 반짝이기 시작했다.

거리 중간쯤에서 바실리 안드레이치는 한 지붕 아래 두 채가 이어진 커다란 벽돌집으로 말머리를 돌려 현관에 멈췄다.

니키타는 불빛이 흘러나와 흩날리는 눈들을 반짝반짝 비추는, 눈 덮인 창 곁으로 다가가 채찍 손잡이로 문을 두드렸다.

"누구시오?" 니키타가 두드리는 소리를 듣고 누군가가 반응했다.

"크레스티에서 온 브레후노프요, 주인장." 니키타가 대답했다. "잠깐만 문 좀 열어주세요."

창에서 멀어지는 소리가 들리더니, 2분쯤 뒤 통로 문이 열리는 소리가 나고 바깥 문 빗장이 덜컹거리는 소리가 났다. 뒤이어 축제를 맞아 입은 흰 셔츠 위에 털가죽 반코트를 걸친 흰 수염의 키 큰 늙은 농부가 바람에 맞서 문을 붙든 채 몸을 내밀었고, 가죽 장화에 빨간 셔츠를 입은 젊은이가 그의 뒤를 따랐다.

"아니, 안드레이치 아니오?" 노인이 말했다.

"그렇습니다, 형장. 길을 잃었습니다." 바실리 안드레이치가 말했다. "고랴츠키노로 가는 길이었는데 당신네로 오고 말았습니다. 우리는 여기서 출발했는데, 다시 길을 잃었지 뭡니까."

"어떻게 길을 잃었는지 알 만하군." 노인은 말했다. "페트루슈카, 가서 문을 열어줘." 그는 빨간 셔츠를 입은 젊은이를 돌아보며 말했다.

"알겠습니다." 젊은이가 유쾌한 목소리로 말하고 나서 현관으로 달려갔다.

"우리는 유숙하지는 않을 겁니다." 바실리 안드레이치가 말했다.

"이 밤에 어디로 간다는 거요? 머무시오."

"그러고 싶지만 가야 합니다. 일이 있어 어쩔 수 없습니다."

"그럼 적어도 몸이라도 녹이시오. 사모바르 앞으로 갑시다." 노인이 말했다.

"몸 녹일 시간은 있습니다." 바실리 안드레이치가 말했다. "더 어두워지지는 않을 겁니다. 달이 뜨면 밝아질 것이고…. 가서 몸 좀 녹이세, 미키트."

"그럼요, 몸 좀 녹이면 좋죠." 꽁꽁 얼어버린 탓에 따뜻한 곳에서 사지를 녹이고 싶은 마음이 간절하던 니키타가 말했다.

바실리 안드레이치는 노인과 함께 집 안으로 들어가고 니키타는 페트루슈카가 열어준 문을 통과해 그의 안내에 따라 헛간 처마 아래로 말을 이동시켰다. 헛간은 거름으로 덮여 있었고, 높은 멍에가 들보에 걸려 있었다. 들보에 자리 잡고 있던 암탉과 수탉이 불만스럽게 꼬꼬댁거리며 발톱으로 들보에 매달렸다. 놀란 양들은 얼어붙은 거름을 발굽으로 짓밟으며 옆으로 급히 물러섰다. 개는 두려움과 분노로 필사적으로 으르렁거리더니 낯선 사람에게 강아지처럼 맹렬히 짖어댔다.

니키타는 그들 모두에게 말을 걸었다. 닭들에게는 변명을 늘어놓으며 더 이상 방해하지 않겠다고 안심시키고, 양들에게는 영문도 모르고 소란을 피운다고 혼을 냈고, 말을 묶는 동안에는 개를 계속 달랬다.

"이제 괜찮을 거야." 그는 옷에 묻은 눈을 털며 말했다. "녀석 짖는 것 좀 보게!" 그는 개에게 덧붙였다. "그만해라! 자, 그쳐. 바보야, 그쳐. 너 스스로 괴롭힐 뿐이야." 그는 말했다. "도둑이 아니야, 우리는 친구라고…."

"이것들은 말하자면, 가정 고문관 삼총사죠." 젊은이가 강한 팔로 밖에 남아 있던 썰매를 처마 밑으로 밀어 넣으며 말했다.

"고문관?" 니키타가 물었다.

"파울손의 책[45]에 그렇게 적혀 있어요. 도둑이 집 안으로 기어들면 개가 짖는데, 멍청하게 있지 말고 잘 보라는 거죠. 수탉은 노래하는데, 일어나라고 하는 거죠. 고양이는 핥는데 그것은 귀한 손님이 오니 손님 맞을 준비를 하라는 뜻입니다." 아들이 웃으며 말했다.

페트루슈카는 읽고 쓸 줄 알았으며, 그의 집에 있는 유일한 책인 파울손의 책을 거의 외우다시피 했는데, 특히 오늘처럼 약간 취기가 올랐을 때는 그 책에서 상황에 적합한 경구를 인용하길 즐겼다.

"그 말은 맞네." 니키타가 말했다.

"몸이 얼었을 겁니다, 아저씨." 페트루슈카가 덧붙였다.

"그래, 맞네." 니키타가 대답했다. 그리고 그들은 마당과 통로를 지나 집 안으로 들어갔다.

---

45   19세기 후반의 교육학자 요시프 이바노비치 파울손(1825-1898) 책, 『독본』을 말함.

4

바실리 안드레이치가 들른 집은 마을에서 가장 부유한 집 가운데 하나였다. 그 가족은 분여지[46]를 다섯 필지 갖고 있었고 그 밖에 또 토지를 임차하고 있었다. 그들에게는 말 여섯 마리, 암소 세 마리, 송아지 두 마리, 양 이십 마리가 있었다. 집안 식구는 전부 스물두 명이었다. 결혼한 아들 네 명, 손자 가운데 유일하게 결혼한 페트루슈카를 포함하여 손자 여섯 명, 증손자 두 명, 고아 셋과 며느리 넷, 그리고 아기들이었다. 이 가정은 드물게 아직 분가하지 않고 남은 가정 중 하나였다. 그러나 늘 그렇듯 그 집에서도 여자들 사이에서 시작된 무언의 내적인 불화가 이미 진행되고 있었고, 그것은 곧 분열로 이어질 것이 틀림없었다. 아들 둘은 모스크바에서 물장수로 살았고, 아들 하나는 군인이었다. 지금 집에는 노인, 그의 아내, 집안 경제를 관리하는 둘째 아들, 축제를 기해 모스크바에서 온 큰아들, 그리고 모든 여자와 아이들이 있었다. 집안사람들을 제외하고 또 이웃이자 대부가 손님으로 와 있었다.

농가 안 탁자 위에는 높은 가리개를 단 등이 걸려 있었고, 그 등이 탁자 위의 다기, 보드카 병, 안주 그리고 아름다운 구석[47] 양옆으로 성상과 가족 그림이 걸려 있는 벽돌로 된 벽을 비추고 있었다. 탁자 앞 상석에는 검은색 털가죽 반외투를 입은 바실리 안드레이치가 앉아 자

---

46   농노 해방 시 농민 가족에게 분여된 토지
47   러시아인들이 가옥 내부에 성상을 위치시키고 경배하는 공간을 의미한다.

기의 언 콧수염을 빨면서 매 같은 눈으로 주위 사람들과 방을 둘러보고 있었다. 바실리 안드레이치 외에 탁자 앞에 흰 수염을 기른 대머리 주인 노인이 집에서 짠 하얀 셔츠를 입고 앉아 있었다. 그의 옆에는 축제를 즐기기 위해 모스크바에서 왔으며 얇은 사라사 무명으로 지은 셔츠 차림으로 건장한 등과 어깨를 가진 아들, 집안 살림을 하는 어깨 넓은 또 다른 아들, 그리고 붉은 머리를 한 마른 체형의 이웃 농부가 앉아 있었다.

남자들은 술을 마시고 안주를 먹고 나서 막 차를 마시려던 참이었다. 사모바르는 난로 옆 바닥에서 이미 윙윙거리고 있었고, 윗 침상과 난로 위에는 아이들이 보였다. 판자 침상 위에는 한 여인이 요람을 옆에 두고 앉아 있었다. 입술마저 주름이 잡힐 정도로 온 얼굴에 가는 주름이 덮인 여주인 노파가 바실리 안드레이치를 기다리고 있었다.

니키타가 방 안으로 들어섰을 때, 그녀는 작고 두꺼운 유리잔에 보드카를 따라 손님에게 권했다.

"사양하지 마세요, 바실리 안드레이치. 절대로. 즐거운 축제를 기원합니다." 그녀가 말했다. "쭈욱 마시세요."

눈과 코로 느껴지는 보드카는, 특히 꽁꽁 얼고 몹시 지쳐 있는 이 순간, 니키타의 마음을 크게 흔들었다. 그는 눈썹을 찌푸리고 털모자와 카프탄의 눈을 털고 성상 앞에 섰다. 마치 아무도 보지 못한 듯 세 번 성호를 긋고 성상 앞에 무릎을 꿇은 다음, 집주인 노인에게 돌아서서 먼저 인사하고, 그다음 식탁 앞에 앉아 있는 모든 사람에게, 그다음 난로 옆에 서 있던 여인들에게 인사했다. 그리고 "즐거운 축일입니다" 하고 말하며, 식탁을 보지 않고 겉옷을 벗기 시작했다.

"온통 서리를 덮어썼군요, 아저씨." 온통 눈에 덮인 니키타의 얼굴과 눈 그리고 수염을 보면서 큰아들이 말했다.

　니키타는 카프탄을 벗고 그것을 또 한 번 털어낸 다음 난로에 걸고 탁자로 다가갔다. 그도 보드카 대접을 받았다. 하지만 그것은 고통스러운 투쟁의 순간이었다. 그는 하마터면 잔을 들고 향긋하고 맑은 액체를 입속으로 털어 넣을 뻔했다. 그러나 바실리 안드레이치를 흘깃 보고 자기의 다짐, 그리고 술로 저당 잡힌 장화와, 통 제조공을 차례로 떠올렸다. 마지막으로 봄에 접어들 때 말을 한 필 사주겠다고 약속한 아들을 떠올리고는 한숨을 쉬고 보드카를 거절했다.

　"저는 술을 마시지 않습니다. 대단히 감사합니다." 그는 눈썹을 찌푸리고 말하며 두 번째 창 가까이에 있는 벤치에 앉았다.

　"어떻게 그럴 수가?" 큰아들이 말했다.

　"안 마셔요. 네, 안 마셔." 니키타는 눈을 들지 않은 채 답했고, 약간 성긴 자기 콧수염과 턱수염을 비스듬히 내려다보며 거기 달라붙은 고드름을 떼어냈다.

　"그 사람한테는 술이 좋지 않아요." 바실리 안드레이치가 잔을 비운 뒤 둥근 빵을 씹으며 말했다.

　"그렇다면 차를 들어요." 다정한 노파가 말했다. "당신은 뼛속까지 꽁꽁 얼었을 텐데, 가엾은 사람. 너희는 사모바르 가지고 뭘 꾸물거리느냐?"

　"다 됐어요." 여인들 가운데 한 사람이 말하더니 끓고 있는 사모바르를 앞치마로 털고, 힘들게 그것을 들고 와 '쿵' 하는 소리와 함께 탁자 위에 내려놓았다.

　그사이에 바실리 안드레이치는 어떻게 길을 벗어났는지, 어떻게 두 번이나 그 마을로 돌아왔는지, 어떻게 길을 잃고, 술 취한 사람들을 만났는지 이야기했다. 주인들은 놀라며 어디서, 왜 그들이 길을 벗어났는지, 그들이 만난 술 취한 사람들은 누군지 말해주고, 어떻게 가야 하는지 일러주었다.

"여기서 몰차노프카에는 어린아이라도 갈 수 있어요. 다만 때맞춰 큰 도로에서 방향을 전환하면 됩니다. 거기엔 덤불이 있어 바로 볼 수 있습니다. 당신은 그렇게 멀리 가지도 못했구려!" 이웃이 말했다.

"오늘 밤은 여기서 묵는 게 좋겠어요. 저 애들이 잠자리를 볼 겁니다." 노파가 설득했다.

"내일 아침에 가는 것이 더 좋을 거외다." 노인이 아내의 말을 확인하며 말했다.

"안 됩니다, 형장. 일이 있어요." 바실리 안드레이치가 말했다. "한 시간 늦은 걸 벌충하려면 1년이 걸릴 수 있어요." 그는 삼림과 함께, 그에게서 거래를 가로챌 수도 있는 상인들을 떠올리며 덧붙였다. "갈 수 있겠지, 안 그래?" 그는 니키타를 보고 말했다.

니키타는 마치 턱수염과 콧수염을 녹이는 일에만 마음을 쓰는 척하며 오랫동안 대답하지 않았다.

"다시 길에서 벗어나지만 않는다면요." 그는 어두운 표정으로 대답했다. 니키타가 그렇게 대답한 이유는 보드카를 향한 간절한 욕구를 가라앉히는 유일한 것이 차였는데, 아직 차 대접을 못 받았기 때문이었다.

"다만 방향을 트는 곳까지 갈 수 있다면, 거기서는 길에서 벗어날 일이 없어. 그다음엔 목적지까지 숲으로 길이 나 있으니까." 바실리 안드레이치는 말했다.

"당신 일입니다, 바실리 안드레이치. 간다면 가는 거지요." 니키타가 자신에게 주는 찻잔을 받아들며 말했다.

"차를 마시고 넉넉히 출발해볼까."

니키타는 아무 대꾸도 하지 않고 다만 고개를 저었다. 그는 차를 조심스럽게 접시에 따라, 늘 일 때문에 손가락이 부르튼 손을 그 열기로 데우기 시작했다. 그다음 아주 작은 설탕 조각을 썹고, 주인들에게 고개 숙여 인사하며 말했다.

"건강하십시오." 그리고 김이 나는 액체를 쭉 들이켰다.

"누가 방향을 전환하는 데까지만 우리를 안내해준다면⋯." 바실리 안드레이치가 말했다.

"좋아요, 그건 가능하죠." 큰아들이 말했다. "페트루슈카가 말을 메워 갈림길까지 안내할 겁니다."

"그러면 말을 메워주겠나, 젊은 친구. 고맙네."

"별말씀을요, 손님!" 친절한 노파가 말했다. "우리는 진심으로 기쁘게 생각합니다."

"페트루하, 가서 암말을 메워." 맏형이 말했다.

"그러죠." 페트루슈카가 미소를 지으며 말하고는 이내 못에 걸린 털모자를 내려 말을 메우러 달려나갔다.

말을 메우는 동안 대화는 바실리 안드레이치가 창으로 다가올 때 멈췄던 그 시간으로 돌아갔다. 그때 노인은 마을 장로인 이웃에게, 셋째 아들이 자기에게는 아무것도 보내지 않으면서 자기 아내에게는 축제를 기념해 프랑스산 숄을 보냈다고 불만을 늘어놓고 있었다.

"젊은 친구들은 통제 불능이에요." 노인이 말했다.

"그래도 어떻게⋯." 대부인 이웃 노인이 말했다. "감당할 수가 없어요. 너무 많이 알아서 탈이에요. 데모치킨을 봐요, 아버지의 팔을 부러뜨렸잖아요. 너무 똑똑해서 그런 것 같아요."

니키타는 귀 기울여 듣고 그들의 얼굴을 주시하면서 분명 대화에 참여하고 싶었지만 차 마시는 데 바빠 다만 동의한다는 뜻으로 고개를 끄덕였다. 한 잔 또 한 잔 들어가면서 몸이 점점 따뜻해지고 기분이 좋아졌다. 대화는 오랫동안 내내 한 가지 주제, 즉 가족 분리에 따른 폐해를 두고 지속되었다. 그것은 분명 추상적인 논의가 아니라, 이 가정의 분리와 관련된 것이기도 했다. 자리에 조용히, 침울하게 앉아 있는 둘째 아들이 그런 분가를 요구하고 있었다. 분명 이것은 아픈 주제였고, 그래서 모든 집안 식구가 관심 있는 문제였다. 그러나 그들은 예의상 다른 사람이 있는 자리에서 자기 집안일을 두고 시비하지는 않았다. 그러나 마침내 노인이 참지 못하고 울음 섞인 목소리로 자기가 살아 있는 한 그런 분가를 허용하지 않을 것이며, 하느님께 감사하게도 그는 모두를 감싸 안을 집이 있지만, 분가한다면 모두가 세상을 떠돌게 될 것이라고 말했다.

"마트베예프네처럼." 이웃이 말했다. "그들은 제대로 된 집을 가지고 있었는데, 분가한 지금은 가진 게 아무것도 없어요."

"그것이 네가 원하는 것이냐." 노인이 아들을 돌아보며 말했다.

아들은 아무 대답도 하지 않았다. 어색한 침묵이 흘렀다. 말을 메우고 조금 전에 방으로 돌아와 내내 웃음을 띠고 있던 페트루슈카가 이 침묵을 깼다.

"파울손의 책에 우화가 있어요." 그가 말했다. "아버지가 아들들에게 빗자루를 주고 부러뜨리라고 했습니다. 그들은 쉽게 부러뜨리지 못했지요. 그런데 작은 가지로 나누자 쉽게 부러졌어요. 여기도 똑같아요." 그가 만면에 웃음을 띠고 말했다. "준비됐습니다!" 그가 덧붙였다.

"준비됐으면 가세." 바실리 안드레이치가 말했다. "분가는 허락하지 마세요. 당신이 재산을 일궜고 당신이 주인입니다. 농지중재원에게 가 보세요. 그가 잘 설명해줄 겁니다."

"계속 억지를 부릴 거야, 계속 억지를 부릴 거야." 노인은 울먹이는 목소리로 말을 이어갔다. "쟤와 할 수 있는 게 없어. 꼭 악마의 꾐에 빠진 것 같아."

그사이에 니키타는 다섯 잔째 차를 마신 뒤 잔을 엎어 놓는 대신에 여섯째 잔을 받기를 기대하며 옆으로 놓았다. 그러나 사모바르에는 이미 물이 남아 있지 않아 여주인은 그에게 더 따라줄 수 없었고, 게다가 바실리 안드레이치는 옷을 입기 시작했다. 할 일이 없었다. 니키타 역시 일어나 그가 사방으로 물어뜯던 설탕 조각을 설탕 그릇에 되돌려 놓고 땀으로 젖은 얼굴을 앞깃으로 닦고 나서 외투를 입으러 갔다.

옷을 입은 후 무겁게 한숨을 쉰 다음, 그는 주인들에게 감사하고, 그들과 헤어져 따뜻하고 밝은 살림방에서 어둡고 춥고 바람이 울부짖고 흔들리는 문틈으로 눈이 날리는 통로로 그리고 거기로부터 어두운 마당으로 나왔다.

페트루슈카는 털외투를 입고 자기 말과 함께 마당 한가운데 서서 미소를 지으며 파울손 책에 나오는 시구를 말해주었다. 그는 말했다.

"안개를 품은 폭풍이 하늘을 가리고
눈보라를 거칠게 말아 올리네
짐승처럼 울부짖다
아이처럼 흐느끼기 시작하누나."

니키타는 동의하는 뜻으로 고개를 끄덕이고 고삐를 가다듬었다.

노인은 바실리 안드레이치를 배웅하려고 등불을 현관으로 가지고 나와 그에게 비추려 했으나 이내 등불이 꺼져버렸다. 그래서 눈보라가 더 격해진 것을 마당에서도 알 수 있었다.

'이런 날씨하고는….' 바실리 안드레이치는 생각했다. '우리가 거기에 도착하지 못할 수도 있지만 어쩔 수 없어, 이건 사업이야! 그래, 우리는 준비되었고 주인 말에도 마구가 메워졌어. 갈 수 있을 거야. 하느님이 도와주실 거야!'

주인 노인도 그들이 가지 않는 게 좋겠다고 생각했다. 그래서 이미 머물라고 설득해보았지만, 그들은 말을 듣지 않았다. '더 물어볼 이유가 없구먼. 어쩌면 내가 나이 탓에 겁을 먹는 건지 몰라. 그들은 거기잘 도착할 거야.' 그는 생각했다. '적어도 우리는 제때 잠자리에 들겠지. 법석 떨지 않고.'

페트루슈카는 위험을 생각하지 않았다. 그는 길은 물론 전 지역을 속속들이 알고 있었고 그 외에도 '눈보라를 거칠게 말아 올리네'라는 시구가 마당에서 일어나는 일을 제대로 표현하는 것 같아 기분이 좋았다. 니키타는 가고 싶은 생각이 전혀 없었지만, 자신의 의지를 내세우지 않고 다른 사람을 섬기는 데 익숙해진 지 오래였으므로 떠나는 사람을 막을 수는 없었다.

5

바실리 안드레이치는 썰매 쪽으로 다가가 어둠 속에서 어렵사리 그것을 발견하고 올라타 고삐를 잡았다.

"앞장서게!" 그가 외쳤다.

페트루슈카는 낮은 썰매에 무릎을 꿇고 앉아 말을 출발시켰다. 진작부터 힘차게 울던 무호르티는 자기 앞에 있는 암말 냄새를 맡으며 그 뒤를 달리기 시작했다. 그들은 거리로 나왔다. 다시 마을 변두리를 지나고 이제는 더 이상 보이지 않지만 꽁꽁 언 속옷이 걸려 있던 마당 옆길도 지났다. 그리고 아까와 달리 이미 처마까지 눈에 덮이고, 끝없이 눈이 쏟아지는 헛간 옆길을 지났다. 그들은 처량하게 신음하고 휘파람 불며 흔들리는 버드나무도 지나고, 다시 아래위에서 사납게 날뛰는 눈의 바다로 들어갔다. 바람이 너무나 강해, 옆에서 불어닥치는 바람을 피해 여행자들이 반대편으로 방향을 틀면 썰매가 기울어지고 말들이 한쪽으로 쏠릴 지경이었다. 페트루슈카는 좋은 암말을 빠른 속도로 앞으로 몰며 힘차게 외쳤다. 무호르티는 암말을 뒤쫓았다.

그렇게 10분 정도를 달린 후 페트루슈카가 한 바퀴 돌아 뭐라고 소리쳤다. 바실리 안드레이치도, 니키타도 바람 소리 때문에 듣지 못했지만, 갈림길에 도착한 것이라고 짐작했다. 정말로 페트루슈카는 오른쪽으로 돌았고, 지금까지 옆에서 불던 바람은 다시 마주 불었다. 그리고 오른쪽으로 쌓인 눈 사이로 뭔가 시커먼 것이 그들의 눈에 들어왔다. 그것은 갈림길에 있는 덤불이었다.

"그럼, 하느님의 가호를!"

"고맙네, 페트루슈카!"

"안개를 품은 폭풍이 하늘을 가렸도다." 페트루슈카는 그렇게 소리 치고 시야에서 벗어났다.

"저 보게, 훌륭한 시인이야." 바실리 안드레이치가 중얼거리며 고삐 를 당겼다.

"네, 멋진 젊은입니다. 진정한 농부입죠." 니키타가 말했다.

그들은 계속 달렸다.

몸을 꽁꽁 싸맨 니키타는 길지 않은 턱수염으로 목을 덮을 정도로 머리를 어깨 속에 파묻고 말없이 앉아 농가에서 마신 차 덕분에 얻은 온기를 잃지 않으려고 애썼다. 눈앞에 곧게 보이는 썰매채는 계속 잘 닦인 길 위에 있다는 생각이 들 정도로 끊임없이 착각하게 했다. 또한 꼬리가 한쪽으로 날아가는 말의 흔들리는 엉덩이 그리고 그 앞쪽의 높 은 멍에, 좌우로 흔들리는 말머리와 나부끼는 갈기를 보았다. 이따금 눈에 들어오는 표지판도 보였다. 그래서 여전히 길 위에 있기에 별도 로 자기가 할 일은 없었다.

바실리 안드레이치는 말에게 스스로 길을 유지하도록 맡긴 채 썰매 를 조종했다. 그러나 무호르티는 마을에서 숨을 돌렸는데도 마지못해 달리는 듯했다. 이따금 길에서 벗어나는 것 같아 바실리 안드레이치는 몇 번이고 바로잡아 주어야 했다.

'여기 오른쪽에 표지판 하나, 여기 또 하나, 여기에 세 번째.' 바실리 안드레이치는 표지판 숫자를 셌다. '그리고 저 앞에는 숲이고.' 그는 전 방에 거뭇거뭇한 뭔가가 있는 것을 보고 그리 생각했다. 그러나 숲처 럼 보였던 것은 그저 덤불이었다. 덤불을 지나고도 20사젠 가량을 달렸지만, 네 번째 표지판이 보이지 않았고 숲도 없었다. '이제 곧 숲이 나와야 하는데…' 바실리 안드레이치는 생각했다. 보드카와 차를 마시고 활기를 되찾은 터라 그는 멈추지 않고 고삐를 흔들었다. 그러자 순종적인 말은 가야 할 곳이 전혀 아닌 데로 자기를 모는 것을 알면서도, 분부에 따라 때로 느린 걸음으로, 때론 완만한 속보로 가라는 곳을 향해 달렸다. 10분쯤 달렸으나 여전히 숲은 보이지 않았다.

"다시 길을 벗어났군!" 바실리 안드레이치가 말을 세우고 말했다.

니키타는 말없이 썰매에서 내려 바람이 불어 들러붙거나 떨어져 벗겨지는 외투를 꼭 여민 채 눈길을 더듬으며 살피러 갔다. 처음에는 이쪽으로 그다음에는 저쪽으로. 그는 세 번쯤 시야에서 완전히 사라졌다. 마침내 그가 돌아와 바실리 안드레이치에게 고삐를 넘겨받았다.

"오른쪽으로 가야 합니다." 그는 단호하고 무뚝뚝하게 말하고 말머리를 돌렸다.

"그래, 오른쪽이라고. 그럼 그렇게 하지." 바실리 안드레이치는 고삐를 넘겨주고, 언 손을 소매 속에 밀어 넣으며 말했다.

니키타는 대답하지 않았다.

"자, 친구야. 힘 좀 써줘." 그는 말에게 소리쳤지만, 말은 고삐를 흔드는데도 그냥 걸었다.

눈은 무릎 언저리까지 쌓였고, 썰매는 말이 움직일 때마다 조금씩 움직였다.

니키타는 썰매 앞부분에 걸어놓은 채찍을 꺼내 후려갈겼다. 채찍에 익숙하지 않은 양순한 말은 튀어 나갔지만, 이내 다시 느릿한 걸음으로 움직였다.

그렇게 5분 정도를 달렸다. 날은 어두워졌고, 위와 아래서 눈이 회오리처 이따금 멍에도 보이지 않았다. 때때로 썰매가 제자리에 정지한 듯 보였으나, 벌판은 뒤로 달리고 있었다. 갑자기 말이 멈췄다. 분명 자기 앞에 무언가 안 좋은 것이 있음을 감지한 터였다. 말이 멈춘 이유를 알아보기 위해 니키타는 고삐를 던지고 다시 가볍게 뛰어내려 말 앞으로 갔다. 그러나 말 앞에서 한 걸음 내딛으려 하는 순간, 발이 미끄러져 비탈 아래로 굴러떨어졌다.

"어이쿠, 어이쿠, 어이쿠." 그는 넘어지지 않으려 애써보았지만, 몸을 가눌 수 없었다. 골짜기 아래 두껍게 쌓인 눈더미에 두 발이 빠진 후에야 비로소 멈췄다.

니키타가 추락하면서 낭떠러지 끝에 걸려 있던 눈더미를 건드리는 바람에 눈이 몸 위로 떨어져 옷깃 속으로 스몄다.

"이런 제기랄!" 니키타는 눈더미와 골짜기에게 책망하듯 말하며, 깃에서 눈을 털어냈다.

"니키타, 니키타!" 바실리 안드레이치가 위에서 소리쳤다.

그러나 니키타는 대꾸하지 않았다.

그럴 여유가 없었다. 눈을 털어내고, 낭떠러지 아래로 굴러떨어질 때 떨어뜨린 채찍을 찾느라 여념이 없었다. 채찍을 찾고 나서 굴러떨어진 곳으로 거꾸로 기어오르려 했지만 어림없었다. 그는 계속해서 다시 굴러떨어졌고, 위로 올라가는 다른 길을 찾아야만 했다. 그는 미끄러진 곳으로부터 3사젠가량 떨어진 곳에서 네발로 기어 간신히 언덕 위로 올라왔다. 그리고 골짜기 가장자리를 따라 말이 있다고 믿는 곳으로 돌아갔다. 그는 말도 썰매도 보지 못했지만, 바람을 거슬러 갔으므로 그들을 보기도 전에 자기를 부르는 바실리 안드레이치의 외침과 무호르티의 울음소리를 들을 수 있었다.

"가요, 가. 왜 그렇게 팩팩거리는지!" 그가 중얼거렸다.

썰매에 다 이르러서야 비로소 말과 그 옆에 거대해 보이는 바실리 안드레이치가 눈에 들어왔다.

"자네는, 빌어먹을…. 어디로 사라졌었나? 돌아가야겠어. 그리슈키노로 돌아가세." 주인이 화가 나서 니키타를 질책했다.

"돌아간다면 좋지요, 바실리 안드레이치. 그런데 어느 길로 가야 하죠? 여기엔 한 번 떨어지면 나올 수 없는 낭떠러지가 있어요. 소인도 겨우 빠져나왔습죠."

"그렇다고 여기 계속 서 있을 순 없잖은가? 어디로든 가야 해."

니키타는 아무 대답도 하지 않았다. 그는 바람을 등지고 썰매에 앉아 신발을 벗고 장화 속으로 들어온 눈을 털었다. 그리고 짚을 쥐고 왼쪽 장화에 난 구멍을 안쪽에서 열심히 막았다. 바실리 안드레이치는 이미 모든 것을 니키타에게 맡긴 듯 조용히 있었다.

장화를 고쳐 신은 니키타는 발을 썰매에 밀어 넣고 다시 벙어리장갑을 낀 손으로 고삐를 잡고 골짜기를 따라 말머리를 돌렸다. 그러나 100걸음도 채 가지 못했는데도 말이 다시 고집을 부렸다. 말 앞에 다시 골짜기가 나타난 것이었다.

니키타는 다시 기어 나왔고, 상황을 살피러 다시 터벅터벅 걸었다. 그는 상당히 오래 다녔다. 마침내 그가 사라진 정반대 방향에서 모습을 드러냈다.

"안드레이치, 괜찮으세요?" 그가 외쳤다.

"여기 있네!" 바실리 안드레이치가 응답했다. "그래, 어떤가?"

"도대체 알아낼 수가 없어요. 너무 어둡습니다. 골짜기들밖에 없어요. 다시 바람을 거슬러 가야겠습니다."

그들은 다시 출발했다. 그리고 니키타가 다시 눈을 기어오르며 왔다 갔다 했다. 그는 앉았다가 다시 기어오르기를 반복하다가 마침내 헐떡거리며 썰매 옆에 멈췄다.

"그래, 어떤가?" 바실리 안드레이치가 물었다.

"녹초가 됐습니다! 말도 움직이려 하지 않아요."

"그럼, 어떻게 해야 하나?"

"잠시 기다리세요."

니키타가 다시 떠났다가 이내 돌아왔다.

"따라오세요." 그는 말 앞으로 가며 말했다.

바실리 안드레이치는 더 이상 아무 지시도 하지 않고 니키타가 말하는 대로 순순히 따랐다.

"이리로 따라오세요!" 니키타가 소리치며 재빨리 오른쪽으로 걸음을 옮기고 무호르티의 고삐를 잡아 녀석을 눈더미 쪽으로 이끌었다.

처음에 말은 버티다가 다음에는 눈더미를 뛰어넘으려고 몸을 앞으로 챘지만 이내 힘이 딸렸는지 눈더미에 목까지 잠겨버렸다.

"내려요!" 니키타는 계속 썰매에 앉아 있는 바실리 안드레이치에게 소리를 지르고, 채 하나를 잡고 썰매를 말 가까이 밀기 시작했다. "힘들지, 친구야." 그는 무호르티에게 말했다. "하지만 어쩌겠어, 힘써 봐! 그래, 그래 조금만!" 그가 소리쳤다.

말은 채고, 또 챘지만 벗어나지 못하고, 마치 뭔가를 생각하듯 다시 주저앉았다.

"왜 그래, 친구야. 그럼 안 돼." 니키타가 무호르티를 타일렀다. "자, 한 번 더!"

니키타는 자기 쪽에서 다시 한번 채를 끌었다. 바실리 안드레이치는 다른 쪽에서 그렇게 했다. 말은 머리를 가볍게 흔든 다음 순간적으로 몸을 챘다.

"자! 그래! 그렇지, 겁먹지 마!" 니키타가 소리쳤다.

한 번, 두 번, 세 번 맹렬히 도약하더니 마침내 말은 눈더미를 벗어났다. 그리고 거칠게 숨을 쉬고 눈을 털어내며 제자리에 멈춰 섰다. 니키타는 더 끌고 가려 했지만, 두 벌의 털 외투를 껴입은 바실리 안드레이치는 더 걸을 수 없을 정도로 숨이 차 썰매 안으로 몸을 내던졌다.

"숨 좀 돌리세!" 그는 마을에서 털외투 깃을 동여맸던 목도리를 풀며 말했다.

"그러세요, 거기 누워 계세요." 니키타가 말했다. "내가 이끌지요." 그리고 말의 재갈을 잡고 바실리 안드레이치가 탄 썰매를 이끌고 열 걸음쯤 아래로 갔다가 다시 약간 위로 이끌고 간 후 멈췄다.

니키타가 멈춘 곳에는 작은 언덕들에서 쏠려 내린 눈이 쌓여 있었다. 완전히 그들을 묻어버릴 만한 골짜기는 아니지만, 어쨌든 부분적으로 낭떠러지의 기슭이 바람을 막아주고 있었다. 바람이 약간 잠잠해지는 것 같은 순간도 있었지만, 오래 가지는 않았다. 이 휴식을 만회하려는 듯 폭풍이 열 배나 강한 힘으로 휘몰아치며 더 거세게 찢고 소용돌이쳤다. 그 돌풍은 숨을 돌린 바실리 안드레이치가 썰매에서 나와 어떻게 하는 게 좋을지 이야기하러 니키타에게 다가가던 순간 강습했다. 두 사람은 무의식적으로 몸을 굽혀 맹렬한 돌풍이 지나갈 때까지 기다렸다. 무호르티도 불만스럽게 귀를 뒤로 젖히고 고개를 저었다. 맹렬한 바람이 잠시 잦아들자마자 니키타는 벙어리장갑을 벗어 허리춤에 꽂고 손에 입김을 불고 나서 멍에에서 고삐를 풀기 시작했다.

"자네, 뭘 하는 건가?" 바실리 안드레이치가 물었다.

"말을 푸는 겁니다. 뭘 또 하겠습니까? 저는 힘이 없습니다." 마치 용서를 구하듯 니키타가 대답했다.

"어디로든 갈 수 있겠는가?"

"아뇨, 못해요. 말만 괴롭힐 뿐입니다. 저 딱한 녀석도 제정신이 아닙니다." 흠뻑 젖은 옆구리를 들썩거리며 거칠게 호흡하면서, 무슨 일이 벌어지든 준비가 됐다는 듯 고분고분하게 서 있는 말을 가리키며 니키타는 말했다. "여기서 밤을 보내야 합니다." 그는 마치 여관에서 밤을 보낼 준비를 하듯 말하고는 가죽끈을 풀었다.

버클이 풀렸다.

"아니, 여기서 꽁꽁 얼지 않겠나?" 바실리 안드레이치가 말했다.

"글쎄요. 그렇더라도 어쩔 수가 없습니다." 니키타는 말했다.

6

바실리 안드레이치는 두 벌의 털외투 속에 있으면서, 특히 눈더미 속에서 허우적거리며 힘을 쓴 뒤라 꽤 따뜻했지만, 실제로 여기서 밤을 보내야 한다는 것을 알고는 등을 따라 한기가 흐르는 것을 느꼈다. 그는 마음을 가라앉히기 위해 썰매에 앉아 담배와 성냥을 꺼냈다.

니키타는 그동안 말을 풀었다. 복대, 등띠를 풀고 나서 고삐를 풀고 목끈을 거두고 멍에를 내렸다. 그리고 그러는 동안 끊임없이 말에게 이야기를 건네며 용기를 불어넣었다.

"자, 나와, 나와." 그는 이렇게 말하며 말을 채에서 벗어나도록 했다. "자, 너를 여기 묶어 놓을 거야. 그리고 짚을 좀 깔고 굴레를 벗겨주마." 그는 이렇게 말하며 그대로 했다. "좀 씹으면 훨씬 유쾌해질 거야."

그러나 무호르티는 니키타의 말에 위안을 얻지 못하고 불안해하는 게 틀림없었다. 말은 발을 번갈아 디디며 바람을 등지고 서서 썰매에 제 몸을 붙이고 니키타의 소매에 머리를 비볐다.

그리고 자기 앞에 짚을 넣어주겠다는 니키타의 제안을 거부하지 않는다는 듯, 무호르티는 썰매에서 재빨리 짚 한 다발을 덥석 물었지만 이내 지금 문제는 짚이 아니라고 생각했던지 그것을 뱉어냈다. 그러자 바람이 순식간에 짚을 흐트러뜨려 눈으로 덮어버렸다.

"이제 표시를 해놓읍시다." 니키타는 썰매 앞쪽을 바람이 부는 쪽으로 돌려놓고 등띠로 썰매채를 묶은 다음 그것들을 위로 들어 올려 썰매 앞에 설치했다. "자, 이렇게 하면 이제 우리가 눈에 묻혀도 맘씨 좋은 사람들이 채를 보고 파내줄 겁니다." 그는 벙어리장갑을 가볍게 털어 손에 끼며 말했다. "노인들이 가르쳐준 겁니다."

바실리 안드레이치는 그사이에 털외투 하나를 느슨하게 하여 그 깃으로 바람을 가리고 유황성냥을 한 개비 또 한 개비 강철 갑에 그었다. 그러나 그의 손은 떨렸다. 어떤 성냥은 불이 붙지 않거나, 어떤 것은 불이 붙었어도 담배에 가져가는 순간 바람에 금세 꺼져버렸다. 마침내 성냥 한 개비에 불이 붙어 순간적으로 그의 털외투의 털, 굽은 집게손가락에 낀 금반지가 있는 손, 그리고 마포 밑에서 삐져나와 눈에 덮인 귀리 짚을 밝히더니 담배에도 불이 붙었다. 그는 급하게 두어 모금 빨아들여 연기를 들이마셨다가 콧수염을 통해 내뿜고 다시 빨아들이려 했지만, 바람이 불붙은 담배를 빼앗아 짚을 날린 쪽으로 날려버렸다.

이 담배 몇 모금은 바실리 안드레이치의 기분을 좋게 해주었다.

"그래, 여기서 밤을 보내야 한다면, 그렇게 하지!" 그는 결연하게 말했다.

"기다리게, 내가 깃발을 만들겠네." 그는 말하며 깃에서 꺼내 썰매에 던져두었던 목도리를 집어 들고 썰매 위로 올라갔다. 그리고 장갑을 벗고 썰매 앞부분에 서서 등띠에 닿으려고 몸을 쭉 편 뒤 단단하게 매듭을 지어 목도리를 채에 꽉 묶었다.

목도리는 때로는 채에 달라붙기도 하고 때로는 갑자기 죽 펴져서 팽팽해지기도 하면서 이내 필사적으로 펄럭펄럭 나부끼기 시작했다.

"보게나, 잘 만들었지!" 자기가 한 일에 뿌듯해진 바실리 안드레이치가 썰매에서 내려오면서 말했다. "함께 있으면 더 따뜻하겠지만, 두 사람이 앉기에는 비좁군." 그가 말했다.

"제 자리는 제가 찾겠습니다." 니키타가 대답했다. "다만 말을 감싸

쥐야 합니다. 땀을 많이 흘렸어요. 불쌍한 것. 잠깐만 비켜보세요." 그는 그렇게 덧붙이고 썰매로 다가가 바실리 안드레이치가 앉아 있던 자리 아래서 마포를 끌어당겼다.

그는 마포를 걷어 두 겹으로 접고 엉덩이 끈과 안장 받침 요를 벗긴 다음 그것으로 무호르티를 감싸주었다.

"어쨌든 따뜻하겠지, 바보야." 그는 마포 위에 엉덩이 끈과 안장 받침 담요를 다시 덮어주며 말했다. "거베는 필요 없으시죠? 짚 좀 주세요." 그 일을 끝낸 후 니키타는 다시 썰매로 다가와 말했다.

그리고 바실리 안드레이치 밑에서 이런저런 것을 꺼내 들고 썰매 뒤로 가서 눈 속에 구멍을 파고 그 속에 짚을 깔았다. 그는 털모자를 푹 눌러쓰고 카프탄을 꼭꼭 여미고 그 위에 거베를 덮은 다음 잠자리로 깐 짚 위에 앉아 바람과 눈으로부터 몸을 보호하기 위하여 썰매의 얇은 널조각에 기댔다.

바실리 안드레이치는 언제나 농부들이 우둔하고 배운 게 부족하다고 비난해왔으므로, 니키타가 하는 것을 보면서도 못마땅하다는 듯 고개를 가로젓고는 밤을 보내기 위해 자리를 잡기 시작했다.

그는 남은 짚을 썰매에 편편하게 깔고 옆으로는 더 넣었다. 그리고 손을 소매 속에 집어넣고 바람으로부터 머리를 보호하기 위해 썰매 구석에 머리를 두고 누웠다.

그는 자고 싶지 않았다. 그는 누워서 삶의 유일한 목적, 의미, 기쁨과 긍지를 이루는 것들을 내내 떠올렸다. 즉, 자기가 돈을 얼마나 벌었고 또 더 벌 수 있는지를, 자기가 아는 다른 사람들은 얼마나 벌었고 소유하고 있는지를 생각했다. 그리고 그들이 어떻게 벌어왔고 벌고 있는지를, 또한 자기도 어떻게 남들처럼 아주 많은 돈을 더 벌 수 있을지를 생각했다. 고랴친스키 숲을 구입하는 것도 그에게는 어마어마하게 중요한 일이었다. 그 거래를 통해 그는 1만 루블 이상을 벌 것으로 기대했다. 그리고 그는 가을에 숲을 살펴본 후 그 가치를 내심 계산하기 시작했는데, 그때 2데샤티나(구 러시아에서 사용하던 지적 단위로 1데샤티나는 약 4,047㎡, 대략 1,220평이다—편집자)에 서 있던 나무를 전부 셌었다.

'참나무는 미끄럼대용 나무로 쓸 거야. 벌채는 저절로 될 거고. 그리고 땔감은 1데샤티나당 30사젠 정도 나올 거야.' 그는 속으로 생각했다. '데샤티나당 못해도 225루블씩의 가치는 남을 거고. 56데샤티나는 56에 100이 하나 그리고 56에 100이 또 하나 그리고 56에 10이 하나 그리고 56에 10이 또 하나 그리고 56에 5라는 거지.' 그는 이렇게 하면 1만 2천 루블 이상 나오는 것으로 보았지만, 주판이 없어 얼마인지 정확하게 계산할 수는 없었다. '어쨌든 1만은 줄 수 없고, 빈 땅을 제하고 8천 정도 줘야지. 측량 기사에게 뇌물로 100 또는 150루블을 줘서 기름칠을 하면, 나를 위해 5데샤티나 정도는 빈 땅으로 측량할 거야. 결국, 그는 8천에 넘기게 되겠지. 현찰 3천이 있으니, 그도 유연해질 거고.'

그는 주머니에 든 지갑을 팔뚝으로 건드려보며 생각했다. '갈림길에서 어쩌다 길을 벗어난 거야. 모를 일이네! 여기에 숲이 있고 파수꾼이 있어야 할 텐데. 개소리가 들려야 할 텐데. 저 저주받을 놈들이 필요할 때는 짖지를 않아.' 그는 귀에서 깃을 떼고 온 신경을 귀에 집중했다. 들리는 거라곤 윙윙거리는 바람 소리와 채에 매인 목도리가 나부끼는 소리와 펄럭이는 소리 그리고 내리는 눈이 썰매의 얇은 널조각을 갈기는 소리뿐이었다. 그는 다시 귀를 덮었다.

'이럴 줄 알았더라면 거기서 묵었을 텐데. 뭐, 상관없어. 내일은 도착하겠지. 겨우 하루 손해 보는 거잖아. 이런 날씨에 다른 사람들도 길을 나서지는 않을 거야.' 그리고 9일에는 푸주한에게서 양값을 받아야 한다는 것을 떠올렸다. '그가 제발로 온다고 했지. 나는 못 찾을 거고, 아내는 돈을 받을 줄 모르는데…. 이런 교육을 전혀 받지 못했잖아. 그러니 일을 제대로 하는 법을 몰라.'

그는 아내가 어제 축제 때 집에 손님으로 온 경찰서장을 어떻게 대접해야 하는지 몰랐던 것을 떠올리며 생각을 이어갔다. '그래 여자잖아! 어디서 뭘 봤겠어? 아버지 시대에 우리 집은 어땠을까? 그저 마을의 부농이었지. 재산은 방앗간과 여관이 전부였고. 그런데 내가 15년 동안 이룬 일을 보자고.' 그는 상점, 선술집 두 곳, 제분소, 싸전, 임대농장 두 곳, 양철지붕을 이은 헛간 딸린 집 한 채를 자랑스럽게 떠올렸다.

'아버지 시절과 전혀 다르지! 지금 지역에서 떵떵거리는 사람이 누구지? 브레후노프야. 왜 그렇지? 사업을 제대로 이해하기 때문이지. 나는 다른 사람들처럼 게으름피우고 멍청한 짓을 하며 시간을 허비하지 않거든. 반면에 나는 밤에 자지 않아. 눈보라가 치건 치지 않건 나는 일을 시작하지. 그래서 사업이 이어지는 거야. 그들은 돈 버는 일이 무슨 장난인 줄 알아. 천만에. 노고를 아끼지 않고 머리를 쥐어짜야 하는 거야. 이번처럼 밖에서 야영하거나 밤마다 깨어 있어야 하는 거지. 머릿속에서 맴도는 생각들로 베개가 뒤집힐 때까지.' 그는 자랑스럽게 되새겨 보았다. '사람들은 운이 따라야 한다고 생각해. 저기, 미로노프네는 지금 백만장자야. 왜? 열심히 일해서지. 하느님이 보상해주시는 거야. 단지 나에게 건강만 허락하시면….'

맨손에서 시작해 백만장자가 된 미로노프처럼 될 수 있다는 생각은 아무와도 허심탄회하게 이야기하고픈 욕구를 불러낼 만큼 바실리 안드레이치를 흥분시켰다. 그러나 그럴 사람이 없었다. 고랴츠키나에 도착할 수 있었다면, 지주와 이야기를 나누고 뭔가를 보여주었을 텐데.

'바람 소리 한번 요란하네! 아침이면 헤어나올 수 없을 만큼 덮어버리겠군!' 그는 썰매 앞부분에 불어와 그것을 구부러뜨리고, 휘몰아온 눈을 가지고 부목을 갉겨대는 돌풍 소리에 귀 기울이며 생각했다. 그는 몸을 일으키고 주변을 돌아보았다. 하얗게 일렁대는 어둠 속에서 오로지 무호르티의 거뭇거뭇한 머리와 펄럭이는 마포에 감싸인 등 그리고 두툼하게 묶인 굵은 꼬리만 보였다. 빙 돌아 앞뒤 할 것 없이 사방에 하얗게 일렁대는 어둠이 내려앉았는데, 이따금 더 밝아지고 이따금 더 짙어지는 것 같았다.

'쓸데없이 니키타의 말을 들었군.' 그는 생각했다. '더 갔어야 했는데, 그럼 어디로든 나갔을 텐데. 하다못해 그리슈키노로 돌아가 타라스네 집에서 밤을 보낼 수도 있었을 텐데. 이대로 밤새 여기 앉아 있어야만 하다니. 그나저나 내가 무슨 생각을 하고 있었지? 그래, 하느님은 일하는 자들에게 주시지, 게으름뱅이나 잠꾸러기들이나 어리석은 자들에게는 주시지 않아. 담배 한 대 피워야겠다!' 그는 자리에 앉아 담뱃갑을 꺼내 배를 깔고 엎드려 앞깃으로 바람을 막은 다음 불을 지키려 했지만, 바람은 제 길을 찾아 차례차례 성냥을 꺼버렸다. 마침내 용하게 한 개비에 불을 붙여 담배를 피우기 시작했다. 그는 뜻을 이룬 것이 대단히 기뻤다. 비록 바람이 그보다 더 담배를 피웠지만, 어쨌든 세 모금 정도 담배를 피우고 나니 다시 기분이 좋아졌다. 그는 다시 뒷자리에 기대 몸을 감싸고 회상과 공상을 하기 시작했다. 그러다가 전혀 예기치 않게 별안간 의식을 잃고 잠에 빠져들었다.

그러나 갑자기 뭔가가 마치 그를 밀쳐 잠을 깨운 것 같았다. 무호르티가 그의 밑에서 짚을 물어 당겼든, 그의 내부에서 뭔가가 그를 놀라게 했든, 어쨌거나 그는 잠을 깼고 심장은 점점 더 빠르게 고동치기 시작했다. 그에게는 썰매가 밑에서 흔들리는 것처럼 느껴졌다. 그는 눈을 떴다. 주위로는 모든 것이 그대로였지만, 단지 더 훤해진 것처럼 보였다. '밝아져야지.' 그는 생각했다. '아침까지 얼마 안 남았잖아.' 그러나 그는 이내 달이 떠서 더 훤해져서 그랬음을 알아차렸다. 그는 몸을 일으키고 먼저 말을 돌아보았다. 무호르티는 여전히 바람을 등지고 서서 온몸을 떨고 있었다. 눈 덮인 마포는 한쪽으로 접혀 있었고 엉덩이 떠는 옆으로 미끄러져 있었으며, 휘날리는 앞머리와 갈기 달린 눈 덮인 머리가 지금은 더 잘 보였다.

바실리 안드레이치는 썰매 뒷부분으로 몸을 꺾고 뒤를 훑어보았다. 니키타는 그가 처음에 앉았던 상태 그대로 앉아 있었다. 그가 덮고 있는 거베와 다리 위에는 눈이 두껍게 덮여 있었다. '저 농부가 얼어 죽지 않기를. 입성이 영 시원찮네그려. 내가 책임을 져야 할 수도 있어. 농민은 참 어리석어. 정말로 배운 게 없어.' 바실리 안드레이치는 이렇게 생각하고 말에게서 마포를 벗겨 니키타를 덮어주고 싶었지만, 일어나 몸을 꼼짝하는 것이 추운 데다 더욱이 말이 얼어 죽을까 봐 겁이 났다. '뭐하러 그를 데려왔담? 다 마누라가 멍청한 탓이야.' 바실리 안드레이치는 사랑스럽지 않은 아내를 떠올리다가 썰매 앞부분에 자기가 원래 있던 자리로 몸을 돌렸다. 그는 회상했다. '삼촌이 꼬박 이렇게 하룻밤을 눈 속에서 보낸 적이 있었지.' 그에게 문득 다른 사례가 떠올랐다. '그런데 세바스티얀을 파냈을 때는 죽어 있었어. 가죽을 벗기고 내장을 꺼낸 동물의 얼어붙은 몸통처럼 뻣뻣했지. 그리슈키노에서 하룻밤 머물렀다면 아무 일도 일어나지 않았을 텐데.'

그는 모피의 온기가 헛되이 낭비되지 않고 목이며 무릎이며 발이며 온몸을 따뜻하게 덥혀주도록 조심스럽게 몸을 감싸고 나서, 눈을 감고 다시 잠을 청했다. 하지만 아무리 애써도 잠을 이룰 수가 없었고, 반대로 정신이 점점 또렷해지고 활기가 넘치는 느낌을 받았다. 그는 다시 이익과 빚을 계산하기 시작했고, 다시 자신을 자랑스럽게 여기며 자신과 자기 위치에 만족하기 시작했다. 그러나 이 모든 것은 살금살금 다가오는 두려움과 '왜 그리슈키노에 머물지 않았을까' 하는 분한 생각 때문에 끊임없이 중단되었다. '그랬다면 지금쯤 벤치에 누워 있을 것이고, 참 따뜻할 텐데.'

바람을 막고 좀 더 편안한 자세를 잡으려고 몇 번이고 몸을 돌려 누웠으나 모든 게 마땅치 않았다. 그는 다시 몸을 일으켜 자세를 바꾸고 발을 감싸고 눈을 감고 조용히 했다. 그러나 딱딱한 펠트 장화를 신은 다리가 한 자세로 구부러져 아프기 시작했는지, 아니면 어디서 바람이 불었는지, 그는 잠시 누워 있다가도 지금쯤 그리슈키노의 따뜻한 농가에서 편안하게 누워 있을 수 있었을 텐데 하는 생각을 다시 떠올렸다. 그리고 다시 몸을 일으켜 뒤돌아보다 웅크리고 다시 누웠다.

한번은 멀리서 닭 우는 소리가 들린다는 생각이 들었다. 그는 기쁜 마음에 외투 깃을 내리고 신경을 집중해 귀를 기울였다. 그러나 갖은 노력에도 불구하고 채 사이에서 휘파람을 불고 목도리를 쥐어뜯는 바람 소리, 썰매의 얇은 널조각에 눈 떨어지는 소리 외에는 아무 소리도 들리지 않았다.

니키타는 저녁에 앉았던 자세 그대로 미동도 하지 않고 내내 앉아 있었다. 심지어 그는 두어 번 말을 걸어온 바실리 안드레이치에게 대답조차 하지 않았다. '조금도 신경 쓰지 않네. 자고 있을 거야. 틀림없이.' 바실리 안드레이치는 눈을 두껍게 뒤집어쓰고 있는 니키타를 썰매 뒤에서 바라보며 짜증스럽게 생각했다.

바실리 안드레이치는 스무 번가량 일어났다 누웠다를 반복했다. 그에게는 마치 이 밤이 끝나지 않을 것 같았다. '이제 아침이 가까워지고 있는 게 틀림없어.' 그는 이렇게 생각하고 일어나 주위를 돌아보았다. '시계 좀 보자. 옷을 풀어헤치면 추울 테지. 그래도 아침이 가까워지는 걸 알면 기분이 좋아질 텐데. 마구를 메우기 시작할 거고.'

바실리 안드레이치는 마음 깊은 곳에서 아직 아침이 가까울 리 없다는 것을 알았다. 그러나 점점 두려움에 싸여 확인하고 싶기도 하고 동시에 자신을 속이고도 싶었다. 그는 조심스럽게 반코트의 호크를 풀고 가슴속으로 손을 집어넣어 재킷에 이를 때까지 오랫동안 뒤졌다. 그는 간신히 에나멜로 꽃장식을 한 은시계를 꺼내 확인하려 했다. 그러나 불 없이는 아무것도 보이지 않았다. 그는 다시 담배를 피울 때처럼 팔꿈치와 무릎을 대고 엎드려 성냥을 꺼내 긋기 시작했다. 이번에는 좀 더 조심스럽게 행동해 손가락으로 황이 가장 많이 묻은 성냥을 더듬어 단 한 번의 시도로 불을 붙였다. 문자판을 성냥불 아래 갖다 대고 흘깃 본 다음 그는 자기 눈을 의심했다. … 겨우 12시 10분밖에 되지 않던 것이다. 아직도 온 밤이 통째로 남아 있었다.

'어휴, 밤이 길기도 하구나!' 이렇게 생각한 바실리 안드레이치는 냉기가 등을 훑고 가는 것을 느끼며, 다시 호크를 채우고 옷을 여미고 참을성 있게 기다릴 양으로, 썰매의 한구석에 바싹 달라붙었다. 갑자기 단조로운 바람의 울부짖음과 확연히 구분되는 새로운 생생한 소리가 들렸다. 그 소리는 꾸준히 커져 아주 명료하게 들리다가 점차 줄어들었다. 의심할 것도 없이 그것은 늑대의 울음이었다. 그리고 녀석이 소리를 바꾸기 위해 턱을 움직이는 것이 바람을 타고 들릴 만큼 가까이에 있었다. 무호르티 또한 귀를 세우고 긴장해 듣다가, 늑대가 울부짖기를 멈추자 발을 옮겨 딛고 경고하는 콧소리를 냈다. 그 후로 바실리 안드레이치는 더 이상 잠들거나 진정할 수가 없었다. 자기의 이익, 사업, 평판, 체면과 부를 생각하면 할수록 두려움은 점점 더 그를 압도했고, 그리슈키노에서 유숙하지 않은 것에 대한 후회가 모든 생각을 지배하고 모든 생각에 뒤섞였다. '될 대로 되라지. 까짓 숲이 뭐라고. 그것 없이도 괜찮았는데. 에이, 거기서 자고 오는 건데!' 그는 혼자 중얼거렸다.

'술 취하면 얼어 죽는다는데.' 그는 생각했다. '그런데 나도 마셨잖아.' 그리고 자신의 감각에 집중하면서 왜 떨고 있는지, 추위 때문인지 두려움 때문인지 모른 채 떨기 시작했다. 눈을 감고 아까처럼 누우려고도 해보았지만, 이미 그렇게 할 수 없었다. 그는 자리에 머물 수 없어 일어나 자기 내부에서 일어나는, 극복하기 힘든 두려움을 가라앉히기 위해 뭐라도 하고 싶었다. 다시 담배와 성냥을 꺼냈지만, 성냥은 이제 겨우 세 개비 남았고 그것도 모두 시원찮았다. 세 개비 모두 불이 붙지 않고 유황이 벗겨졌다.

"이런 제기랄, 빌어먹을! 꺼져버려." 그는 누구에게 하는지도 모른채 욕을 하고 구겨진 담배를 내던졌다. 그는 성냥도 내던지려다가 마음을 고쳐먹고 주머니 속에 다시 넣었다. 더는 그 자리에 머물 수 없다는 불안감이 엄습했다. 그는 썰매에서 기어 나와 바람을 등지고 서서 재차 단단하고 낮게 허리띠를 고쳐 맸다.

'누워서 죽음을 기다릴 수는 없는 노릇이야! 말을 타고 가는 거야' 하는 생각이 문득 떠올랐다. '말은 누군가가 타면 움직일 거야. 저 친구는….' 그는 니키타를 생각했다. '죽든 살든 그게 그거지. 저 친구의 인생이 무슨 가치가 있담? 자기도 삶에 별로 미련이 없을 거야. 하지만 나는, 감사하게도, 살아야 할 이유가 있어….'

　그리고 그는 말을 풀어 고삐를 목 위로 넘기고 말 등에 뛰어 올라타려고 했지만, 외투와 장화가 너무 무거워 굴러떨어졌다. 그러자 썰매에 올라가 거기서 말에 타고자 했다. 그러나 썰매는 그의 몸을 버티지 못하고 흔들려서 실패했다. 마침내 세 번째로 말을 썰매 쪽으로 끌어당겨 조심스럽게 그 끝에 올라서서 배를 대고 말의 등에 가로질러 가까스로 엎드렸다. 그렇게 한동안 엎드려 있다가 한 번, 두 번 몸을 앞으로 내밀다가 마침내 다리를 말의 등 너머로 던진 후 느슨한 엉덩이 띠에 발뒤꿈치를 받치고 자리에 앉았다. 썰매가 흔들리는 바람에 니키타가 깨어나 자리에서 몸을 일으켰다. 그리고 그가 뭐라고 하는 것 같았다.

　"너희 같은 바보들 말을 듣다간 개죽음밖에 더하겠나!" 바실리 안드레이치가 외쳤다. 그리고 펄럭이며 날리는 털외투 자락을 무릎 아래로 쑤셔 넣고, 썰매를 뒤로하고 틀림없이 숲과 삼림지기의 오두막이 있을 거라고 믿는 방향으로 말을 몰았다.

7

니키타는 거베를 덮고 썰매의 뒷부분에 앉은 그때부터 꼼짝도 하지 않고 앉아 있었다. 그는 자연과 더불어 살고 그 필요성을 아는 모든 사람이 그렇듯 참을성이 있었고, 불안하거나 초조해하지 않으며 몇 시간이고 며칠이고 기다릴 수 있었다. 그는 주인이 자기를 부른 것을 들었지만 대꾸하지 않았는데, 일어나거나 반응하고 싶지 않기 때문이었다. 비록 마신 차 몇 잔과, 눈더미를 기어오르느라 많이 움직인 덕분에 아직은 몸이 따뜻했지만, 그는 이 온기가 오래가지 않을 것이며 움직임을 통해 열을 낼 힘도 남아 있지 않다는 것을 알았다. 그는 아무리 채찍을 가해도 더 나아가지 못하고 멈춰 선 말이 느끼는 것만큼 피로를 느꼈다. 그럴 때 주인은 말이 다시 움직이게 하려면 먹이를 주어야 한다는 것을 안다.

구멍 뚫린 장화 속의 한쪽 발은 이미 얼어 더 이상 엄지발가락을 느낄 수 없었다. 게다가 온몸이 더 추워지기 시작했다. 그는 자기가 그날 밤 죽을 수도 있다는, 심지어 십중팔구 죽을지도 모른다는 생각이 들었지만, 그 생각이 특별히 불쾌하지도 무섭지도 않았다. 불쾌하지 않았던 것은, 자기 일생이 기쁜 날의 연속이 아니라 오히려 끝없는 힘든 일의 연속이었기 때문이었다. 그리고 특별히 무섭게 여겨지지도 않았던 것은, 바실리 안드레이치처럼 세상에서 섬긴 주인들 외에도, 그는 언제나 자기를 이 세상에 보낸 최고의 주인에게 의지하고 있다고 느꼈고, 죽을 때도 여전히 그의 권능 아래 있을 것이며, 그 주인은 자기를

무례하게 대하지 않으리란 것을 알았기 때문이었다. '익숙하고 몸에
밴 것을 포기하는 게 아쉽다고? 하지만 어쩔 텐가, 새로운 일에 익숙해
져야지.'

'죄?' 그는 생각했다. 그리고 자신의 주취, 술로 탕진한 돈, 아내를
모욕한 일, 욕설, 교회를 다니지 않은 일, 금식을 지키지 않은 일 그리
고 고해성사 때 신부가 질책한 일을 모두 떠올렸다. '말할 것도 없이
죄긴 죄지. 그런데 그게 다 내 잘못일까? 하느님이 나를 그렇게 만드셨
는데. 글쎄, 그래도 죄는 죄지. 나는 빠져나갈 수 있을까?'

그렇게 그는 처음에는 그날 밤 자신에게 무슨 일이 일어날지 생각하
다가, 그다음에는 그 생각으로 돌아가지 않고 저절로 머리에 떠오르는
기억들에 자신을 맡겼다. 마르타의 도착, 머슴들의 주벽, 자신의 금주
그리고 이번 여행과 타라소프 가정, 가족의 해체와 관련한 대화, 그다
음에는 아들, 그리고 지금 덮개를 걸치고 몸을 따뜻하게 하고 있는 무
호르티, 그리고 썰매를 삐걱거리며 몸을 뒤척이고 있을 주인을 떠올렸
다. '가엾은 양반, 그도 그렇게 떠나는 것이 기쁘지 않을 거야.' 그는 생
각했다. '그렇게 죽는 건 정말 힘들었을 거야. 우리와는 다른 삶을 살
아왔으니깐.' 이러한 회상이 머릿속에서 얽히고설키면서 잠에 빠져들
었다.

바실리 안드레이치가 말 등에 오르면서 니키타가 기대고 있던 썰매
를 확 잡아챘을 때, 썰매가 움직이며 미끄럼대의 널 하나가 그의 등을
때렸다. 그는 잠에서 깨서 싫든 좋든 자세를 바꾸어야만 했다. 힘들게
다리를 펴고 다리 위에 쌓인 눈을 털고 몸을 일으키자, 견디기 힘든 냉
기가 몸을 뚫고 들어왔다. 무슨 일이 일어났는지를 깨닫고 나서, 그는
더 이상 말에게 필요 없는 마포로 몸을 감싸고 싶은 마음에 바실리 안

드레이치에게 그것을 남겨달라고 큰 소리로 부탁했다.

그러나 바실리 안드레이치는 멈추지 않고 가루눈 속으로 사라졌다.

혼자 남겨진 니키타는 무엇을 해야 할지 잠시 생각했다. 그에게는 인가를 찾아갈 힘이 없었다. 좀 전까지 앉았던 자리에 앉는 것도 불가능했다. 이미 눈에 덮여버렸기 때문이었다. 그는 썰매에서도 몸을 데우지 못할 것으로 느꼈다. 그에게는 덮을 것이 없었기 때문이었다. 그는 셔츠 한 장만 입은 것처럼 추웠다. 무서웠다. "하늘에 계신 아버지!" 그는 중얼거렸다. 그리고 자기는 혼자가 아니고 누군가가 그의 말을 듣고 그를 홀로 두지 않을 것이라는 생각이 들자 마음이 편안해졌다. 그는 깊게 숨을 들이마시고 머리에 거베를 걸친 채 썰매 속으로 기어 올라 주인이 누웠던 자리에 누웠다.

그러나 썰매 속에서도 그는 도대체 몸을 데울 수 없었다. 먼저 그는 온몸을 떨었고, 떨림이 한번 지나가더니 조금씩 의식을 잃었다. 그는 자기가 죽어가는지 잠이 드는 것인지 몰랐지만, 이것이나 저것이나 똑같이 준비되어 있다고 느꼈다.

8

그 사이에 바실리 안드레이치는 발과 고삐 끝으로 말을 재촉하여 무슨 근거에선지 숲과 오두막이 있으리라고 기대하는 방향으로 가고 있었다. 눈이 그의 눈을 덮고 바람이 그를 멈춰 세우는 듯 보였지만, 앞으로 몸을 숙인 채 끊임없이 털외투를 여미며, 타고 가는 데 방해만 되는 차가운 안장 받침과 자기 몸 사이로 외투를 밀어 넣으며, 연신 말을 재촉했다. 말은 가라고 하는 곳으로 힘겹지만 고분고분하게 걸어갔다.

대략 5분 정도 제 생각으로는 똑바로 갔지만, 말 머리와 하얀 황야 외에는 아무것도 보이지 않았고, 말의 귀와 자신의 털외투 깃에 스치는 바람 소리 외에는 아무 소리도 들리지 않았다.

별안간 눈앞에 뭔가 거뭇거뭇한 것이 나타났다. 가슴은 기쁨에 고동치기 시작했다. 그리고 그 물체를 향해 달리면서 이미 거기서 마을 집들의 담장을 떠올렸다. 그러나 그 검은 것은 고정되어 있지 않고 계속 움직였다. 그것은 마을이 아니라 두 밭 사이에서 높이 자라 눈 위로 불쑥 솟아나 마구 흔들리는 껑다리쑥이었다. 바람은 그것을 한쪽으로 때려눕히고 스치며 휘파람 소리를 내고 있었다. 무자비한 바람에 시달리는 그 쑥의 모습은 웬지 바실리 안드레이치를 몸서리치게 했다. 그는 쑥에 접근하느라 이전 방향을 완전히 바꾸어 말을 다른 방향으로 몰고 있다는 것을 깨닫지 못했고, 초소가 있어야 할 방향으로 간다고 상상하며 서둘러 말을 몰았다. 그러나 말은 계속 오른쪽으로 돌았고, 그래서 바실리 안드레이치는 내내 그를 왼쪽으로 몰았다.

그의 앞에 뭔가가 다시 거뭇거뭇하게 보이기 시작했다. 이제는 그것이 분명히 마을일 것이라고 확신하며 다시 기뻐했다. 그러나 그것은 다시 쑥으로 뒤덮인 경계였다. 마른 잡초가 필사적으로 발버둥 치며 바실리 안드레이치에게 터무니없는 공포를 안겼다. 아까 본 잡초를 다시 봐서 그런 건 아니었다. 그 옆에는 바람에 부분적으로 드러난 말 발자국이 있었다. 바실리 안드레이치는 멈춰서 몸을 숙이고 유심히 바라보았다. 그것은 부분적으로 눈에 덮인 말 발자국이었는데, 다른 사람의 것일 수 없었다. 그는 분명 맴돌고 있었다! 그것도 넓지 않은 범위를. '내가 저렇게 사라지겠군!' 그는 이렇게 생각했지만, 공포에 굴복하지 않기 위해 눈 덮인 하얀 어둠 속을 들여다보며, 말을 더욱 다그치기 시작했다. 그 속에서 빛나는 점들이 보이는 것 같았는데, 들여다보자마자 그것들은 사라져버렸다. 한번은 개 짖는 소리 아니면 늑대 짖는 소리가 들린다고 생각했지만, 너무나 희미하고 불명확한 탓에 뭘들은 건지 또는 그저 들린다고 생각한 건지 알 수 없는 마음에 멈춰서 귀를 기울이기도 했다.

갑자기 귀를 멍하게 만드는 끔찍한 소리가 귀 옆에서 울리더니, 그의 밑에 있는 모든 것이 떨리고 흔들렸다. 그는 무호르티의 목을 잡았지만, 말의 목도 온통 떨리고 있었고, 끔찍한 외침은 한층 더 무시무시해졌다. 몇 초 동안 바실리 안드레이치는 정신을 차릴 수 없었고, 무슨 일이 일어났는지 이해할 수 없었다. 그 소리는 무호르티가 스스로 용기를 불어넣거나 도움을 청하려고 크고 깊이 울기 시작한 소리였다. '으악, 이 망할! 날 얼마나 놀라게 했는지. 이 빌어먹을 것!' 바실리 안드레이치는 생각했다. 그러나 그 두려움의 진짜 이유를 알고 나자, 그는 이미 그것을 떨쳐낼 수 없었다.

'생각을 고쳐먹고 침착해야 해.' 속으로는 그렇게 말했지만 이미 멈출 수가 없었다. 말이 바람을 거슬러 가는 대신 지금은 이미 바람과 함께 가고 있다는 것을 알아차리지 못한 채 말을 몰아댔다. 안장 받침요에 닿는 그의 몸은 털외투가 덮여 있지 않아 특히 말이 천천히 걸을 때는 뼛속 깊이 차가웠으며 손과 발은 떨리고 호흡은 거칠어졌다. 그는 이 무시무시한 눈 덮인 황야에서 죽어가는 자신을 보면서도 탈출할 방법을 찾지 못했다.

갑자기 타고 있던 말이 어디론가 빠져들었다. 말은 눈더미 속으로 빠지며 몸부림치기 시작해 옆구리로 떨어졌다. 바실리 안드레이치는 말에서 뛰어내렸다. 그는 뛰어내리면서 발을 디디던 엉덩이 띠를 옆으로 벗겼고 달라붙어 있던 안장 받침 요도 걷어 올렸다. 바실리 안드레이치가 뛰어내리자마자, 말은 몸을 일으켜 앞으로 채더니 한 번, 두 번 도약하고 다시 큰 소리로 울고 나서 마포와 엉덩이 띠를 끌며 바실리 안드레이치를 홀로 눈더미 속에 남겨둔 채 시야에서 사라졌다. 바실리 안드레이치는 말의 뒤를 쫓았으나, 눈은 깊고 털외투는 무거워 걸음을 옮길 때마다 무릎 위까지 잠기는 바람에 스무 걸음도 떼놓지 못하고 숨을 헐떡이며 멈췄다.

'숲, 거세된 양, 임차권, 상점, 주점, 양철지붕 집과 창고, 상속자.' 그는 생각했다. '어떻게 이 모든 것을 남겨두고 갈 수 있단 말인가? 이게 무슨 의미람! 안 돼.' 이런 생각이 그의 머리를 스쳤다. 그리고 어쩐 일인지 바람에 휘날리는 쑥을 두 번이나 지나쳤던 것을 기억하고, 너무나 겁에 질려 자신에게 일어난 일을 현실로 받아들이지 못했다. '이 모든 게 꿈은 아닐까?' 이렇게 생각하고 깨어나려 했지만 그럴 수 없었다. 얼굴을 때리고 그를 덮으며, 장갑을 잃어버린 오른손을 차갑게 만든 것은 진짜 눈이었다. 그리고 지금 피할 수 없고, 곧 도래할, 의미 없는 죽음을 기다리며 쑥처럼 홀로 남겨진 곳도 진짜 황야였다.

'성모시여, 절제의 스승, 성 니콜라스시여!' 그는 전날의 예배와 검은 얼굴에 금테를 두른 성상 그리고 그 성상 앞에 놓도록 판매했다가 거의 그슬리지 않은 상태로 이내 되돌아온 양초를 떠올리며 생각했다. 그는 그 양초들을 상자에 넣어 두었었다. 바로 그 기적을 행하는 니콜라스에게 자기를 구해달라고 간절히 청하기 시작했고, 감사 기도와 양초를 약속했다. 그러나 그는 이때 성상의 얼굴, 액자 테두리, 양초, 사제, 감사 기도, 이 모든 것이 교회에서는 매우 중요하고 필요하지만, 여기서는 자기에게 아무것도 해줄 수 없다는 것, 양초와 감사예배와 지금의 비참한 상태 사이에는 아무런 관계가 없고 있을 수도 없다는 것을 분명하게, 의심할 여지 없이 깨달았다.

'절망하면 안 돼.' 그는 생각했다. '눈에 덮이기 전에 말 발자국을 따라가야 해.' 이런 생각이 떠올랐다. '녀석이 나를 밖으로 인도해주든지 아니면 내가 녀석을 잡을 수도 있어. 다만 서두르면 안 돼. 아니면 흥분해서 더 곤경에 빠질 거야.' 그러나 침착하게 가려던 의도와 달리 그는 앞으로 돌진하다가 끊임없이 넘어지고 일어서고 다시 넘어지며 달렸다. 눈이 깊지 않은 곳에서는 이미 말 발자국을 포착하기가 불가능했다.

'망했군.' 바실리 안드레이치는 생각했다. '발자국도 잃고 말도 쫓아가지 못했으니.' 그러나 그 순간 눈을 들자 뭔가 검은 것이 보였다. 그것은 무호르티였고, 게다가 무호르티 혼자가 아니라 썰매와 목도리가 묶인 채 같이 있었다. 한쪽으로 쏠린 엉덩이 띠와 마포를 매단 무호르티는 지금 아까의 자리가 아니라 채에 더 가깝게 서 있었으며, 자기가 고삐를 밟고 있는 탓에 자꾸 아래로 당겨지는 머리를 흔들고 있었다. 결국, 바실리 안드레이치는 이전에 니키타가 빠졌던 그 골짜기에 빠졌고, 말은 그를 썰매가 있는 곳으로 도로 데려왔으며, 그가 말에서 뛰어내린 지점은 썰매가 있는 곳에서 50걸음도 채 떨어지지 않은 곳이었다.

9

썰매 있는 데까지 간신히 온 바실리 안드레이치는 마음을 진정시키고 숨을 돌리기 위해 그것을 붙들고 꼼짝없이 한참을 서 있었다. 니키타는 이전 자리에 없었지만, 썰매 속에는 이미 눈에 덮인 뭔가가 있었고 바실리 안드레이치는 이것이 니키타라고 추측했다. 바실리 안드레이치는 이제 두려움을 완전히 떨칠 수 있게 되었다. 그가 말을 타고 있을 때 그리고 특히 눈더미에 혼자 남았을 때 경험한 끔찍한 공포가 다시 찾아오면 두려움을 다시 느낄 수도 있을 것 같았다. 무슨 일이 있어도 그 공포가 찾아오지 않도록 해야 했고, 그러려면 뭔가를 하거나 어딘가에 몰두해야 했다. 그래서 그가 맨 먼저 한 일은 바람을 등지고 털외투 단추를 푸는 것이었다. 그다음에 약간 숨을 돌리자마자 장화와 왼쪽 장갑에서 눈을 털어냈다. 오른쪽 장갑은 잃어버렸는데 찾을 가망이 없었다. 틀림없이 그 위에 눈이 한 자는 쌓였을 것이다. 그는 농부들이 짐수레에 싣고 온 곡식을 사러 나갈 때 그랬듯, 다시 띠를 내려 단단히 졸라매고 일할 준비를 했다.

그에게 가장 먼저 떠오른 일은 고삐에 엉킨 말의 다리를 자유롭게 해주는 것이었다. 바실리 안드레이치는 그 일을 하고 나서, 조금 전에 그가 자리 잡았던 썰매 앞쪽의 금속 꺾쇠에 무호르티를 묶었다. 그리고 말 등에서 엉덩이 띠, 안장 받침 요와 마포를 바로잡아 주려고 말 뒤로 돌아갔다. 그러나 그 순간 썰매에서, 묻혀 있던 눈에 뭔가가 움직이며, 니키타의 머리가 들리는 것을 보았다. 이미 얼어버린 니키타가 간신히 몸을 일으키고 파리 쫓듯 이상하게 코앞에서 손을 흔들며 앉았다. 그는 손을 흔들며 무슨 말을 했는데 바실리 안드레이치에게는 꼭 자기를 부르는 것처럼 보였다.

바실리 안드레이치는 마포를 정리하다 말고 그에게 다가갔다.

"왜 그래?" 그가 물었다. "무슨 말을 하는 거야?"

"주우…그…글 것 같아요…." 니키타가 중간중간 끊기는 목소리로 힘겹게 말했다. "내가 벌어놓은 건 아들이나 아내에게 주세요. 상관없어요."

"뭐야, 몸이 정말로 얼어버린 거야?" 바실리 안드레이치가 물었다.

"느낌이 그래요. 죽음이…. 용서하세요. 제발, 하느님!" 니키타는 꼭 파리를 쫓듯 계속해서 얼굴 앞에서 손을 흔들며 울먹이는 목소리로 말했다.

바실리 안드레이치는 잠시 말없이 꼼짝도 하지 않고 서 있다가, 갑자기 뭔가를 유리하게 샀을 때 손뼉을 치던 것 같은 결연함으로 한걸음 뒤로 물러나 털외투 소매를 걷어붙이고 양손으로 니키타와 썰매에서 눈을 긁어내기 시작했다. 그런 다음 바실리 안드레이치는 서둘러 허리띠를 풀고 털외투를 열어젖혔다. 이어서 니키타를 밀어 누이고 털외투뿐 아니라 열이 오른 자기의 따뜻한 온몸으로 그 위에 엎드렸다. 그는 니키타와 썰매의 널 사이로 털외투 깃을 밀어 넣고 무릎으로 옷자락을 누른 후 썰매 전면의 널에 머리를 대고 얼굴을 아래로 향하고 엎드렸다. 그리고 이제 더 이상 말 움직이는 소리나 폭풍이 휘파람을 부는 소리에는 신경 쓰지 않고 오로지 니키타의 숨소리에 귀를 기울였다. 니키타는 처음에는 오랫동안 꼼짝도 하지 않고 누워 있었으나, 마침내 큰 소리로 숨을 들이쉬고 살짝 움직였다.

"자, 자, 그렇지. 자넨 죽어간다고 했네. 누워 있게. 몸을 데워야 해. 우리는 바로 이렇게…." 바실리 안드레이치가 말하기 시작했다.

그러나 놀랍게도 계속 말을 할 수가 없었다. 눈에 눈물이 솟고 아래턱이 심하게 떨렸기 때문이었다. 그는 말을 멈추고 목에서 올라오는 것을 삼킬 뿐이었다. '내가 겁을 먹고 많이 약해졌나 보군' 하고 그는 생각했다. 그러나 이 약함은 그에게 불쾌하지 않았을 뿐만 아니라 과거에 느껴보지 못했던 특별한 기쁨을 안겨주었다.

'그게 우리의 모습이야!' 그는 특별하고 엄숙한 감동을 경험하며 속으로 말했다. 그는 털외투의 털에 눈을 닦고 바람에 계속 접히는 오른쪽 자락을 무릎 아래로 밀어 넣으며 상당히 오랫동안 말없이 그 자세를 유지했다.

그러나 그는 자신의 기쁜 상태를 누구에게라도 이야기하고 싶어 견딜 수 없을 지경이었다.

"미키타!" 그가 말했다.

"좋아요, 따뜻해요." 그의 밑에서 응답이 들려왔다.

"그래, 여보게. 난 비명횡사하는지 알았어. 자네는 꽁꽁 얼었고, 나도…."

그러나 다시 턱이 떨리기 시작했고, 눈에는 눈물이 가득 차올랐다. 그래서 계속 말을 할 수 없었다.

'그래, 괜찮아.' 그는 생각했다. '내가 뭘 알고 있는지 잘 아니까.' 그리고 그는 입을 다물었다. 그리고 그렇게 오랫동안 엎드려 있었다.

그는 따뜻했다. 아래로는 니키타로, 위로는 털외투로 인해. 니키타의 옆구리를 따라 털외투 자락을 잡은 손과, 바람 때문에 끊임없이 외투가 벗겨지는 다리만 얼기 시작했다. 특히 장갑이 없는 오른손이 얼었다. 그러나 그는 자신의 다리나 손은 생각하지 않고 자기 밑에 누워 있는 농부의 몸을 어떻게 녹일 수 있을지만 생각했다.

그는 몇 번인가 말을 흘깃 돌아보았다. 녀석의 등이 드러나 있고 마포가 달린 엉덩이 띠가 눈 위에 떨어진 것이 보였다. 일어나 말을 덮어주어야 했지만, 니키타를 잠시 떠나 모처럼 맛보는 뿌듯한 마음을 잡치고 싶지 않았다. 이제 그는 아무런 공포도 느끼지 않았다.

'걱정하지 마, 잘못되지 않을 거야.' 그는 물건을 사고팔며 이야기할 때와 똑같은 자랑스러운 마음으로 농부의 언 몸을 녹이고 있었다.

그렇게 바실리 안드레이치는 한 시간, 또 한 시간 그리고 또 한 시간을 보냈지만, 시간이 어떻게 흐르는지 인식하지 못했다. 처음에 그의 상상 속에는 눈보라, 썰매채, 눈앞에서 떨고 있는 멍에 멘 말의 모습이 떠올랐고, 자기 밑에 누워 있는 니키타가 나타났다. 그다음에는 축제, 아내, 경찰 그리고 양초 상자 그리고 다시 그 상자 밑에 누워 있는 니키타 생각이 뒤섞였다. 그다음 거래하는 농부들, 흰 벽, 니키타가 누워 있는 양철지붕을 얹은 집들이 나타났다. 그다음 이 모든 것이 뒤섞이고, 하나가 다른 것 속으로 들어가고, 무지개색이 하나의 하얀색으로 통합되듯 모든 다양한 회상이 하나로 어우러졌다. 그리고 그는 잠이 들었다.

꿈도 꾸지 않고 오랫동안 잤지만, 새벽이 오기 직전 다시 꿈을 꾸었다. 그는 양초 상자 앞에 서 있고 티호노프의 아내가 그에게 축제를 위해 5코페이카짜리 양초를 달라고 한다. 그는 양초 한 자루를 꺼내 그녀에게 건네주고 싶었으나, 손은 들리지 않고 주머니 속에 꼭 달라붙어 있다. 그는 상자를 둘러보고 싶었으나, 다리가 움직이지 않는다. 새로 마련한 깨끗한 덧신이 돌바닥에 달라붙어 그것을 들어 올릴 수도,

거기서 발을 뺄 수도 없다. 그리고 별안간 양초 상자는 침대로 변한다. 바실리 안드레이치는 양초 상자 위, 즉 자기 집 침대 위에 배를 깔고 엎드려 있는 자기 모습을 본다. 그는 침대에 엎드려 있지만, 일어날 수가 없다. 하지만 그는 일어나야 한다, 순경 이반 마트베이치가 자기를 방문할 것이고, 그러면 그와 함께 숲을 흥정하거나 무호르티의 엉덩이 띠를 바로잡으러 가야 하기 때문이다. 그가 아내에게 묻는다. "뭐야, 미콜라브나, 그가 아직 안 왔소?" "네, 아직 안 왔어요." 그리고 그는 누군가가 현관으로 다가오는 소리를 듣는다. 그가 틀림없다. 아니 지나가잖아. "미콜라브나, 미콜라브나, 아직 안 왔소?" "아직요." 그리고 그는 침대에 누워 있고 여전히 일어날 수가 없으며, 계속 기다린다.

그 기다림은 기분 나쁘기도 하고 즐겁기도 하다. 그리고 문득 기쁨이 성취된다. 그가 기다리던 사람인데, 경찰 이반 마트베이치는 아니고 다른 사람이지만, 그가 기다려 온 사람이다. 그 사람이 와서 그를 부른다. 그에게 소리치고 니키타 위에 엎드리라고 지시한 그 사람이다. 그리고 바실리 안드레이치는 그 사람이 자기를 부르러 왔다는 것이 기쁘다.

"갑니다!"

그는 기뻐서 소리치고 그 외침은 그를 깨운다. 그리고 잠이 깬다. 그러나 잠이 깬 그는 이미 잠들 때의 그가 아니었다. 그는 일어나고 싶었지만 일어날 수 없었고, 손을 움직이고 싶었지만 그러지 못했으며, 발을 움직이고 싶지만 마찬가지였다. 고개를 돌려보려 하지만, 그것도 할 수 없다. 그는 놀랐다. 그러나 이것으로 조금도 슬프지는 않았다. 그는 이것이 죽음이란 것을 알았지만, 그로 인해서도 전혀 슬프지 않다. 그리고 니키타가 자기 밑에 누워 있고 몸이 따뜻해져 살았다는 것을 기억한다. 그리고 그에게는 자기가 니키타고 니키타가 자기이며, 자기 생명이 자기 자신이 아니라 니키타 안에 있는 것처럼 여겨진다. 그는 청각을 집중하고 니키타의 숨소리를, 심지어 코 고는 소리까지 듣는다. '살아 있구나, 니키타. 그것은 나도 살아 있다는 뜻이야.' 그는 환희에 젖어 속으로 말한다.

그리고 그는 돈, 상점, 집, 매입과 매도 그리고 백만장자 미르노프가를 떠올린다. 그는 바실리 브레후노프라는 이름을 가진 이 남자가 그 모든 일을 왜 했는지 이해하기가 어렵다고 느꼈다. '그는 도대체 무엇이 중요한지를 몰랐던 거야.' 그는 바실리 브레후노프에 관해 생각한다. '그는 내가 지금 알게 된 것을 몰랐던 거야. 이제는 확실히 알아. 이제 나는 알아.' 그리고 이미 그를 소리 내어 부르던 사람의 부름을 다시 듣는다. '가요, 가!' 그의 전 존재가 기쁨에 차서 상냥하게 말한다. 그리고 그는 자기가 자유롭고, 그 무엇도 자기를 더 이상 붙들지 못한다는 것을 느낀다.

그리고 이미 바실리 안드레이치는 이 세상에서 아무것도 보지 못하고 듣지 못하고 느끼지 못했다.

주위에서는 여전히 눈이 소용돌이쳤다. 여전히 회오리치는 눈이, 숨이 멎은 바실리 안드레이치의 털외투를, 온몸을 떨고 있는 무호르티를, 거의 보이지 않게 된 썰매를, 그리고 이미 죽은 주인의 밑에서 온기를 유지하고 있는 니키타를 사정없이 덮었다.

IO

날이 밝기 전에 니키타는 잠에서 깼다. 다시 그의 등에 스며들기 시작한 추위가 그를 깨웠다. 그는 방앗간에서 주인의 밀가루를 수레에 싣고 나와 개울을 건너려고 다리를 지나다 수레가 빠지는 꿈을 꾸었다. 그리고 그는 자기가 수레 아래로 들어가 등을 곧게 펴서 그것을 들어 올리는 것을 본다. 하지만 놀라운 일이었다! 짐은 꼼짝도 하지 않고 오히려 그의 등에 달라붙어 버려 그는 그것을 들어 올릴 수도, 나올 수도 없었다. 허리는 온통 찌그러졌다. 그리고 얼마나 추웠는지! 당연히 기어 나와야 한다. "다 됐어요!" 등에 수레를 내리누르는 누군가에게 그는 소리친다. "자루를 꺼내요!" 그러나 수레는 점점 더 차갑게 그를 짓누르고, 갑자기 뭐가 이상한 것이 그를 두드린다. 그리고 그는 잠에서 완전히 깨어 모든 것을 깨닫는다. 차가운 수레는 그의 위에 엎드려 얼어 죽은 그의 주인이었다. 그리고 두드리는 소리는 무호르티가 발굽으로 썰매를 두 차례 차는 소리였다.

"안드레이치, 아, 안드레이치!" 니키타는 조심스럽게, 이미 진실을 예감하고 주인을 부르며 허리를 폈다.

그러나 안드레이치는 대답이 없었고, 그의 배와 다리는 쇠처럼 뻣뻣하고 차갑고 묵직했다.

'죽은 것이 틀림없어…. 천국에 들었기를.' 니키타는 생각했다.

그는 고개를 돌려보고 눈앞의 눈을 손으로 파고 눈을 뜬다. 밝다. 바람은 전과 같이 썰매채 사이에서 휘파람을 불고 눈은 계속 내리긴 하는데, 다만 다른 점은 더 이상 썰매의 나무 부분을 후려갈기지 않고 소리 없이 썰매와 말을 더 깊게, 더 깊게 묻고 있었다. 그리고 말의 움직임도 숨소리도 더 이상 들리지 않는다. '말도 얼어 죽은 게 틀림없어.' 니키타는 무호르티를 생각했다. 그리고 실제로 니키타를 깨웠던 발굽 소리는 이미 완전히 얼어버린 무호르티가 끝까지 서 있기 위해 최후로 몸부림 치던 소리였다.

'주 하느님, 분명히 저도 부르시는군요!' 니키타가 속으로 말한다. '당신의 거룩한 뜻이 이루어질지어다. 그러나 참 끔찍하다…. 그래, 두 번 죽음은 있을 수 없어. 한 번은 피할 수 없지만. 단지 빨리….' 그는 다시 손을 감추고 눈을 감으며 의식을 잃는다. 그리고 이제 완전히 죽어가고 있다고 확신한다.

그날 한낮이 돼서야 농부들이 삽으로 바실리 안드레이치와 니키타를 눈 속에서 파냈다. 그 지점은 길에서 30사젠, 마을에서 반 베르스타밖에 떨어져 있지 않았다.

눈은 썰매보다 높이 쌓였지만, 썰매채와 거기 묶은 목도리는 여전히 두드러졌다. 무호르티는 등에서 엉덩이 끈과 마포가 벗겨진 채 배까지 눈에 묻혔고, 죽은 머리를 뻣뻣하게 굳은 울대뼈에 바싹 붙이고 온몸이 하얗게 된 채 서 있었다. 그의 콧구멍에는 고드름이 매달려 있었고, 눈은 새하얀 서리로 뒤덮였는데 마치 눈물처럼 꽁꽁 얼어 있었다. 말은 하룻밤 만에 가죽과 뼈만 남을 만큼 앙상해졌다. 바실리 안드레이치는 죽은 동물처럼 뻣뻣했고, 그래서 사람들은 그의 다리가 벌려진 상태 그대로 니키타에게서 떼어냈다. 매같이 불룩한 눈은 얼어붙었고 가위질 된 콧수염 아래 열린 입에는 눈이 가득했다.

니키타는 비록 온몸에 동상을 입기는 했으나 숨은 붙어 있었다. 사람들이 니키타를 깨웠을 때, 그는 자기가 이미 죽었고 지금 벌어지는 일은 이승이 아니라 저승에서 일어나는 것이라고 확신했다. 그러나 그를 파내고 그에게서 꽁꽁 언 바실리 안드레이치를 떼어낸 농부들이 소리치는 것을 듣자, 처음에는 저승에서도 농부들이 똑같이 소리 지르고 똑같은 몸을 가졌다는 것에 놀랐으면서도, 그가 아직 이승에 있다는 것을 깨달았을 때 기쁘기보다 미안했다. 특히 양발 발가락에 동상이 걸린 것을 알았을 때 더했다.

니키타는 병원에서 두 달을 보냈다. 발가락 세 개가 절단되었고 나머지는 회복되어 일은 할 수 있게 되었다. 그리고 그는 20년을 더 살았다. 처음에는 머슴으로, 말년에는 야경꾼으로. 그는 최근에 원하던 대로 집에서, 성상 아래서 손에는 불타는 밀랍 양초를 든 채 숨을 거두었다. 그는 죽기 전 아내에게 용서를 빌고, 통 제조공과 관련하여 아내를 용서했다. 또 아들과 손자들과도 이별을 했으며, 자신이 죽음으로써 아들과 며느리에게서 자기를 부양할 짐을 벗겨준다는 것에 기뻐했다. 그리고 지금 지루한 이 삶으로부터 이제는 매년 그리고 매시간 점점 더 명료해지고 더 바라마지 않았던 저세상 삶으로 정녕 옮겨가고 있었다. 이 진정한 죽음 후 그가 깨어날 곳에서 그는 더 좋아질까 나빠질까? 실망할까 아니면 기대하던 것을 찾게 될까? 우리 모두 곧 알게 될 것이다.

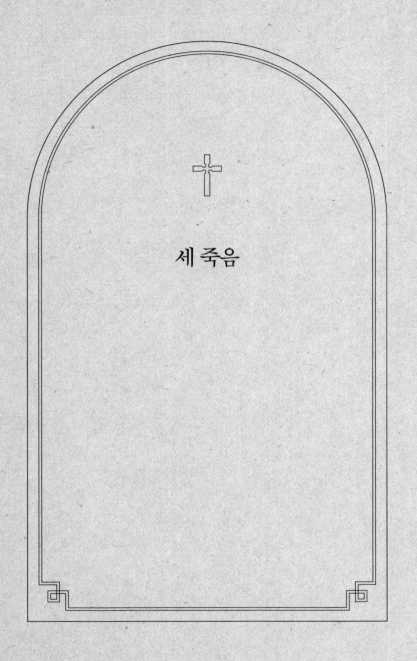

세 죽음

I

가을이었다. 대로를 따라 두 대의 마차가 빠른 속도로 달리고 있었다. 앞의 카레타[48]에는 여인 둘이 타고 있었다. 한 여인은 마르고 얼굴이 창백한 귀부인이었다. 다른 여인은 하녀로, 얼굴은 번들번들하고 붉었으며 몸은 뚱뚱했다. 하녀는 때때로 구멍 난 장갑을 낀 붉은 손으로, 색 바랜 모자 아래로 자꾸 삐져나오는 윤기 없는 짧은 머리를 정돈하곤 했다. 융단 목도리로 감싼 꽉 찬 가슴은 건강하게 숨을 내뱉고 있었고, 검은 눈은 차창 너머 뒤로 재빠르게 달아나는 들판을 쫓거나 혹은 소심하게 귀부인을 살피거나 혹은 불안하게 마차 모서리를 이곳저곳 바라보았다. 하녀의 코앞에서는 그물에 매달린 여주인의 모자가 흔들거렸고, 그녀의 무릎 위에는 강아지가 앉아 있었다. 바닥에 놓인 상자 때문에 들린 다리가 용수철 들썩이는 소리와 유리의 잘랑거리는 소리에 맞춰 북을 울리듯 상자에 부딪히며 소리를 냈다.

손을 무릎 위에 얹고 눈을 감은 부인은 그녀의 등 뒤에 쿠션을 받친 채로 살짝살짝 흔들렸다. 그녀는 살짝 이맛살을 찌푸리며 낮게 기침을 했다. 그녀의 머리에는 흰색 나이트캡이 쓰여 있었고, 부드러운 하얀 목에는 하늘색 삼각형 수건이 매여 있었다. 나이트캡 아래로 똑바로 이어진 가르마는 유난히 납작하면서 향유까지 바른 금발 머리카락을 나누고 있었고, 넓은 가르마 아래 하얀 피부는 메말랐고 생기라곤 찾

---

48   용수철이 달린 4륜 마차

아볼 수 없었다. 탄력 없고 약간 누런 빛이 도는 피부는 섬세하고 예쁜 얼굴 윤곽을 제대로 살리지 못했고, 뺨과 광대뼈에서는 붉은빛이 돌았다. 입술은 메마르고 불안정했고, 듬성듬성한 속눈썹은 말리지 않았으며, 나사로 지은 여행용 실내복은 처진 가슴 위에 직선으로 접혀 있었다. 눈을 감고 있음에도 부인의 얼굴에는 피로, 짜증 그리고 상습적인 고통이 완연히 드러나 있었다.

마부석의 하인은 자기 의자에 팔꿈치를 괸 채 졸고 있었고, 역마차 마부는 힘차게 소리치며 땀 흘리는 튼튼한 말 네 마리를 다루면서, 이따금 뒤따르는 콜랴스카[49]에 앉아 소리치고 있는 다른 마부를 돌아보았다. 평행을 이룬 넓은 바퀴 자국이 도로의 석회질 진흙 위에 규칙적으로 빠르게 퍼져나갔다. 하늘은 잿빛이었고 추웠다. 축축한 안개가 들과 도로 위에 내려앉았다. 마차 안은 답답하고, 향수와 먼지 냄새가 났다. 환자는 머리를 뒤로 제치고 천천히 눈을 떴다. 그녀의 커다랗고 아름다운 검은 눈이 반짝였다.

"또…." 그녀는 다리에 닿을락 말락 하는 하녀의 살롭[50] 끝을 아름답고 야윈 손으로 신경질적으로 밀어젖히며 말했다. 그녀의 입이 병적으로 씰룩거렸다. 하녀는 외투를 양손으로 잡고, 튼튼한 다리를 일으켜 세워 조금 떨어져 앉았다. 그녀의 생기있는 얼굴이 선명한 홍조로 덮였다. 환자의 아름다운 검은 눈이 하녀의 움직임을 끈질기게 따라다녔다. 부인은 조금 더 높이 앉기 위해 양손으로 좌석을 받치고 몸을 일으켜 보려 했지만, 힘이 딸렸다. 입은 일그러졌고, 얼굴에는 무력하고 화

---

49 4인승 4륜 마차
50 폭이 넓은 여성용 외투

가 나 경멸 섞인 표정이 가득했다.

"좀 도와주렴!… 아니 필요없어!… 혼자 할 수 있어. 다만 날 위해 너의, 그 뭐냐, 네 보따리를 두지 마라, 부탁이야!… 잘할 수 없으면 건드리지 않는 게 좋아!" 귀부인은 눈을 감았다가 다시 빠르게 눈꺼풀을 들어 올리고 하녀를 흘겨보았다. 하녀는 그녀를 바라보며 붉은 아랫입술을 깨물었다. 환자의 가슴에서는 무거운 한숨이 터져 나왔으나, 한숨은 그치지 않고 기침에 묻혀버렸다. 그녀는 얼굴을 돌리고 이마를 찌푸리며 양손으로 가슴을 움켜쥐었다. 기침이 멎자 그녀는 다시 눈을 감고 꼼짝도 하지 않고 계속 앉아 있었다. 마차와 짐마차가 마을로 들어섰다. 하녀는 목도리 아래서 통통한 손을 꺼내 성호를 그었다.

"뭐 하는 거냐?" 귀부인이 물었다.

"역참입니다, 마님."

"왜 성호를 그었는지 묻는 거야."

"교회가 있어요, 마님."

아픈 부인은 창 쪽으로 얼굴을 돌리고 눈을 크게 떠서 마차가 우회 중인 커다란 시골 교회를 바라보며 성호를 그었다.

카레타와 콜랴스카는 함께 역참에 멈췄다. 콜랴스카에서 환자의 남편과 의사가 뛰어나와 마차로 다가왔다.

"기분이 어떠세요?" 의사가 맥을 짚으며 물었다.

"어때, 피곤하지 않아?" 남편이 프랑스어로 물었다. "내리고 싶진 않고?"

하녀는 대화에 방해가 되지 않도록 보따리를 들어 올리고 구석으로 몸을 웅크렸다.

"괜찮아요, 전과 다름없어요." 환자는 대답했다. "그냥 여기 있을래요."

남편은 잠시 서 있다가 역사 안으로 들어갔다. 하녀는 마차에서 뛰어내려 까치발로 진창을 지나 역참 대문으로 달려갔다.

"내 상태가 나쁘다고 해도, 선생께서 아침 식사를 거를 이유는 없어요." 환자는 가볍게 미소 지으며 창가에 서 있는 의사에게 말했다.

'그들은 아무도 나한테 신경 쓰지 않아.' 의사가 그녀에게서 조용히 멀어져 살쾡이처럼 역 계단을 뛰어올라가자 속으로 덧붙였다. '자기들은 괜찮으니까 아무 신경도 쓰지 않는 거야. 오! 맙소사!'

"어때요, 에두아르드 이바노비치." 남편은 의사를 맞아 유쾌하게 미소 짓고 손을 비비며 말했다. "음식물을 가져오라고 했어요. 어떻게 생각하세요?"

"오, 괜찮습니다." 의사가 대답했다.

"그래, 그녀는 어떻습니까?" 남편이 목소리를 낮추고 눈썹을 치켜올리며 한숨을 섞어 말했다.

"이탈리아는 고사하고 모스크바까지라도 갈 수 있으면 좋겠습니다. 이런 날씨라면 특히."

"그럼, 어떻게 해야 합니까? 오, 하느님 맙소사! 맙소사!" 남편은 손으로 눈을 가렸다. "이리 가져오게." 그는 음식 가방을 가져온 사람에게 덧붙였다.

"멈춰야 합니다." 의사가 어깨를 으쓱하고 나서 대답했다.

"하지만 말씀해보세요. 내가 뭘 할 수 있었을까요?" 남편이 반박했다. "그녀를 말리려고 안 써본 방법이 없습니다. 지금 문제도, 남겨두고 올 아이들도, 내 사업도 이야기했어요. 하지만 그녀는 아무 말도 들으려 하지 않았어요. 그녀는 건강한 사람처럼 외국 생활을 계획하고 있습니다. 그런데 그녀의 상태를 솔직하게 이야기하면, 그녀를 죽이는 것과 다름이 없어요."

"그녀는 이미 죽은 거나 마찬가지입니다. 그 사실을 아셔야 합니다, 바실리 드미트리치. 인간은 폐 없이는 살 수가 없어요. 폐는 다시 자라지 않습니다. 슬프고 고통스럽지만, 어떻게 하겠어요? 당신이나 제가 지금 할 수 있는 일은 그녀의 마지막을 가능한 한 편안하게 해주는 것입니다. 이제는 고해신부가 필요합니다."

"오, 맙소사! 내 입장을 이해해주셔야죠. 어떻게 그녀에게 마지막 유언을 남기라고 한단 말입니까! 그냥 그렇게 둬요. 그 이야기를 하지 않을 겁니다. 아시잖아요, 그녀가 얼마나 좋은 사람인지…."

"그래도 겨울 여행까지는 멈추라고 설득해야만 해요." 의사가 고개를 크게 흔들며 말했다. "그렇지 않으면 도중에 나쁜 일이 벌어질 수 있습니다."

"악슈샤, 악슈샤!" 역참장의 딸이 카차베이카[51]를 머리에 두르고 진흙투성이 뒷계단을 뛰어 내려가며 소리쳤다. "쉬르킨스카야 부인을 보러 가자, 가슴이 아파서 외국으로 모시고 간대. 폐결핵이 걸린 사람 모습이 어떤지 본 적이 없거든."

악슈샤가 문지방을 뛰어넘자 두 사람은 손잡고 역참 대문으로 달려갔다. 그들은 서서히 걸음을 멈추고 마차 옆을 지나 열린 창문을 통해 안을 엿보았다. 환자는 그들을 향해 고개를 돌렸다가, 그들의 호기심 어린 눈빛을 눈치채고는 눈살을 찌푸리며 고개를 되돌렸다.

"어머나!" 역참장의 딸이 재빨리 고개를 돌리며 외쳤다. "그렇게

---

51 소매가 없는 짧은 부인용 상의

나 어여쁜 사람이었는데, 지금은 저게 어떻게 된 거야? 끔찍해. 봤니, 봤어, 악슈샤?"

"응, 많이 말랐네!" 악슈샤가 맞장구쳤다. "마차 바닥에는 뭐가 있는지 가서 보자. 봐, 돌아누웠어. 반밖에 못 봤네. 유감이다, 마샤."

"그래. 그리고 이 진흙은 다 뭐람!" 마샤가 대답했다. 두 사람은 문안으로 뛰어 돌아갔다.

'분명 내 몰골이 끔찍한 거야.' 환자는 생각했다. '그저 빨리, 한시바삐 외국으로 가야 해, 거기 가면 곧 회복될 거야.'

"그래, 좀 어때, 여보?" 남편이 마차로 다가오며 말했다. 그는 여전히 뭔가를 씹고 있었다.

'언제나 똑같은 질문이야.' 환자는 생각했다. '자긴 계속 뭘 먹는군.'

"그냥 그래요!" 그녀는 웅얼거리며 말했다.

"그런데, 여보. 이 날씨에 여행하는 것이 당신에게 해로울 것 같아 걱정이오. 그리고 에두아르드 이바노비치도 같은 말을 해요. 돌아가면 안 될까?"

그녀는 화가 나서 입을 다물었다.

"날씨는 좋아질 테고. 아마, 길도 나아질 거고, 당신도 더 좋아질 거요. 그럼, 우리 모두 함께 갈 수 있을 거요."

"미안해요. 내가 오래전에 당신 말을 듣지 않았더라면, 난 지금쯤 베를린에 있을 테고 아주 건강해졌을 거예요."

"뭘 할 수 있었겠소, 내 천사. 그게 거의 불가능했다는 것을 당신도 잘 알잖소. 지금 한 달만 집에 머문다면 당신은 훨씬 더 좋아질 거요. 나는 내 일을 끝낼 거고, 그럼 우리는 아이들도 데리고 갈 수 있어요…."

"아이들은 건강해요. 내가 문제인 거지."

"하지만, 여보. 생각해봐요. 이 날씨에 여행하다가 당신 상태가 더 나빠지기라도 하면…. 어쨌든 적어도 집에 있는 동안에는…."

"뭐요, 집에서 뭐요? 집에서 죽으라고요?" 환자가 발끈했다. 그러나 죽는다는 말이 분명 그녀를 놀라게 한 모양이었다. 그녀는 애원하며 묻는 듯한 표정으로 남편을 바라보았다. 그는 눈길을 떨구고 아무 말도 하지 않았다. 환자의 입이 갑자기 아이처럼 삐죽 나오더니 눈에서는 눈물이 왈칵 쏟아졌다. 남편은 손수건으로 얼굴을 가리고 조용히 마차에서 물러났다.

"안 돼, 나는 갈 거야." 환자는 그렇게 말하고 눈을 들어 하늘을 직시했다. 그리고 손을 모은 다음 맥락 없는 말을 지껄이기 시작했다. "하느님! 도대체 왜?" 그렇게 말하는 그녀의 눈에서는 눈물이 더 세게 흘러내렸다. 그녀는 오랫동안 열렬히 기도했지만, 가슴은 여전히 아프고 답답했다. 하늘, 들 그리고 길 위의 모든 것이 여전히 흐릿하고 칙칙했으며, 가을 안개는 짙어지지도 옅어지지도 않은 채 아까처럼 도로 진창 위에 지붕 위에 마차 위에, 그리고 크고 유쾌한 목소리로 대화하면서 마차 바퀴에 기름을 칠하고 마차에 새 말을 메우는 역마차 마부의 털외투 위에 내려앉고 있었다.

2

마차는 준비되었는데, 마부가 꾸물거렸다. 그는 마부의 집으로 들어갔다. 그 안은 덥고 답답하고 어둡고 무거웠으며, 사람 냄새, 빵 굽는 냄새, 양배추와 양가죽 냄새가 났다. 방에는 마부 몇 명이 있었는데, 요리사는 난로 옆에서 부산을 떨고 있었고, 난로 위에는 양가죽 옷을 입은 환자가 누워 있었다.

"흐뵤도르[52] 아저씨! 흐뵤도르 아저씨." 툴룹[53]을 입고 허리띠에 채찍을 찬 젊은 마부가 방으로 들어와 환자를 돌아보며 말했다.

"뭐야, 페드카를 찾나?" 마부 가운데 한 사람이 응답했다. "이봐, 마차가 자네를 기다리잖아."

"그에게 장화를 달라고 하려고요. 내 것은 못쓰게 됐어요." 젊은 마부는 머리를 뒤로 쓸어 넘기고, 벙어리장갑을 허리춤에 찔러 넣으며 답했다. "자요? 흐뵤도르 아저씨?" 그가 난로로 다가가며 다시 불렀다.

"무슨 일이야?" 힘없는 목소리가 들리더니, 불그레하고 야윈 얼굴이 난로에서 내려다보았다. 큼지막하고 여위고 창백한 털북숭이 손이 지저분한 셔츠에 가려진 마른 어깨너머로 아르먀크[54]를 끌어당겼다. "마실 것 좀 주게. 여보게, 무슨 일인가?"

---

52 표도르를 구어에서 종종 흐뵤도르라 부름. 뒤에 나오는 페댜, 페드카는 표도르의 애칭
53 긴 양털 외투로, 깃이 높고 안감을 대지 않았다.
54 농부들이 주로 입는 거친 모직 외투

젊은이는 물 한 바가지를 건네주었다.

"보세요, 페댜." 그가 뭉그적거리며 말했다. "아저씨한테는 새 장화가 필요 없잖아요. 나한테 줘요. 다닐 일도 없잖아요."

환자는 반짝이는 바가지 위로 피곤한 머리를 숙이고, 그림자 때문에 검게 보이는 물에 성긴 콧수염을 적시며 힘없으면서도 게걸스럽게 마셨다. 헝클어진 턱수염은 지저분했고, 움푹 꺼지고 몽롱한 눈이 힘겹게 젊은이의 얼굴을 향해 들렸다. 그는 물에서 얼굴을 떼고 젖은 입술을 닦으려고 손을 들려 했으나, 그렇게 할 수 없어 대신 아르먀크 소매에 닦았다. 그리고 말없이 코로 거칠게 호흡하며 온 힘을 끌어모아 젊은이의 눈을 똑바로 바라보았다.

"혹시 누구에게 준다고 이미 약속한 건 아니죠?" 젊은이가 말했다. "상관없죠. 중요한 것은 밖은 지저분하고 나는 할 일이 있다는 거죠. 그래서 속으로 말했어요. '페드카에게 장화를 부탁하자. 그에게는 더이상 필요가 없으니까.' 그래, 당신에게 무슨 소용이 있나요. 말해보세요…."

환자의 가슴에서 뭔가가 이리저리 부글거리고 그르렁거리기 시작했다. 그는 몸을 꺾고, 그칠 줄 모르는 기침에 거의 숨이 막힐 지경이 되었다.

"그래, 무슨 필요가 있겠어." 예기치 않게 화난 목소리로 지껄이는 식모의 끽끽거리는 목소리가 온 방을 가득 채웠다. "두 달째야, 난로에서 내려오지 않은 지. 가슴이 찢어지고 있어. 방금 들은 것처럼 골병이 들었어. 장화가 무슨 소용이람? 새 장화를 신고 장사지내진 못할 거라고! 이제 지은 죄를 용서해달라고 주님께 기도할 때가 됐어. 몸이 망가지고 있잖아. 다른 방이든 어디로든 좀 데려가. 도시에 병원이 있다고 들었는데…. 그렇지만 뭘 하겠어? 한쪽 구석을 죄다 차지하고 있잖아. 너무 하잖아! 어쨌든 당신을 위한 자리는 없어, 게다가 청결은 또 얼마나 따지는지!"

"에이, 세료가! 가서 자리에 앉아. 손님들 기다리신다." 반장이 문에 대고 소리쳤다.

세료가는 대답을 기다리지 않고 나가려 했으나, 환자는 기침하는 가운데서도 뭔가 할 말이 있다는 신호를 보냈다. "장화 가져가, 세료가." 그가 기침을 억누르고 잠시 숨을 돌린 후 말했다. "그렇지만 내가 죽으면 묘비나 사." 그가 쉰 목소리로 말했다.

"고마워요, 아저씨. 그럼 가져갈게요. 묘비는, 알았어요. 사드릴게요."

"자, 여보게들, 들었지." 환자는 간신히 그 말을 하고는 반복되는 기침으로 숨이 막혀 다시 몸을 아래로 굽혔다.

"좋아, 들었어." 마부 가운데 한 명이 말했다. "가봐, 세료가. 자리 잡아. 아니면 반장이 또 뛰어올 거야. 쉬르킨스카야 마님이 아프대."

세료가는 다 닳아빠지고 발보다 큰 장화를 벗어 걸상 밑에 내던졌다. 표도르 아저씨의 장화는 맞춘 듯 발에 딱 맞았고, 세료가는 힐끔힐끔 비춰보면서 마차로 갔다.

"에구, 장화 한번 멋있구나! 기름칠 좀 해줄게." 세료가가 마부대에 기어올라 고삐를 집어 들자 마부가 손에 유지를 들고 말했다. "공짜로 얻었어?"

"그렇게 보이지 않나요?" 세료가는 대답하고 일어나 아르먀크 자락으로 다리 주위를 감쌌다. "가자! 사랑스러운 것들!" 그가 채찍을 휘두르며 말들에게 소리쳤다. 승객들과 트렁크를 실은 카레타와 콜랴스카가 잿빛 가을 안개 속으로 자취를 감추며 젖은 도로를 빠르게 굴러가기 시작했다.

병든 마부는 답답한 마부의 집 난로 위에 남아 있었다. 시원하게 가래를 뱉지도 못하고 힘들게 돌아누워 잠잠한 채로 있었다.

그 방에서는 저녁까지 사람들이 드나들고 밥을 먹었는데, 그동안 환자의 소리는 들리지 않았다. 밤이 되기 전에 식모가 난로 위로 기어 올라와 그의 다리 아래서 툴룹을 끌어당겼다.

"너무 화내지는 마, 나스타시야[55]." 환자가 중얼거렸다. "곧 자네 자리를 비워줄게."

"됐어요, 됐어! 무슨 소릴! 상관없어요." 나스타시야가 중얼거렸다. "아저씨, 어디가 아픈 거예요? 말해 봐요."

"속이 다 정상이 아니야. 그게 뭔지 하느님은 아시겠지."

"걱정하지 말고. 기침할 때 목이 아파요?"

"온몸이 다 아파. 죽을 때가 돼서 그런 거야. 오, 오, 오!" 환자가 신음했다.

"발을 잘 가려요." 나스타시야는 그렇게 말하고 난로에서 내려오며 그 길에 아르먀크를 잘 덮어주었다.

밤새 작은 등잔이 희미하게 방안을 밝혔다. 나스타시야와 열 명의 마부가 바닥과 벤치에서 크게 코를 골며 잤다. 환자만 신음하면서 난로 위에서 끙끙거리고, 기침하며 몸을 뒤척였다. 아침께 그는 완전히 조용해졌다.

"간밤에 이상한 꿈을 꾸었어." 식모가 다음날 미명에 기지개를 켜

---

55 아나스타시야의 애칭

며 말했다. "흐뵤도르 아저씨가 난로에서 내려와 장작을 패러 가는 것을 봤다니까. '도움이 필요하면 말해, 나스탸[56]' 하고 말하는 거야. 내가 '그럼, 나가서 장작을 패줘요' 했더니 도끼를 들고 장작을 패는데, 엄청 빠른 거야. 엄청 빨라서 쪼가리가 사방으로 다 날아갔어. 그래서 내가 말했지, '아저씨, 아픈 거 아니었어요?' 그러니까 '아니, 난 멀쩡해' 그리고 계속해서 손을 놀리는데 나는 덜컥 겁이 났어. 그리고 소리를 지르다가 깼어. 벌써 죽은 건 아닐까? 흐뵤도르 아저씨! 아저씨!"

표도르는 응답하지 않았다.

"아니, 죽은 거 아니야?"

"가서 봐." 잠을 깬 마부들 가운데 한 명이 말했다.

난로 아래로 축 늘어진, 붉은 털이 덥수룩한 야윈 팔은 이미 차갑고 창백했다.

"역참장에게 가서 말해. 죽은 것 같아." 한 마부가 말했다.

표도르는 가족이 없었다. 가족들이 그보다 더 일찍 세상을 떠났기 때문이었다. 다음 날 숲 뒤에 있는 새 공동묘지에 그가 안장되었다. 그리고 나스타샤는 며칠 동안 자기가 꾼 꿈과, 표도르 아저씨가 죽은 것을 제일 먼저 알아차린 사람이 바로 자기라고 보는 사람마다 붙들고 이야기했다.

56 　이것 또한 아나스타시야의 애칭

3

봄이 왔다. 도시의 젖은 거리에서, 얼어붙은 분뇨 더미 사이에서 작은 도랑이 졸졸 소리를 내며 흘렀다. 오가는 사람들의 옷 색깔과 대화에는 생기가 돌았다. 담장 너머 자그마한 정원에서는 나무의 새순이 돋았고, 가지들은 상쾌한 산들바람에 거의 들릴락 말락 흔들렸다. 도처에서 투명한 물방울이 흐르며 떨어져 내렸다. 참새들은 요란하게 지저귀며 작디작은 날개로 쏜살같이 날아올랐다. 양지바른 곳, 담장 위, 집과 나무 위에 있는 모든 것이 새 기운에 취해 약동하고 빛났다. 하늘에도, 지상에도, 인간 마음에도 기쁨과 젊음이 되살아났다.

간선 도로 중 한 도롯가에 있는 귀족의 커다란 저택 앞에는 새 짚이 깔려 있었다. 집 안에는 외국으로 가려고 서두르던, 죽음을 향해 가던 그 환자가 있었다.

닫힌 방문 앞에는 환자의 남편과 약간 뚱뚱한 여인이 서 있었다. 소파에는 사제가 눈을 내리깐 채 영대에 싸인 뭔가를 들고 앉아 있었다. 구석에 있던 볼테르 풍 안락의자[57]에는 환자 어머니인 노파가 앉아 서럽게 울고 있었다. 그녀 옆에는 손수건을 든 하녀가 노파가 요청할 때까지 기다리며 서 있었다. 다른 하녀는 무엇인가로 노파의 관자놀이를 비비며 실내모를 쓴 하얗게 센 머리에 입김을 불고 있었다.

"그리스도께서 당신과 함께하시기를 바랍니다. 나의 친구여." 남편

---

57   자리가 낮고 등이 높은 안락의자

이 자기와 함께 문 앞에 선 초로의 여인에게 말했다. "그녀는 당신을 진정 신뢰하고 있어요. 당신은 그녀와 이야기가 통하잖아요. 잘 설득해줘요. 들어가봐요." 그는 서둘러 그녀에게 문을 열어주려 했다. 그러나 사촌언니는 그를 제지하고 눈에 손수건을 몇 차례 대더니 머리를 흔들었다.

"이제 울던 사람처럼 안 보이죠?" 그녀는 이렇게 말하고 직접 문을 열고 그녀에게 갔다. 남편은 심히 흥분했고 완전히 제정신이 아닌 것 같았다. 그는 노파에게로 향했지만, 그 몇 걸음 전에 몸을 돌려 방을 가로질러 사제에게 갔다. 사제는 그를 보고 눈썹을 위로 치켜올리고 한숨을 쉬었다. 희끗희끗하고 덥수룩한 턱수염이 위로 올라갔다 내려왔다.

"오 하느님! 오 하느님!" 남편이 말했다.

"어찌 해야 합니까?" 신부가 한숨을 쉬며 말했고, 다시 그의 눈썹과 수염은 오르락내리락했다.

"그녀의 어머니도 여기 계십니다!" 남편이 거의 낙담해서 말했다. "장모님은 충격을 견디기 힘들 겁니다. 그분이 아내를 얼마나, 얼마나 사랑했는데…. 모르겠습니다. 당신이라면 신부님, 그분을 진정시키고 여기서 나가 계시도록 설득할 수 있지 않겠습니까?"

사제는 일어나 노파에게 갔다.

"어머니의 심정, 누구라서 그것을 알겠습니까." 그가 말했다. "그렇지만 하느님은 자비로우십니다." 노파의 얼굴이 갑자기 바르르 떨리더니 병적으로 딸꾹질을 했다.

"하느님은 자비로우십니다." 그녀가 약간 진정하자 신부가 다시 말했다. "말씀드리지만, 제 교구에 환자가 한 명 있었습니다. 마리야 드미트리예브나보다 훨씬 상태가 안 좋았습니다. 그런데 한 평범한 소시민이 구해준 약초를 가지고 얼마 안 있어 그녀가 완치되었습니다. 마침 그 사람이 지금 모스크바에 있습니다. 제가 바실리 드미트리예비치에게 한번 시도해보자고 말하고 있었습니다. 적어도 환자에게 위안은 되지 않겠습니까? 하느님과 함께라면 모든 것이 가능합니다."

"아닙니다. 그 애는 살 수 없을 겁니다." 노파가 중얼거렸다. "나 대신에 그 애를 데려가신다니…." 그리고 병적인 딸꾹질이 더욱 심해져 그녀는 의식을 잃었다.

환자의 남편은 손으로 얼굴을 가리고 방을 뛰쳐나갔다.

복도에서 첫 번째로 마주친 사람은 온 힘을 다해 어린 여동생을 쫓고 있는 여섯 살 먹은 아들이었다.

"왜 아이들을 엄마에게 데려가라고 하지 않으시나요?" 보모가 물었다.

"아니, 엄마가 아이들을 보려 하지 않네. 그녀가 더욱 괴로울 뿐이야."

소년은 잠시 서서 아버지의 얼굴을 뚫어지게 바라보더니 갑자기 뒷발을 차고 유쾌한 소리를 지르며 달려갔다.

"쟤는 검정말 같아요, 아빠!" 소년이 누이동생을 가리키며 소리쳤다.

그러는 사이에 다른 방엔 사촌이 환자 옆에 앉아 여러 기교로 준비한 대화를 통해 죽음을 맞이할 준비를 시키려고 애쓰고 있었다. 의사는 다른 창 앞에서 약을 섞고 있었다.

환자는 흰 실내복을 입고 주변을 베개로 받친 채 침대에 앉아 말없이 사촌을 바라보고 있었다.

"아, 언니." 그녀가 갑자기 말을 끊고 말했다. "나를 준비시키려 하지 마. 아이 취급하지도 말고. 나는 기독교인이야. 다 알아. 살날이 얼마 남지 않았다는 것도 알아. 남편이 전에 내 말을 들었더라면, 난 지금 이탈리아에 있을 테고, 어쩌면, 아니 확실히, 건강해졌을 거야. 모두가 그에게 말했지. 하지만 하느님의 뜻이 그렇다면 어쩌겠어? 우리 모두 죄가 많아, 나도 알아. 하지만 주님의 자비를 기대해. 우리 모두를 용서하실 거야. 틀림없어. 우리 모두를 용서하실 거야. 나는 나 자신을 이해하려고 애쓰고 있어. 내가 죄가 많은 것을 알아, 언니. 그렇지만 또한 내가 얼마나 고통을 겪었는지…. 인내심을 갖고 내 고통을 견디려고 노력했어…."

"그럼, 신부님을 부를까, 애야? 성찬을 받으면 한결 편해질 거야." 사촌이 말했다.

환자는 동의한다는 표시로 고개를 아래로 숙였다.

"주여! 죄인을 용서하소서." 그녀가 속삭였다.

사촌 언니가 나가 사제에게 눈짓으로 신호를 보냈다.

"저 애는 천사예요!" 그녀는 눈물을 글썽이며 남편에게 말했다.

남편은 울기 시작했고, 사제는 문 안으로 들어갔으며, 노파는 여전히 의식이 없었다. 그래서 대기실은 정적에 휩싸였다. 5분 후 사제가 문을 열고 나와 영대를 벗고 머리카락을 쓸었다.

"주님 덕분에 그녀는 좀 더 평온해졌습니다." 그가 말했다. "당신들을 보고 싶어 합니다."

사촌과 남편이 들어갔다. 환자는 성상을 바라보며 조용히 눈물을 흘리고 있었다.

"축하해, 여보." 남편이 말했다.

"고마워요. 지금 참 편해졌어요. 말할 수 없는 기쁨을 느껴요." 그렇게 말하는 환자의 얇은 입술에 가벼운 미소가 번졌다. "하느님께서는 얼마나 자비로우신지! 하느님은 자비로우시고 전능하세요. 그렇지 않아요?" 그리고 그녀는 다시 간절히 기도하는 마음으로, 눈물 가득한 눈으로 성상을 바라보았다.

그다음, 그녀에게 무슨 생각이 갑자기 떠오른 듯했다. 그녀는 남편에게 가까이 오라고 신호했다.

"당신은 내가 부탁하는 것을 한 번도 들어주려고 하지 않았어요." 그녀는 힘없고 불만스러운 목소리로 말했다.

남편은 목을 빼고 고분고분하게 그녀가 하는 말을 들었다.

"그게 무엇이오? 여보."

"의사들은 아무것도 모른다고 내가 몇 번이나 말했어요? 그리고 평범한 여주술사들이 있다고. 그들이 병을 고칠 수 있어요…. 사제가 말했어요. 그 평범한 여주술사가… 사람을 보내봐요."

"누구를 부르라고, 여보?"

"맙소사! 전혀 말을 듣지 않네!" 그리고 환자는 이마를 찌푸리고 눈을 감았다.

의사가 그녀에게 다가와 손을 잡았다. 맥박은 시시각각 눈에 띌 정도로 약해졌다. 그는 남편에게 눈을 깜박였다. 환자는 눈치채고 겁먹은 얼굴로 돌아보았다. 사촌은 몸을 돌리고 울기 시작했다.

"울지 말아요, 당신과 나를 힘들게 하지 말아요." 환자가 말했다. "마지막 평온을 빼앗을 뿐이에요."

"너는 천사야!" 사촌이 그녀의 손에 입 맞추며 말했다.

"아니, 여기 입 맞춰. 손에 입 맞추는 것은 죽은 사람에게나 하는 거야. 주여! 주여!"

그날 저녁, 환자는 이미 시신이 되었고, 시신이 든 관은 큰 저택의 홀에 놓였다. 문 닫힌 큰 방에는 오직 부제만이 앉아서 콧소리로 가락을 맞추어 다윗의 시편을 낭송하고 있었다. 높은 은제 촛대에 꽂힌 밀랍 양초에서 나오는 밝은 불빛이 사자의 창백한 이마, 무거운 납빛 손 그리고 무릎과 발가락 위로 무섭게 솟아오른 덮개의 굵은 주름들 위로 떨어졌다. 부제는 자기 말을 이해하지도 못한 채 그저 가락을 맞춰 낭송했기에 그 말들은 조용한 방에서 기이하게 울리다가 잦아들곤 했다. 이따금 멀리 있는 방으로부터 아이들 목소리와 발소리가 날아들었다.

시편은 말한다. "그러다가 당신께서 외면하시면 어쩔 줄을 모르고, 숨을 거두어들이시면 죽어서 먼지로 돌아가지만, 당신께서 입김을 불어 넣으시면 다시 소생하고 땅의 모습은 새로워집니다. 주의 영광은 영원하소서."

사자의 얼굴은 엄숙하고, 평온하고 장엄했다. 차갑게 굳은 이마와 굳게 닫힌 입술은 움직이지 않았다. 그녀는 온몸으로 듣고 있었다. 그러나 지금 이 숭고한 말씀들을 이해했을까?

4

한 달 뒤 귀부인의 무덤 위에 석조 사당이 세워졌다. 마부의 무덤 위에는 여전히 묘비가 세워지지 않았고, 한 인간이 존재했음을 보여주는 유일한 징표인 밝은 녹색 풀만이 작은 흙무덤을 덮고 있었다.

역참에서는 식모가 몇 번이나 말했다. "네가 흐보됴르의 묘비를 사지 않으면, 세묘가, 큰 죄가 될 거야. 겨울에, 겨울이라고 했지. 그런데 지금 넌 그 말을 왜 안 지키는 거야? 내가 있는 데서 한 말이었어. 아저씨가 벌써 한 차례 꿈에서 나타나 너에게 안 사냐고 물으러 왔다 갔어. 그는 또 올 거야. 그리고 네 목을 조를 거라고."

"글쎄, 내가 언제 안 산다고 했어?" 세묘가 대답했다. "약속한 대로 살 거야, 산다고. 1루블 50이면 살 거라고. 안 잊었다고. 하지만 가져와야 해. 도시에 갈 기회가 있으면 살 거야."

"너는 무슨 일이 있더라도 십자가를 세워야 해!" 늙은 마부가 맞장구쳤다. "안 그러면 정말 몹쓸 짓이고. 넌 여전히 장화를 잘만 신고 다니잖아."

"어디서 내가 십자가를 구해와? 통나무가 없으면 안 되잖아?"

"그걸 변명이라고 해? 통나무가 없으면 못 만들어? 도끼를 들고 일찍 숲으로 가면 너끈히 잘라서 만들 수 있어. 어린 사시나무를 잘라. 골루베츠[58]를 충분히 만들 수 있을 거야. 그런 다음 가서 또 다른 삼림

58　지붕 형태로 합각을 씌운 십자가

감시인에게 보드카를 대접해. 온갖 잡동사니 대신에 목을 축일 것을 충분히 준비해. 나는 최근에 장대와 마구가 망가져서 좋은 것을 새로 만들었어. 아무도 뭐라 하지 않았어."

이른 아침 거의 먼동이 틀 무렵 세료가는 도끼를 들고 숲으로 갔다.

여전히 떨어지는, 해를 받지 못한 이슬이 차갑고 뿌옇게 모든 것을 덮고 있었다. 동녘이 희미하게 밝아오고 있었고, 엷은 구름에 덮인 둥근 하늘에는 약한 빛이 반사되고 있었다. 아래에 있는 풀 한 포기, 높이 달린 나무 잎사귀 한 장 흔들리지 않았다. 단지 이따금 나무숲에서 들려오는 날갯소리와 땅에서 바스락거리는 소리만이 숲의 정적을 깼다. 갑자기 이상한, 자연과는 어울리지 않는 이질적인 소리가 울리다 숲 가장자리에서 사라졌다. 그 소리가 다시 들리더니, 꼼짝하지 않고 서 있는 나무들 가운데 한 그루의 밑동 주위에서 고르게 반복되기 시작했다. 우듬지 하나가 예외적으로 떨기 시작했고, 싱싱한 이파리들이 뭔가를 속삭이기 시작하고, 한 가지에 앉아 있던 개똥지빠귀 한 마리가 재잘거리며 두 번 폴짝거리더니 꼬리를 들썩이며 다른 나무로 옮겨 앉았다.

도끼는 아래에서 점점 더 둔탁하게 울렸고, 이슬에 젖은 풀 위로는 싱싱하고 하얀 나무 조각이 날아다녔다. 도끼 찍는 소리에 나무 갈라지는 소리가 뒤이어 들렸다. 나무는 온몸을 떨고 꺾였다가 빠르게 제자리로 돌아와 뿌리까지 무섭게 비틀거렸다. 잠시 모든 것이 조용했지만, 나무가 다시 꺾이고 줄기가 갈라지는 소리가 들리더니 큰 가지를 부러뜨리고 작은 가지를 떨구며 젖은 땅 위로 쓰러졌다. 도끼 찍는 소리와 발소리가 멈췄다. 개똥지빠귀는 휘파람을 불더니 조금 더 높이 날아올랐다. 새가 매달려 있던 가지는 한동안 이리저리 흔들리더니 나머지 가지처럼 잎사귀들을 단 채 잠잠해졌다. 다른 나무들은 이 새로 얻은 자유 공간에서 움직이지 않는 가지들을 한층 더 즐겁게 뽐냈다.

첫 번째 햇살이 구름을 뚫고 하늘에서 광채를 발하며 대지와 하늘을 가로질렀다. 안개가 파도처럼 골짜기에 넘실거리고, 이슬이 반짝이며 풀 위에서 즐겁게 장난을 치고, 투명할 정도로 하얘진 구름이 서둘러 푸르고 둥근 하늘을 따라 내달렸다. 새들은 숲속에서 쉬지 않고 떼 지어 다니고, 마치 길 잃은 듯 즐겁게 조용히 속삭였다. 싱싱한 이파리들은 우듬지에서 즐겁게 조용히 속삭이고, 살아 있는 나무들에 달린 가지들이 천천히 위엄있게 쓰러진 죽은 나무 위에서 살랑거리기 시작했다.

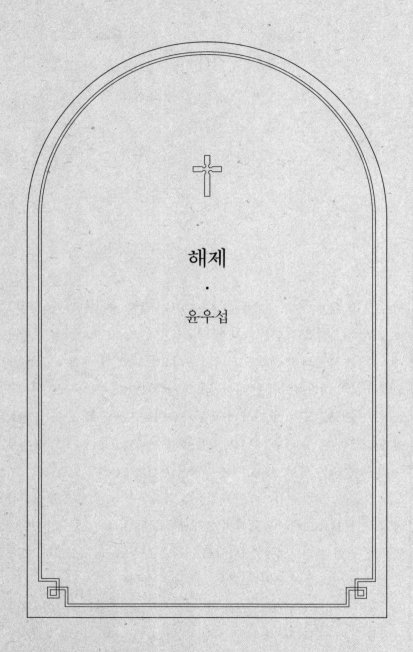

해제

·

윤우섭

✲

러시아 및 세계 고전 문학에서 톨스토이는 강한 정신과 의지를 지니고, 지혜와 깨달음을 얻은 위대한 인물로 통한다. 그는 언어의 거장이자, 특별한 예술적 공간을 만들어냈고 무엇보다도 전 생애에 걸쳐 끊임없이 삶의 의미를 추구한 사상가이자 철학자였다.

이런 톨스토이를 읽으면서 우리는 죽음이라는 주제를 자주 접한다. 실제로 그는 두 살 때 어머니를, 아홉 살에 아버지를 여읜다. 장성해서는 27세에 셋째 형이, 31세 때는 맏형이 세상을 떠났다. 어린 시절 부모의 죽음을 비롯하여 가까운 사람들의 죽음은 작가에게 깊은 심리적 상처를 남겼다. 그때부터 죽음은 톨스토이를 평생 따라다닌 숙제로 남았으며, 작가 자신도 한때 심각하게 자살을 생각한 적도 있었다. 자살에 대한 공포로 총과 올가미를 숨겨놓아야만 했다.

이처럼 죽음이란 주제는 작가 자신을 매우 고통스럽게 했지만 자주 등장하는 이유이기도 하다. 죽음은 역설적으로 삶의 의미를 가장 잘 보여주는 주제이기 때문이다. 이 책에서 소개하는 세 작품에는 그의 죽음관, 종교관, 윤리관이 잘 드러나 있다.

　세 작품 모두 굳이 해설을 살피지 않아도 괜찮을 만큼 그 의미가 쉽게 파악된다. 모든 문학 작품은 기본적으로 읽는 사람의 것이다. 따라서 역자 해설이 독자가 자기 식대로 감상하는 일을 방해할 수도 있다. 그런 전제하에 역자와 독자가 또 다른 차원에서 대화를 나눠볼 수 있도록 해설을 시작해보겠다.

1. 이반 일리치의 죽음: 죽음 앞에서 깨달은 삶의 의미

　원고가 최초로 발표된 것은 1886년이었다. 작품이나 작업 과정과 관련하여 남아 있는 기록은 없다. 그러나 그의 아내 소피야 톨스타야(1844~1919)가 1882년에 T. A. 쿠즈민스카야(소피야의 여동생으로 작가이자 회고록 집필에 참여)에게 보낸 편지에서 톨스토이가 새 작품 집필을 시작했다고 언급하는데, 그것이 이 작품을 이야기한다고 추정된다. 하지만 작품은 장기간에 거쳐 여러 차례 개작을 거친다. 그리고 1884년 소피야는 작가가 작품에서 몇 부분을 읽어주었으며 제목을 「이반 일리치의 죽음」이라고 붙였다고 기록했다. 1885년 8월 20일, 작가는 L. D. 우루소프(작가의 벗으로 고위 관료이자 번역가)에게 출판본을 위한 작업을 곧 마칠 것이라고 알렸다. 그러나 수정 작업이 계속되어 1886년 3월 26일이 되어서야 퇴고가 끝났다.

　동시대인들과 작가의 증언에 따르면, 작품에는 1881년 6월 2일에 심각한 질병으로 사망한 툴라 지방 법원의 검사 이반 일리치 메치니코프의 죽음이 반영되어 있다. 쿠즈민스카야는, 톨스토이가 야스나야 폴랴나에 온 그에게서 비범한 사람이라는 느낌을 받았다고 기록했다. 쿠즈민스카야는 고인의 부인에게서 들은 "고인의 죽음에 관한 생각, 살아온 인생의 허무함에 대해 나눈 대화" 내용을 톨스토이에게 전했다.

이반 일리치 메치니코프는 화학 분야 노벨상 수상자인 (그리고 우리에게 익숙한) 일리야 일리치 메치니코프의 형이었다. 일리야 메치니코프는 이렇게 술회하기도 했다. "나는 형의 마지막을 지켰다. 화농성 감염으로 45세에 죽음이 임박했음을 느낀 형은 자신의 뛰어난 분별력을 명료하게 유지했다. 내가 그의 머리맡에 앉아 있는 동안 그는 나에게 위대한 실증주의로 가득 찬 생각을 이야기했다. 그는 오랫동안 죽음을 두려워했지만, '우리는 모두 죽으므로 45세에 죽거나 그 이후 죽는 것 사이에는 본질적으로 양적 차이만 있을 뿐이라고 자기 자신에게 말하면서 체념했다'"(I. I. Mechnikov, *Etudes of optimism*. M., 1964, p.280). 그리고 그는 1915년에 나온 저서 『인간 본성에 관한 에튀드』 5판 서문에서 톨스토이를 "죽음에 대한 공포를 가장 잘 묘사한" 작가로 평가했다(I. I. Mechnikov. *Etudes on the nature of man*. M., 1961, p.7).

작품에 대한 반응은 뜨거웠다. 일기나 편지에서도 반응을 발견할 수 있다. 음악평론가 스타소프(V. V. Stasov)는 1886년 4월 25일, 톨스토이에게 보낸 편지에서 세상 어디에도 이 작품과 비견될 만한 작품은 없다고 하며, "마침내, 여기에 진정한 예술, 진리, 실제 삶이 있다"라고 썼다. 차이콥스키는 1886년 7월 12일 일기에서, 톨스토이야말로 시공을 초월하여 가장 위대한 예술가이며, 덕분에 러시아인이 유럽인들의 성취 앞에서 부끄러워하지 않아도 된다고 썼다. 톨스토이에게 크게 감명받은 프랑스의 로맹 롤랑은 이 작품이 "프랑스 독자들을 가장 흥분시킨 러시아 문학 작품 가운데 하나"라고 전했다.

「이반 일리치의 죽음」의 슈제트(syuzhet, 문학 작품에서 등장인물 사이의 관계나 사건 전개 발전의 일정한 체계)는 단순하다. 어쩌면 슈제트가 없다고도 할 수 있다. 다만, 사건이 있고 고찰이 있을 뿐이다.

작품은 『고백록』에서와 같이 톨스토이의 정신적 탐구가 반영된 작품이다. 작품은 죽음을 "끔찍할 정도로 명확하게" 매우 사실적으로 보여주는 최초의 작품 중 하나다. 그러나 이야기에서 흥미로운 것은 죽음 그 자체가 아니라 주인공의 정신적 진화, 그의 회의와 경험이다. 이반 일리치의 깨달음이란 관점에서 그의 전체 삶을 발병 이전, 투병 기간 그리고 죽음(고통의 마지막 두 시간)으로 삼분(三分)할 수 있다.

병이 들기 전 주인공의 인생 철학은 그가 속한 사회에서 용인되는 단순한 외부 규칙으로 축소되었다. 주요 기준은 '품위', 즉 의사소통, 지인 선택, 환경, 가정생활에서의 품위였다. "부부생활이란 것이 삶에 약간의 편리함을 안겨주긴 하지만, 본질적으로 무척 복잡하고 어려운 문제이며, 이와 관련하여 의무를 이행하려면, 즉 사회에서 인정하는 품위 있는 삶을 이어가려면, 일을 대할 때처럼 …"이라는 표현은 품위가 그의 삶에서 어떤 의미를 주는지 명확하게 드러낸다.

작가는 이반 일리치의 삶이 '아주 단순하고 평범'했음을 여러 차례 강조한다. 상기한 우루소프에게 보낸 서간에서도 작가는 "평범한 인간의 평범한 죽음"을 언급한다. 주인공은 자신이 속한 부류의 사람들이 이미 만들어놓은 계획에 따라 산다. 학업, 일, 소설, 의류업자, 술자리, 결혼, 출세와 같은 모든 것이 사회의 품위라는 틀 속에서 이루어진다. 그리고 그 틀이란 관점에서 보면 거기서 이루어지는 모든 것 역시 평범하다. 심지어 그의 죽은 모습조차 평범했다. 이 통유성(通有性)은 조만간 누구에게나 그런 일이 닥치겠지만 아무도 그 생각을 하지 않으며, 생각하더라도 곧잘 그런 생각을 몰아낸다는 뜻이다. 표트르 이바노비치는 자신이 죽을 가능성을 생각하지 않으려고 애쓰고, 이반 일리치 역시 그 생각을 하지 않고 이 현상을 자신에게 적용할 수 없는 무언가 추상적인 것으로 인식한다.

주인공이 주로 추구한 것 중 하나가 안락하고 편안하고 조용한 삶이었다. 그러나 아내의 임신, 출산 이후 아내와 부딪치는 일이 잦아지면서 그는 가족 문제에 신경 쓰지 않고 귀찮은 일을 애써 피하며, 다만 아내와 가장 편리하고 즐거운 관계를 구축하는 일에 골몰한다.

성실하게 오래 근무했음에도 정당한 평가를 받지 못한다고 생각한 이반 일리치는 더 좋은 자리를 찾아 나서고 예기치 않은 행운으로 자리를 획득한 다음에는 집 장식을 하면서 아주 사소한 것까지 손수 보살핀다. 그러나 골로빈 가문에 확립된 편안하고 품위 있는 "삶의 즐거움"을 파괴하기 시작한 무언가가 나타난다. 그것은 이반 일리치의 병이었다. 병에 걸렸다는 인식은 주인공이 과거에 추종했던 삶의 원칙과 가치를 파괴한다. 질병 발생 초기만 해도 이반 일리치는 자신의 질병을 예의의 틀 속으로 가져오려고 시도하고, 의사에게 가고, 모든 처방을 따르고, 의학 서적을 읽고, 사람들과 상담하고, 병이 나았다고 스스로 확신하기도 한다. 그러나 상황을 통제하고 있다는 외피는 이내 사라진다. 이반 일리치는 까다로워지고 자주 짜증을 낸다. 그럴수록 자신이 그렇게 힘들여 직조해낸 편안함이 조금씩 침식당하기 시작한다. "다시 공포가 덮쳤고, 그는 숨을 헐떡였다. 몸을 굽혀 팔꿈치로 침대 옆 협탁을 밀며 성냥을 찾기 시작했다. 하지만 탁자 때문에 성냥을 찾지 못했고 팔꿈치도 아프자 화가 나서 강하게 밀치다 넘어뜨렸다. 그리고 낙담한 나머지 숨을 헐떡이며 금방이라도 죽을 것처럼 벌렁 드러누웠다."

병을 앓는 동안 이반 일리치는 실존적 의심에 시달린다. 처음에는 자기가 죽으리라는 것을 믿지 못했고, 그다음은 죽음을 사실로 받아들이지 않는 것으로 드러났다. 그는 왜 이 일이 자기에게 일어났는지 이해하지 못하다가 어느덧 자기 삶이 끝나가고 있음을 깨닫는다. 이러한 사고의 반전은 새로운 경험을 낳는다.

이로써 주인공은 영적 진화의 다음 단계로 나아가며 죽음에 대한 두려움과 몰이해는 그를 골똘히 생각하도록 했다. 그에게는 평생 한 가지 "밝은 빛", 즉 어린 시절이 있었고, 그다음으로 모든 것은 "점점 더 어두워지고 점점 더 속도가 빨라졌다"라는 결론에 이르렀다. 이반 일리치가 이 진실을 이해하면 할수록 그는 자기 삶이 끝을 향해 달리고 있음을 더 선명하게 깨달았다. 처음에는 맞서 싸우려 했지만 소용없다는 것을 깨달았다. 주인공에게는 단 하나의 의심만 남았다. '고통, 죽음… 무엇 때문이란 말이지?'

어린 시절, 인간은 순수하고 자유로우며, 모든 것을 의심 없이 수용한다. 가식과 허위와는 거리가 먼 인간의 참된 모습이다. 예수가 인간들에게 "어린아이와 같아라"라고 설파한 말이 여기서 반향한다. 이반 일리치는 반복적으로 어린 시절로 돌아가고, 어린아이처럼 어루만져지고 위로받길 바란다.

영적으로 육체적으로 고통을 겪는 동안 그는 문득 자신이 잘못 살았고, 평생을 낭비했으며 아무것도 되돌릴 수 없음을 깨닫는다. 그가 가족, 즉 아내와 아이들의 터무니없는 가치, 그들의 거짓말, 가식을 진정한 의미에서 '평범한' 게라심과 무심코 비교하기 시작하면서 이 깨달음이 찾아온다. 게라심이야말로 모든 가까운 사람들 가운데 기만하지 않고 가장하지 않는 유일한 사람이다. 그는 가족마저도 거짓되고 공허하고 헛되다 여기고 거부하지만, 게라심이 보인 단순한 삶의 진리에는 더 가까이 갈 수밖에 없다. 그는 이것을 어떻게 해야 할지 모른다. 그는 무엇인가 중요한 것을 놓쳤음을 깨닫는다. 그 순간부터 죽음의 공포가 이반 일리치를 가득 채운다.

올바르게 살지 않았음을 알았지만, 이 모든 것을 어떻게 고쳐야 할지 몰라서, 그것이 주된 고통이 된다. 자신은 "살아온 것"이 아니었고, 그에게는 남은 시간이 없음을 깨닫는다. 주인공의 모든 두려움은 "나는 싫어!" 하는 외침에서 드러난다. 이것은 그가 불가피한 죽음과 벌이는 마지막 투쟁이다. 평생 이반 일리치는 자신에 대해서만 걱정했다. 그는 자신에게 도움이 되도록 관등, 돈, 인맥을 추구했다. 이러한 이유로 그는, 자신과 자기 행위를 고려하지 않은 채 죽어가는 사람을 위해 사심 없이 일하는 게라심의 단순한 지혜를 알아차리지 못한다. 그는 그냥 그러한 삶을 모르고, 사람을 위해, 가족을 위해 살 수 있다는 것을 알지 못한다.

이반 일리치가 의식의 검은 구멍에 빠졌을 때 그는 정면에서 빛을 본다. 이때 그는 참된 인생으로 돌아갈 기회를 맞는다. 즉, 모든 어둠을 뚫고 그 하나의 "밝은 빛"으로…. 여기에서 어린 시절의 모티브를 추적할 수 있다. 주인공은 어릴 때 자기 삶이 '옳았음'을 기억하는데, 이 기억은 그에게 자주 찾아온다. 이반 일리치가 어둠을 통과할 때 빛이 그에게 열리고 누군가가 자기 손에 입 맞추는 것을 느낀다. 이것은 그의 아들, 즉 아이다. 소년을 보고 그는 이전에 그에게 주어지지 않았던 진실, 즉 다른 사람을 위해 살아야 하고, 남을 생각하고, 그들을 돌봐야 했었음을 깨닫는다. 이반 일리치는 가족을 가엽게 생각하기 시작한다. 그가 타인에 대해 이런 감정을 느낀 것은 사실상 처음이다. 주인공은 자기 삶을 바로잡는 방법, 즉 사랑하는 사람을 고통스럽게 만드는 일을 어떻게 중단할 수 있는지를 선명하게 깨닫는다. 그러자 두려움은 사라지고 고통은 물러가고 죽음은 사라지고 빛만 남는다. 그것은 이반 일리치가 생전 처음 본 단순한 진리의 빛이다. 그리고 그가 남을 위해 한 첫 행동은 가족을 고통에서, 자신에게서 자유롭게 놓아준 것이다.

그러나 여기서 이반 일리치의 떠남을 단지 죽음으로만 부를 수 없다. 그 자신의 죽음은 없고, 요컨대 이것은 무엇인가 다른 것이라고 말한다. 그렇다면 그것은 무엇일까? 인간 존재에서 죽음에 반대되는 현상은 단 하나, 즉 탄생이다.

이반 일리치에게 일어난 일은 그의 영적 탄생이다. 진실이 그에게 계시되고, 그는 빛을 본다. 표트르 이바노비치가 고인의 얼굴에 떠올랐다는 "해야 할 일을 완수했다는, 바르게 완수했다"는 표정은 이런 의미에서 자연스러운 것이다. 이반 일리치는 마지막에 자기 삶을 바로잡을 줄 알았다.

이야기 전개에 있어 시공간 구성은 매우 흥미롭다. 공간은 주인공의 물리적 세계와 영적 세계로 나눌 수 있다. 질병 이전의 물리적 세계는 광대하고 다면적이다. 공간적으로 보아 이반 일리치가 이끈 삶의 방식은 역동적이다. 그는 상트 페테르부르크에서 지방으로 이주하여 야회와 모임에 참석하고, 일하고, 손님으로 오간다. 결혼 후 그와 가족은 다시 이사하고, 그는 더 유리한 자리를 찾아 나선다. 즉, 발병 이전에 그가 활동한 공간은 거대하다. 이 거대한 공간에서 이반 일리치는 한 번도 삶의 의미에 대해 생각하지 않고, 단순히 사회가 규정한 규칙을 따른다.

그러나 이반 일리치가 자신의 병에 대해 알게 되면서 물리적 공간은 축소되기 시작한다. 처음에 그는 여전히 법정에 가고, 다른 사람의 집을 방문하고, 의사를 만나지만, 점차 외부로의 걸음을 줄인다. 병이 깊어지면서 그의 활동공간은 집이라는 울타리 내로, 그다음 방 안으로, 마지막으로 소파로 축소된다. 소파는 주인공의 공간이 최소한으로 줄어든 곳이다. 바로 여기에 역설이 있다. 주인공의 물리적 경계가 작아질수록 생각의 세계는 넓어지는 것이다. 이반 일리치는 소파 위의 작은 공간에서 드디어 존재의 의미를 찾고 그것을 이해한다.

주인공의 내면세계는 발병했을 때 열리기 시작한다. 처음에 이것은 카이사르에 대한 삼단논법과 죽음의 불가능성에 대한 사고를 포함하는, 의식의 '긁힌 자국'에 불과하다. 주인공의 병이 깊어질수록 그의 영적 생활은 더 깊어지고 더 도덕적 성격을 띠게 된다. 이반 일리치는 의심하고 반성하며 무언가를 바꾸고자 하는 욕구를 깨우는 결론을 하나 도출한다. "만일 그렇다면, 나에게 주어진 모든 것을 잃어버리고 고칠 수도 없다는 의식을 가지고 이생을 떠난다면, 그러면 어쩌지?" 주인공의 내면세계라는 공간에서 중요한 부분은 이반 일리치가 통과하는 어두운 복도다. 주인공의 모든 의심, 고통 및 생각은 그 속에 남겨지며, 이반 일리치의 영혼은 빛으로, 즉 이해의 '절대적인 지점'으로 나간다. 이것은 앎의 빛, 즉 어떻게 자기 삶을 바로잡을지에 대한 앎의 빛이다. 이러한 견지에서 복도는 진실을 향한 길에서 주인공이 하는 모든 도덕적 탐구를 상징한다.

다른 측면에서도 공간 구성을 볼 수 있다. 작가는 우리를 도로에서부터 현관, 홀, 빈소를 거쳐 주인공의 내면으로 데려간다. 즉, 원경에서 근경으로 다시 고인의 내면인 심부로 안내한다. 초점이 좁혀지는 것은 그의 공간 이동이 축소되는 것과 유사하다.

이야기에서 시간은 고르지 않게 분배된다. 시간도 장소처럼 작은 단위로 축소된다. 발병 이전 기간에는 주인공의 어린 시절, 그의 젊은 시절 및 17년의 근무 기간이 포함된다. 주인공의 성숙 시간은 연 단위로 서술된다. 이반 일리치의 생애 중 17년은 저자가 언급하고 싶어 했을 일이 전혀 일어나지 않았다. "새 도시에서 근무한 지 2년이 지난 뒤, 이반 일리치는 장차 아내가 될 여자를 만났다." "그 도시에서 7년을 근무한 후, 이반 일리치는 다른 현에 검사직으로 발령을 받았다."

시간과 관련하여 유일하게 의미 있는 사건도 역시 질병이다. 이 기간, 시간은 불연속적이다. 먼저 월(月)로 가고 그다음 이반 일리치가 더 이상 집을 떠나지 않을 때 주로 계산된다. 각 장은 얼마나 많은 시간이 지났는지 언급하면서 시작한다. "그렇게 한 달이 가고 두 달이 갔다." "또 두 주일이 흘러갔다." "그렇게 두 주일이 또 흘렀다." 마침내 이반 일리치가 더 이상 소파에서 일어나지 못하게 됐을 때, 시간은 가능한 한 더 세분화된다. 주인공의 인생 마지막 3일이자 죽음의 날은 실질적으로 시간 단위로 그려진다. 병의 진행이 빠르고 끝이 가까워질수록 주인공은 더 시간에 매달리며 적극적으로 영적 탐구를 한다. 죽는 순간, 시간은 완전히 멈추고 다시 시작되지만(2시간의 고통), 자기 삶을 어떻게 바로잡을 수 있는지 깨닫는 순간이 이반 일리치에게는 마지막 순간이 된다. 일리치가 새로운 인식에 도달하는 순간 시간과 공간을 초월한 절대적인 지점에서 신과 하나가 된다. "그는 '날 용서하오' 하고 덧붙이고 싶었지만, […] 정정할 힘이 없어 이해할 사람은 이해할 것이라고 믿고" 손을 흔든다.

이야기에서 주인공의 영적 탄생은 바로 죽음의 순간에 일어난다. 이 순간은 인간이 평범함을 넘어 진실을 이해하는 절대적 시공간이다. 작가는 말하자면 이반 일리치의 삶에서 껍질을 하나씩 제거하고 가장 중요하고 가장 가치 있는 것, 삶의 의미에 대한 이해만 남긴다. 결국, 불필요한 것은 하나도 남아서는 안 되며, 주인공은 진실과 하나가 된다. 이렇게 작가는 불필요한 모든 것을 제거하면서 독자를 이 순간으로 데려온다.

작가는 장례식에 참례해 고인의 죽음을 애도하는 듯한 지인들의 모습을 사실적으로 묘사하며 인간의 부박함을 은연중에 질타한다. 지인들은 자기가 죽은 게 아니라는 것에 안도한다. 친구 표트르 이바노비치와 표도르 바실리예비치는 이반 일리치의 죽음으로 공석이 된 직위로 승진 기회가 열린 것에 기뻐한다. 아내도 크게 다르지 않다. 이렇다 할 재산을 가지고 있지 않은 그녀는 남편의 죽음으로 초래되는 수입 축소에 직면해 국고에서 더 많은 돈을 받아낼 생각에 여념이 없다. 여기서 산 자의 죄가 잉태된다.

조문객의 외면 관찰 또한 장례와 부조화를 이룬다. 작가는 갑자기 구레나룻을 기른 슈바르츠의 얼굴, 그의 우아한 엄숙함, 미망인과 대화하며 푸프의 용수철에 신경 쓰는 표트르 이바노비치를 묘사하고, 전체적으로 가식과 속삭이는 소리를 듣는다. 사람들은 그의 죽음에도 불구하고 계속 살아간다. 아무도 죽음에 주의를 기울이지 않고, 품위 있는 사람들은 심각한 표정을 지으면서 자신이 필요하다고 여기는 의식을 수행할 뿐이다. 그들은 시급한 문제와 걱정에 사로잡혀 바쁘다. 이러한 모습은 작품을 집필하던 시절이 아니라 마치 오늘날의 장례식장 풍경을 묘사하는 듯하다.

작가는 작품을 통해 죽음에 진정으로 반응하는 법, 죽음과 함께 살아가는 법을 묻는다. 기실 그것이 필요한지 우리는 잘 모른다. 그저 일하고 관계 맺고 다투는 일상을 살아가느라 바쁠 뿐이다. 톨스토이는 이반 일리치가 죽음에 앞서 깨닫는 삶의 의미를 장례식에 참석한 사람들이 깨닫기를 희망한다. 작가는 그것이 인간이 인간다운 삶을 영위할 수 있는 조건이라고 보는 듯하다.

2. 주인과 일꾼: 이웃 사랑의 구현

톨스토이는 그리스도의 가르침과 기독교 세계관을 바탕으로 자신의 종교적 개념을 창조했다. 그것은 신을 깨닫는 능력, 생명의 가치, 악에 대한 비폭력적 저항, 창조주에 대한 사랑의 표현인 이웃 사랑, 고통을 진리에 이르는 길로 인식하는 능력 등으로 요약할 수 있다. 작가의 영적 탐구는 그의 후기 작품에서 기초를 형성했다. 이러한 토대 위에서 이론적 성격의 종교 철학적 분석과 논문이 탄생한다. 그리고 예술작품은 톨스토이의 종교 사상을 구체화한 실험의 장이 된다. 「주인과 일꾼」(1894-1895)은 이를 위한 일련의 작품군에 속한다.

작가 일기에 따르면, 「주인과 일꾼」은 1894년 9월 6일 작가의 마음에 처음으로 떠올랐다. 그러나 톨스토이의 전기 작가 P. I. 비류코프는, 이 작품은 사실상 1892-1893년 기록적인 흉작으로 추위와 기아에 시달리는 농민들을 구제하기 위해 톨스토이가 팔을 걷어붙였을 무렵에 잉태되었다고 주장한다. 어쨌든 작가는 즉각 집필에 착수했고 1895년 1월 중순에 탈고했다. 2월에는 최종 수정이 이루어졌다. 작품은 1895년에 출판되었으며 출판되자마자 비평가와 작가들에게 커다란 반응을 불러일으켰다. 철학자이자 문학 비평가인 N. N. 스트라호프는 톨스토이에게 보낸 편지에서 "맙소사, 얼마나 훌륭한지요. 친애하는 레프 니콜라이치여! 처음으로 급하게 읽고 몇 시간 동안 들떴지요. 그래도 어쨌든 모든 특징이 기억에 남았답니다. 바실리 안드레이치, 니키타, 무호르티는 나의 오랜 지기가 되었습니다. 바실리 안드레이치의 두려움, 그가 사랑 안에서 얻은 구원은 놀랍습니다! 기이! 그리고 무호르티는 그를 떠나 니키타에게 갔습니다." 덧붙여 그는 전체 이야기가 최고로 단순하고 명확하고 감동적이라고 썼다. 독자들은 작품의 단순함, 명료함을 언급하면서도 동시에 1890년대에 작가가 지대한 관심을 보이며 형이상학적·윤리적·종교적 영역을 열고자 한 시도의 단면을 엿볼 수 있다.

주인공 바실리 안드레이치 브레후노프와 니키타에게 일어난 사건은 70년대 겨울 성 니콜라우스(우리에게는 '산타클로스'라는 이름으로 알려져 있다) 축일 다음날 일어난 일인데, 그것은 성 니콜라우스의 의지임을 상징적으로 표현한다.

작품에서는 무엇보다 두 가지 삶의 태도, 두 가지 가치 체계가 뚜렷하게 대비된다. 상인 바실리 안드레이치 브레후노프의 삶의 원칙은 "열심히 일하라. 그러면 하느님이 주실 것이다"라는 그의 말에서 알 수 있듯, 부를 창출하는 일이다. 반면에 니키타는 성 니콜라우스처럼 부지런하며 타인을 위해 일하는 일꾼이다. 그는 주저없이 "그를 보낸 주인"의 의지를 실행하고, 모든 사람을 사랑하며, 모든 사람에게 봉사한다. 나아가 그는 자연 세계의 일원으로서 자연을 섬세하게 느낀다. 그러하기에 그는 말을 묶으러 들어간 헛간에서 깜짝 놀란 동물들을 훈

계하고 질책한다. 작가는 이러한 그의 형상에서 순종과 악에 대한 무저항이라는 윤리적·종교적 아이디어를 구현한다. 그는 주인이 자기를 속인다는 것을 잘 알면서도 그와 금전적으로 정산하는 것은 아무 의미가 없다고 생각한다. 두 번이나 길을 벗어난 뒤 더 이상 목적지를 향해 가는 것이 무리임을 알면서도 주인의 뜻에 따라 길을 나선다. 이것은 그가 오랫동안 자신의 의지를 관철하기보다 남을 섬기는 데 익숙한 삶을 살았음을 드러낸다.

이렇듯 대비되는 가치 체계를 지닌 두 등장인물이 이야기 전반에 걸쳐 신에게로 향한다. 바실리 안드레이치에게 신은 멀리 있는 존재이프로 하느님에 대한 그의 생각은 그저 "열심히 일해서지. 하느님이 보상해주시는 거야" 같은 언급에서 볼 수 있듯 형식적이다. 그러나 자연과 홀로 마주하는 결정적 순간에 그는 성 니콜라스의 이미지를 통해 신에게 호소한다. 그리고 바실리 안드레이치는 도움을 받기 위해 더 높은 힘을 찾는다. 바로 기적을 행하는 니콜라우스에게 구해달라고 간구하며 기도와 양초를 약속하는 장면이다. 하지만 그는 성화, 양초, 기도와 같은 것들이 교회에서는 무척 중요하고 필요하지만, 여기서는 아무 의미도 없다는 것을 분명히 깨닫는다. 양초와 기도는 비참한 현 상황과 관련이 없으며, 어떠한 관련도 있을 수 없다. 바실리 안드레이치의 기도는 곤경에 처한 사람의 진지한 간구로 여겨지지 않는다. 오히려 "판매", "기도와 양초를 약속했다"라는 말에서 알 수 있듯 상인이 자기 물건을 거래하듯 제 목숨을 구하고자 비슷한 약속을 하면서 성인과 협상한다. 따라서 그의 말에는 진정성이 결여되어 있다. 그는 '인격적인 신'의 개념을 모르기 때문에 하느님과 대화하지 않는다. 그는 하느님을 모른다. 그가 자신의 창조주를 찾는 일은 마치 돈오(頓悟)처럼 순간적으로 일어난다. 그리고 이때 이기심이 자기희생과 자비로 바뀐다. 그는 몸이 얼어 생명이 경각에 달린 니키타를 보고 그에게 누워 몸을 데우려고 한다. 그런데 놀랍게도 눈에 눈물이 고이고 아래턱이 빠르게 떨려, 말을 할 수 없었다. 그는 말을 멈추고 목에 차오르는 것을 삼킬 뿐이었다. 그는 본인이 약해져 그런 것은 아닌가 의심했다. 그러나 이 약함은 그에게 불쾌하지 않았고, 일찍이 경험한 적 없는 특별한 기쁨도 안겨주었다.

니키타는 임박한 죽음 앞에서 그의 전 생애의 회상을 통해 신에게로 향한다. 죽을지도 모른다는 생각이 떠올랐지만 그것을 특별히 불쾌하다고, 끔찍하다고 여기지는 않았다. 특히 불쾌하지 않았던 것은 그의 인생 전체가 기쁜 날의 연속이 아니라 끝없는 힘든 일의 연속이었기 때문이다. 특히 끔찍하지 않았던 것은 그가 이곳에서 섬기던 바실리 안드레이치 같은 주인들을 제외하고 그는 항상 이 삶에서 진정한 주인, 즉 그를 세상에 보낸 주인에게 의지하고 있다고 느꼈기 때문이다. 그는 자신을 이생에 보낸 이를 알았고, 죽더라도 그분의 권능 아래 있을 것이며 자신을 함부로 대하지 않을 것을 알았다. 일꾼의 뇌리에는 진정한 주인에 대한 인식, 자신감, 헌신이라는 느낌이 있었다. 자연에 홀로 남겨진 니키타는 "하늘에 계신 아버지!" 하고 외친다. 이렇게 외치는 그는 혼자가 아니고 누군가 자기 말을 듣고, 자신을 떠나지 않으리라고 생각하며 안심한다. 이야기의 끝에서 니키타는 그의 마지막 의지를 수행할 준비를 하며 다시 신에게로 향한다. "당신의 거룩한 뜻이 이루어질지어다. 그러나 참 끔찍하다. … 그래, 두 번 죽음은 있을 수 없어. 한 번은 피할 수 없지만. 단지 빨리…."

니키타와 신이 나눈 모든 대화는 이야기의 제목이 보여주는 상징적

의미를 밝히는 지침이 된다. "무엇인가를 소유한 사람"이라는 주인이라는 개념은 톨스토이에 의해 변형되어 일상적 존재 영역에서 가장 높은 신성한 힘과 관련된 형이상학적 영역으로 이동한다. 여기서 주인은 사람이 아니라 하느님이다. 톨스토이는 '일꾼' 각자를 지상에서 신의 뜻을 이행하는 존재로 일반 기독교 전통과 연결한다. 즉, 주인은 신이고 인간은 일꾼이다.

톨스토이의 중요한 종교적 개념 중에는 '이웃 사랑'이 있다. 이는 "네 이웃을 네 몸과 같이 사랑하라. … 하느님은 사랑이심이라"라는 기독교적인 법으로 거슬러 올라간다. 그리고 이 도덕률은 「주인과 일꾼」에서 의미론적 지배자로 변형된다. 니키타의 이미지는 주변의 모든 사람에 대한 기독교적 사랑의 구체화로 통한다. 주인공은 주인 가족과 그의 집에서 일하는 사람들을 배려하고 그들에게 친절하며, 타인을 집에 들인 아내조차도 아들을 막 대하지 않는 이상 관용으로 대한다. 무호르티에게는 특히 채찍을 잡지 않고 겨울밤에 자신보다 더 돌본다. 그가 오래도록 섬긴 주인에게는 "아버지께 해드리듯 애쓰고 있어요. 아주 잘 이해합니다"라는 말로 진심을 표현한다.

바실리 안드레이치의 변전(變轉)을 좀 더 자세히 들여다보자. 길을 잃고 설원 한가운데에서 밤을 보내야 했을 때, 주인공들은 각자 일어난 일과 과거의 생각에 압도되기 시작한다. 몸을 따뜻하게 하고 잠들려고 애쓰면서 상인은 자기 삶의 유일한 목표, 의미, 기쁨 즉 얼마나 벌었고 얼마를 더 벌 수 있는지를, 자기가 아는 사람들은 얼마를 벌었고 어떻게 벌고 있는지를, 자신도 그들처럼 어떻게 많은 돈을 더 벌 수 있을지를 생각한다. 두 번이나 경로를 벗어나 같은 마을로 돌아간 것은 상황 극복이 만만치 않음을 보여주는 일종의 경고였다. 그러나 그는 경고를 인지하지 못했는데, 이익만을 좇는 집착 때문이었다.

한편 얼핏 그의 의식 속에는 니키타에 관한 생각이 막연하게 스쳐 간다. 그의 상태가 좋지 않음을 알면서도 얼어 죽지는 않을 것이며 니키타 같은 민중은 어리석다고 생각했다. 그는 말에게서 막베(거칠고 성기게 짠 베)를 벗겨 니키타를 덮어주고자 하나 일어나는 것이 춥고 말이 얼까 봐 두려워 행동에 옮기지 못한다. 그는 니키타를 동반한 것을 후회하고 그를 데려가라고 한 아내를 비난한다. 그런 행동을 당연하게 받아들이며 자신이 행동하지 않은 것을 정당화한다. 하지만 그는 이 모든 것이 자기가 큰 이익을 기대하며 숲 매입을 위해 떠나면서 발생한 일임을 외면한다. 그러다가 어떻게든 살아남기 위해 말을 타고 눈보라 속으로 떠난다.

니키타의 삶은, 그를 하찮게 여기는 바실리 안드레이치의 의식 속에서 별다른 고려 대상이 되지 못한다. 그는 니키타야 자기 삶을 유감스러워하지 않을지도 모르지만, 자신은 살아야 할 이유가 있다고 주장한다. 이 상황에서 바실리 안드레이치는 신의 역할을 맡았고, 그는 다른 사람의 삶과 죽음을 처분할 권한을 가진 것처럼 행동한다. 여기서 고통과 진리 획득의 상호 의존성에 대한 톨스토이의 생각을 엿볼 수 있다. 바실리 안드레이치는 자신을 사업적이고 근면하며 정직하다고 생각하여 자신에게 비극적 운명이 닥칠 것이라곤 생각하지 못한다. 아직 자신에게는 죽음이 와서는 안 될 일이었다. 그러나 톨스토이는 인간의 선한 본성에 대한 믿음으로 주인공을 변화시키고 그의 마음속에서 물질적인 것을 배척하고 인간적인 것을 발현시켜 선을 행하도록 한다.

독립적으로 살길을 찾고 탈출하려는 시도가 실패한 후 큰 전환이 찾아온다. 그는 버려진 썰매에서 얼어붙은 니키타를 우연히 발견하고 다른 생각은 하지 않고 무의식적으로 모피 외투의 허리띠를 풀고 움직여 열이 오른 자신의 몸과 외투로 니키타를 덮어 그에게 온기를 전달한다. 이때 바실리 안드레이치는 더 이상 이익만 추구하고 남의 운명을 멋대로 결정하는 이해타산적인 상인이 아니다. 그는 희생, 연민 그리고 무엇보다 중요한, 이웃을 사랑하는 사람으로 거듭난 것이다. 처음으로 바실리 안드레이치는 육체적 고통이 절대적인 아픔이 아니고, 때로는 이해하기 어렵지만 바로 그것이 인간 마음에 강한 충동을 불러일으키며, 그런 충동을 경험하는 것이 진정한 쾌락으로 향하는 길이라고 느낀다. 그는 이제 "우리"라고 말한다. 그는 더 이상 자기만을 주장하던 "나"가 아니다. 두 사람 사이의 사회적 구별은 사라져 이제 주인도 없고 일꾼도 없으며 오직 사람만이 존재한다. 바실리 안드레이치의 이기적인 원칙은 다른 사람에 대한 사랑으로 바뀌고, 아(我)와 비아(非我)의 동일성이 이루어진다.

니키타의 몸을 데워주며 바실리 안드레이치는 이전과 현재의 모든 삶의 의미를 열어주고 전에는 몰랐던 하느님을 영혼에 불어넣는 꿈을 본다. 이제 신은 주인공의 마음을 채우고 그를 지상에서 천상으로 옮겨준다. 그리고 갑자기 기쁨이 성취된다. 기다리던 누군가가 온다. 와서 그를 부르는데, 바로 니키타 위에 엎드리라고 명령한 그 사람이다. 바실리 안드레이치는 이 누군가가 자기를 위해 왔다는 것이 기뻤다. "갑니다!" 하고 외치는데 그 외침이 그를 깨운다. 깨어나는 그는 더 이상 잠들 때의 자신이 아니었다. 그는 이것이 죽음이라는 것을 깨달았으며, 그럼에도 전혀 분노하지 않는다. 사랑은 죽음의 공포마저 극복하는 힘을 준다. 그는 니키타가 자기 밑에 있고 그의 몸이 더워지고 살아 있음을 기억한다. 자신이 니키타이고, 니키타가 자신이며 자기 삶이 니키타 안에 있는 듯 여긴다. 그는 신경을 집중하여 숨 쉬는 소리를 듣고 심지어 니키타의 코골이도 듣는다. "살아 있구나, 니키타가. 그것은 나도 살아 있다는 뜻이야." 그는 환호한다. 의미의 반전은 이야기를 존재론적 차원으로 가져온다.

「주인과 일꾼」은 1880년대 톨스토이의 윤리적·종교적 사상의 예술적 구현이다. 제목은 작품의 핵심 사상을 담고 있기도 하다. 주인은 하느님, 일꾼은 사람이며, 결말은 영적 탐구 기간에 톨스토이가 당연하다고 인정한 일련의 기독교적 이상의 총화, 즉 이웃 사랑, 하느님 찾기, 진리의 깨달음이다. 작가는 종교적·윤리적 개념에 가시적 외형을 제공하고, 다듬어진 도덕률을 지상의 삶에서 구현할 가능성을 확인한다.

3. 세 죽음: 자연법칙에의 순응

이 작품은 1858년 1월 15일에 시작되어 아흐레 뒤인 24일에 완료되었고, 『독서를 위한 도서관』지 1859년 1호에 실렸다. 집필 당시 톨스토이는 30세였다. 즉, 그가 영적 고뇌를 겪기 훨씬 이전의 단편이다. 이 작품은 서로 다른 세 형태의 죽음, 즉 귀부인, 마부 그리고 나무의 죽음을 보여주는데, 여기서 죽음에 대한 톨스토이의 초기 견해를 엿볼 수 있다.

작품 발표 직후에도 마지막 부분의 우화는 독자들에게 확실히 이해되지는 않은 것 같다. 투르게네프는 1859년 2월 11일에 톨스토이에게 보낸 편지에서 작품이 전체적으로 마음에 들지만, 결말이 이상하며 그것과 앞선 두 죽음과의 관계는 전적으로 이해되지 않는다고 썼다.

앞의 두 죽음은 인간의 죽음이다. 그들이 죽음을 맞는 자세는 전혀 다르지만 같은 인간의 죽음이라는 점에서 비교는 가능하다. 마부 표도르는 일반법칙 아래 조용히 죽지만, 귀부인의 죽음을 대하는 자세는 일반법칙과 충돌한다. 무덤 앞 십자가용으로 벌목되는 나무는 도끼에 저항하지 않고 아름답게 죽는다. 이 나무의 죽음을 통해 일단 톨스토이는 자연의 일반법칙에 대한 견해를 보인다.

마부 표도르는 정신적, 육체적으로 저항하지 않고 서서히 죽어간다. 죽음은 육체적 고통, 사회적 어지러움과 무의탁에서 해방 됨을 뜻한다. 죽음이 완료되었다는 표시는 난로 위에서 축 늘어진 붉은 털이 덮인 팔이다. 그 팔은 아침에 이미 차갑고 창백했다.

작가는 마치 의사처럼 마부의 육체 상태, 그의 건강 악화를 관찰한다. 마부의 죽음은 일련의 생리적 변화를 통해 묘사된다. 그 생리적 변화는 육체가 죽음에 이르는 과정에 동반하는 것이며, 불치병 현상과 직접 관련된다. 그 바탕 위에서 고질병에 걸려 허약해진 노인의 병증을 묘사하고 육체적 무력 현상을 계속 전한다. 작가는 마부의 육체 변화와 죽음을 묘사할 뿐, 그의 감정, 체험 그리고 생각과 연결된 심리 영역은 파헤치지 않는다.

그렇다고 해도 마부의 정신 상태를 유추하는 것은 가능하다. 그는 조용히 고통받고, 자기 자리를 빼앗는다고 타박하는 식모의 거친 말을 견디고, 다른 마부들의 움직임을 바라본다. 식모에게 "곧 자네 자리를 비워줄게", "죽을 때가 돼서 그런 거야" 하고 전하는 말에는 부르심에 대한 순종과 함께 생을 떠날 준비가 되어 있음이 드러난다. 그는 내적으로 자신이 불치의 병에 걸렸음을 인지하고 죽음을 기다린다. 그는 죽음을 두려워하지 않거나 적어도 자기 두려움을 적극적으로 표현하지 않는다.

다가오는 죽음에 직면했으나 삶에 대한 미련을 붙잡지 않는 그의 자세는 인간 의지를 능가하는 힘, 그것이 자연의 힘이든 또는 초자연적 힘이든, 그 앞에 순종한다는 생각이 구체화된 것이다. 그는 어떻게 해서 이러한 순종에 이르게 되었을까? 세 가지 가능성을 들 수 있다.

첫째, 종교의 가르침. 모든 러시아인이 세례를 받는다는 사실에 근거할 때 그의 종교는 정교라고 할 수 있다. 하지만 그와 종교가 관련되어 있다는 언급은 없다. 따라서 자연법칙에 순응하는 그의 태도가 기독교적 가르침에 기초한다고 하는 것은 무리다.

둘째, 그의 출신 배경. 마부들은 농부 출신이다. 농부들은 자연의 순환 속에서 자연 질서에 따라 살아간다. 천생 마부라고 해도 말과 마차를 다루는 기술은 자연 순응이 기본 자세다. 비 온 뒤의 진창이나, 썰매 자국을 덮어 지워버리고 이정표 식별을 불가능하게 하는 매서운 눈보라를 떠올려보라. 그렇다면 그의 순종은 이렇게 자연에 순응하면서 체득한 나름의 세계관에 기초한 것은 아닐까? 자연의 순환 속에서 죽음이 그 순환에 종속되는 것은 불변의 법칙이며, 여기에 예외는 없다.

셋째, 순응이 아니라 불치병에 걸린 것을 감지하고 모든 것을 포기한 것인가? 이 가능성도 배제할 수는 없다. 하지만 귀부인의 죽음과 비교해본다면, 자연, 즉 일반법칙에의 순종이 기저에 작용했을 것으로 보는 게 가장 타당하다.

내세라는 주제는 찾을 수 없다. 마부의 죽음은 사실적으로 묘사되지만, 사후에 육체를 떠난 영혼과 같은 직접적인 언급은 없다. 민간신앙에 따르면 고인은 유족이나 가까운 사람들의 꿈에 나타난다고 한다. 하지만 그에게는 가족이 없고, 사후 그의 이야기를 하는 사람은 식모

뿐이다. 곧 그를 기억할 사람은 없는 것이다.

표도르는 별 욕심이 없다. 그는 자기로 인해 피해를 보는 사람에게 미안함을 느낀다. 그는 난로 위에 조용히 누운 채, 주의를 끌려 하지 않을 뿐 아니라 그가 구석을 차지했다고 불평하는 식모에게 미안함마저 느낀다. 젊은 마부 세료가의 요청에 그는 자기 장화를 건네준다. 장화는 마부에게 필수 장비다. 그가 죽으면 장화는 어차피 누군가의 몫이 된다. 그러나 장화 주인을 지정하지 않는다면, 장화를 두고 어떤 일이 벌어질지 장담할 수 없다. 그런 점에서, 장화를 부탁하는 세료가에게 비석을 세워달라는 조건으로 장화를 건넨 것은 현명한 처사다. 세료가가 아무런 이의 없이 비석과 장화를 바꾼 것을 보면 장화의 세속적 가치가 비석의 가치보다 낮지 않다는 것을 유추할 수 있다.

마부 이야기에서 죽음의 생리학이 밝혀지고, 작가에게 그 죽음의 육체적인 현상과 순종이 중요했다면, 귀부인의 죽음이 묘사되는 중심에는 영적인 면, 곧 죽음을 앞두고 그녀가 겪는 정서적·지적 경험이 있다. 그녀는 자기가 기독교인이라고 주장한다. 하지만 그녀가 이해하는 기독교는 그녀에게 삶과 죽음의 문제를 해결해주지 못한다. 그녀는 이탈리아에 갔으면 건강을 회복했을 것이라며 아쉬움을 토로한다. 동시에 그녀는 하느님의 뜻이라면 어쩌겠느냐고 한다. 그녀는 사제를 초빙하여 성찬식을 치르고 난 뒤 잠시 마음이 가벼워짐을 느끼고 운명을 받아들이는 듯하지만, 잠시 후 의심과 공포가 다시 시작되고 약초로 치료한다는 모스크바 시민을 초빙해오지 않는다고 남편을 나무란다. 하느님의 뜻은 여기서 선택지 중 하나로 전락한다. 아이러니하게도 그 시민을 먼저 언급한 사람은 신부였다. 신부 역시 삶과 죽음의 문제를 해결해주지 못하는 것이다. 이러한 그녀의 사고와 경험에 대한 분석을 통해 작가는 귀부인의 거짓된 기독교 세계관을 폭로한다. 그녀는 살고 싶은데 왜 죽어야 하느냐고 묻는 듯하다. 그녀는 기독교가 보장하는 미래에 대한 약속을 이성과 지성으로는 믿지만, 그녀의 전 존재는 거기에 단호히 반대한다.

귀부인의 죽음에는 교회 의식이 뒤따른다. 집으로 사제가 초빙되고 사촌이 귀부인에게 의식을 받을 것을 설득한다. 의식은 성상, 견대, 높은 촛대와 양초 등 교회에서 관례로 사용하는 물건들과 귀부인이 자주 사용하는 교회 어휘로 지탱된다. 그러나 교회 봉사자의 행위는 우스꽝스러워 보이고, 설득력 있다고 여겨지지도 않을 뿐 아니라 친척들의 행위와 행동 또한 부자연스럽고 우스꽝스럽다. 주인공에게 명백한 의미를 부여하고 그들의 모든 생각과 감정을 차지하는 의식에 대해 작가는 특별한 의미를 부여하지 않는다. 의미 있는 사건을 기술하는데 함께해야 할 엄숙한 어조와 감동 대신, 작가의 말에서는 아이러니를 느낄 수 있다. 톨스토이의 아이러니는 인간의 죽음 준비라는 의식적 측면, 본질적으로 의식과 진실한 감정을 대체하는 형식을 취한다. 톨스토이는 이 상황을 짧은 묘사로 끝내버린다.

귀부인의 죽음은 기독교 신화라는 주제를 구현하거나, 내세의 삶은 앞으로 어떻게 될지에 관한 암시 없이 그저 개인의 삶이 단절되는 것으로만 인식된다. 작품에서 예술적 공간은 이중적이지 않으며, 지상과 저세상으로 나뉘지 않는다. 죽음의 지각과 분석은 감각적 경험의 틀로 제한된다.

귀부인이 최후를 맞는 제3장은 봄의 햇살이 비치는 풍경으로 시작한다. 큰 저택에는 슬픔이 가득하고 벽으로 둘러싸인 공간에는 고통과 울음이 가득하나, 그 경계를 넘으면 삶은 계속되어 사람과 동물을 포함한 모든 것이 새봄 소생의 기쁨을 만끽한다. 이 장면은 자연이 삶의 기쁨을 내포한 채 끊임없이 순환함을 보여준다. 인간 역시 이러한 일반적인 순환법칙에 종속된 존재다. 부인이 이탈리아로 가지 않아 회복될 가능성을 상실하고 약초 치료에 매달리는 것은 자연법칙을 거스르는 일이다. 자연법칙과 삶에 대한 부인의 애착은 매우 대조적이다.

마지막으로, 나무의 죽음은 이해하기 쉽지 않다. 나무는 무덤에 쓸 십자가용으로 잘린다. 나무는 "조용히, 정직하게, 아름답게" 죽음을 의연하게 받아들이는 것으로 의인화된다. 나무의 죽음은 절대적인 무저항의 은유다.

마부 세료가는 십자가를 만들기 위해 물푸레나무를 선택한다. 이 나무는 여러 용도로 쓰일 만큼 가치가 있다. 비석이 나무로 대체되었다는 것은 가치 대체로 읽힌다. 대체는 우연한 것이 아니다. 부인의 무덤에는 작은 석조 사당이 섰지만, 표도르가 묻힌 작은 언덕에는 돌 대신에 나무 십자가가 등장했다. 돌은 도시와 인간 문명과 연관 있는 상징으로, 나무는 자연과의 조화와 자연에 순응하는 삶의 상징으로 볼 수 있다. 표도르는 실제 나무처럼 순종적으로, 나무처럼 부지중에 죽지 않았는가!

나무는 자기를 찍어 넘기려는 젊은 마부의 도끼질에 저항하지 않는다. 여기서 나무에 대해서는, 살아 있고 사건에 감정적으로 반응할 능력이 있는 존재로 대한다는 작가의 관점이 드러난다. 나무는 그렇게 간접적으로 인간 죽음의 사슬에 편입되었고, 통일성 있게 작가의 의도에 이바지한다. 나무들 가운데 한 그루의 벌채는 전체 숲의 조화와 평온을 깨지 않는다. 이것은 자연계에서 죽음은 변변치 않고 주의를 끌지 않으며, 기존 질서를 변화시키지도 않음을 의미한다.

숲에서 일어난 일과 비슷한 일들이 평범한 농부 - 마부 사이에서도 일어난다. 마부들의 막사에서 마부들 중에 죽어가는 노인을 인식하는 사람은 없는 듯하다. 보살핌과 예절 대신 노인의 죽음을 단순하고 조용히 바라보는 식모의 불만이 언급될 뿐이다. 노인에게 장화를 달라고 한 젊은 세료가는 상황에 맞지 않는 어색한 요청으로 죽어가는 사람을 깔보면서도, 평온하고 단순하게 표도르의 죽음을 대한다. 자연법칙과의 조화와 동일시 속에 농부 세계와 자연 세계의 동일시도 일어난다. 농부도 죽음의 거룩한 의미를 인식하고, 그것을 자연적이고 회피할 수 없는 무엇으로 이해한다.

레프 톨스토이 연보

연도	월일	활동 및 내용
1828	8.28. (신력 9.9)	툴라 현의 장원 야스나야 폴랴나에서 나폴레옹 전쟁에 참전했던 퇴역 중령 아버지 니콜라이 일리치 톨스토이 백작과 볼콘스키 공작 가문 출신 어머니 마리야 니콜라예브나 톨스타야의 넷째 아들로 출생. 위의 세 형은 니콜라이, 세르게이, 드미트리. (러시아 혁명 전까지 러시아는 구력 즉 율리우스력을 사용하여 신력과 차이가 난다.)
1830	8	여동생 마리야 출산 몇 달 후 모친 별세
1837	1 6	모스크바로 이주 아버지 별세. 고모 알렉산드라 오스텐-사켄 백작부인이 후견을 맡음
1841		고모의 별세로 새로 후견인이 된 또 다른 고모 P. 유슈코바가 있는 카잔으로 이주
1844	9	카잔대학교 동양학부 아랍-터키 문학과에 입학. 사교계에 출입하며 방탕한 생활을 함
1845		진급시험에 낙방하여 법학부로 전과
1847	3 4	일기를 쓰기 시작 후견인 관리하에 있던 유산을 형제간에 분할. 야스나야 폴랴나를 포함하여 마을 네 곳을 상속받음 대학 중퇴. 야스나야 폴랴나로 귀환. 진보적 지주로서 새로운 영농, 농노들의 계몽과 생활 개선을 위해 노력하지만, 농노제 아래서 그 이상은 실현되지 못함. 이 시절의 일이 『지주의 아침』에 들어 있음
1851	봄	『유년 시절』, 「과거의 역사로」(미완) 작업. 맏형이 있는 카프카즈로 감
1852	1 9	사관후보생 시험을 치고 4급 포병 하사관으로 현역 편입 네크라소프의 추천으로 그가 주재하는 잡지 『동시대인』에 『유년 시절』 게재. 네크라소프가 톨스토이의 천재성을 상찬함
1853	3	『동시대인』에 『습격』 발표
1854	1 10	토벌의 공으로 소위보로 진급 『동시대인』에 『소년 시절』 발표
1855	1	『동시대인』에 『당구계수원의 수기』 발표

연 도	월일	활동 및 내용
	6	『동시대인』에 세 편의 세바스토폴 이야기 중 첫 번째 『1854년 12월의 세바스토폴』 발표
	9	『동시대인』에 『삼림벌채』, 『1855년 5월의 세바스토폴』 발표
1856	1~5	『동시대인』에 『1855년 8월의 세바스토폴』, 『눈보라』, 『두 경기병』 발표
	12	『독서를 위한 도서관』 지에 『강등병』, 『조국잡기』에 『지주의 아침』 발표
1857	1	『동시대인』에 『청년 시절』 발표
	9	『동시대인』에 『루체른』 발표.
1858	8	『동시대인』에 『알베르트』 발표
1859	1	『독서를 위한 도서관』에 「세 죽음」 발표. 러시아문학애호가 협회의 회원이 됨
	7	『러시아 통보』에 『가정의 행복』 발표
1861	4	교육잡지 『야스나야 폴랴나』 간행
	9	시의 베르스의 둘째 딸 소피야 안드레예브나(당시 18세)와 결혼
1863	2~3	『러시아 통보』에 『카자크인들』, 『폴리쿠슈카』 발표
1864	8	톨스토이 백작 작품집 1권 출판
1865	1~2	『러시아 통보』에 『전쟁과 평화』 첫 부분을 "1805년"의 제목으로 게재
	3	톨스토이 백작 작품집 2권 출판
1866	봄	『러시아 통보』에 "1805년" 2부 발표
1867	3	카트코프와 소설 자비출판 계약 체결. 처음으로 『전쟁과 평화』 제목 사용
1869	9	장원 구입을 위해 펜자로 여행하는 도중 아르자마스의 호텔에서 죽음의 공포 경험. 미래 정신적 위기의 발단이 됨
1872	4	『대화』에 「신은 진실을 알지만 이내 말하지 않는다」 발표
	5	『노을』에 「카프카즈의 포로」 발표
1873	3	『안나 카레니나』 착수

연 도	월 일	활동 및 내용
	11	1월 톨스토이 백작 작품집 전 8권 간행
	12	과학 아카데미 준회원이 됨
1874	11~12	『새 알파벳(새 초등교과서)』 편집
1875	1	『러시아 통보』에 『안나 카레니나』 연재 시작
	5	『새 알파벳』 간행
	10	『새 알파벳』 보충자료인 『러시아어 독본』 전 4권 출판
1877	7	『안나 카레니나』 마지막 부 독립본으로 리스 인쇄소에서 출판
	8~9	『새 알파벳』 보충자료 『슬라브어 독본』 간행
1878	1	『안나 카레니나』 3권으로 출판
1879	7	야스나야 폴랴나에 고대 영웅서사시 음송자 세골료노크 방문. 훗날 그의 이야기를 토대로 「사람은 무엇으로 사는가」, 「두 노인」, 「기도」 등 민화 집필 구상
1880	1	『고백록』, 『교의신학연구』 작업
	3	『4대 복음서의 통합, 번역, 연구』 집필
1881	4	『요약복음서』 완성
	12	「사람은 무엇으로 사는가」 어린이 잡지에 발표
1882	1	『그러면 우리는 무엇을 할 것인가』 집필
	7	『고백록』을 완성하여 『러시아 사상』에 발표하나 발행 금지됨 돌고하모브니체스키 길에 있는 주택 구입(후에 톨스토이 박물관)
1883	1~3	『나의 신앙은 무엇인가』 집필
	7	파리의 『새로운 비평』(La nouvelle revue)에 『요약복음서』 게재
1884	2	『나의 신앙은 무엇인가』 탈고. 교회와 정부에 반한 내용을 담고 있다는 이유로 당국에 압수되었으나 실수로 유통됨
	5	『광인의 수기』 구상(여러 해 작업, 1912년 최초 출판)
	11	비류코프가 찾아와 간청하여 체르트코프와 함께 민중을 위한 출판사 '중개인' 설립
1885	1	『러시아 사상』 제1호에 게재된 『그러면 우리는 무엇을 할 것인가』가 검열을 통과하지 못하고 발매금지됨. 1906년에 비로소 출판, 1937년에야 완본 발행

연 도	월 일	활동 및 내용
	2	'중개인'에 민화를 보냄. 「두 형제와 황금」, 「소년은 노인보다 지혜롭다」, 「초반에 불길을 잡지 못하면 끌 수가 없다」, 「사랑이 있는 곳에 하나님이 있다」, 「촛불」, 「두 노인」, 「바보 이반」, 「사람에게는 얼마만 한 땅이 필요한가?」 등
	10	『고백록』, 『요약복음서』, 『나의 신앙은 무엇인가』를 체르트코프가 영어로 번역하여 런던에서 출간
1886	3	「이반 일리치의 죽음」 탈고, 『톨스토이 백작 작품집』 12권에 발표
	5	'중개인'에서 『최초의 양조자』 발간
	11	『홀스토메르』 작품집 5판 3권에 수록
1887	1	'중개인'에서 『어둠의 힘』 출간. 그러나 무대 공연이 금지됨
	7	비류코프를 통해 마몬토프 인쇄소에 『인생에 대하여』 원고를 넘김
	12	『인생에 대하여』 탈고. 「빛이 있는 동안 빛 속을 걸어라」, 민화 「빵 조각을 보상한 작은 악마 이야기」, 「뉘우친 죄인」, 「달걀만 한 씨앗」, 「세 현자」, 「일꾼 예멜리얀과 빈 북」, 「세 아들」 집필
1888	1	파리 극장에서 『어둠의 힘』 초연
1889	3	『인생에 대하여』가 검열을 통과하지 못하자 외국 출판사를 통해 번역본 출판
	8	『크로이체르 소나타』 탈고
	11	『악마』 기고
	12	후에 『부활』로 완성될 법률가 코니의 이야기를 쓰기 시작. 야스나야 폴랴나 저택에서 『계몽의 열매』 상연
1890	1	연극 애호가의 노력으로 『어둠의 힘』 러시아 초연. 베를린 초연
	2	『세르기 신부』 집필, 『크로이체르 소나타』 후기 작업
	3	『크로이체르 소나타』를 톨스토이 작품집 13권에 싣는 것을 금지
	10	『빛이 있는 동안 빛 속을 걸어라』 영역 출판
		『계몽의 열매』 출판
1891	1	「왜 사람들은 취하는가?」 영국 잡지 『현대 비평(contemporary review)』에 게재. 저작권 포기 문제로 아내와 대립
	3	영국 잡지 『비평의 비평(review of review)』에 『니콜라이 팔킨』 게재
	4	발행금지되었던 『크로이체르 소나타』 발표를 위해 부인이 알렉산드르 3세를 알현하고 작품집에만 싣는 조건으로 허가를 득함

연 도	월 일	활동 및 내용
	5	제네바에서 『교의신학비판』 출판
1892	4	제네바에서 『사복음서의 통합, 번역과 연구』 출판
1893	1	『계몽의 열매』로 러시아 극작가상 수상. 상금은 구제기금으로 기부 '북방통보'에 『수라트의 찻집』 게재
	8	『종교와 도덕』 집필
	10	『그리스도교와 애국심』, 『부끄러워라』, 『태형에 반대하여』, 『노동자 대중에게』, 『헤이그 만국평화회의에 대하여』 집필
1894	1	베를린에서 러시아어로 『신의 나라는 당신 안에 있다』 출판. 모스크 바 심리학회 명예회원으로 추대
	11	내무성, 스위스에서 발행된 『사복음서의 통합, 번역 그리고 연구』 러시아 반입 금지. 『종교와 과학』 탈고
1895	3	'북방 통보'에 『주인과 일꾼』 발표
	11	말리 극장에서 처음 공연된 『어둠의 힘』에 관객들 열광적으로 호응
1896	5~11	『그리스도교의 가르침』, 『하지 무라트』 착수
	11	『예술이란 무엇인가?』 탈고. 하지만 검열 통과되리라는 희망을 못 봄
1898	1	'중개인'에서 『예술이란 무엇인가?』 출판
	6	3년의 휴지 후 『신부 세르기』 작업 재개
	8	출생 70주년
	10	'니바'와 『부활』 연재 합의. 원고료 전액을 4천 명의 두호보르교도 캐나다 이주 지원금으로 회사. 『신부 세르기』 완성(1911 사후 출판). 『부활』, 『하지 무라트』, 『기근인가 아닌가?』, 『두 전쟁』, 『카르타고 는 파괴되어야 한다』, 『예술이란 무엇인가?』 등 작업 및 수정
1899	3	'니바'에 『부활』 초반부 게재
1900	1	학술원 문학부문 명예회원이 됨
	연중	희곡 『출구는 어디 있는가?』, 『진정 그렇게?』, 『황제와 조력자들에 게』, 『산송장』 등 작업
1901	2	정교회에서 파문당하며 폭넓은 논쟁을 유발함
1902	가을~겨울	『하지 무라트』, 『위조지폐』 작업, 『회상록』 구술

연도	월일	활동 및 내용
1903	여름	『하지 무라트』, 『회상록』 작업. 『무도회 뒤』 집필(1911 사후 출판)
	8.28	탄생 75주년 기념회
	가을~겨울	논문 "셰익스피어와 드라마에 대하여", 『위조지폐』, 『신의 것과 사람의 것』 작업
1905	2	『알료샤 고르쇼크』, 『코르네이 바실리예프』 집필. 『딸기』, 『세기의 종말』, 『푸른 지팡이』 집필
1906	9	비류코프 편 "대톨스토이" 1권 간행
	11	노벨상 수상자로 추천되었다는 소속을 듣고 거부의 뜻 전달. 『신부 바실리』, 『신의 짓과 사람의 짓』 탈고
1907	9~10	새 원고, 『독서의 고리』에 전념
1908	5	아내와 사후 저작권에 대해 대화
	8	유언 구술, 녹색 지팡이가 있다는 숲에 매장할 것을 요청
1909	1	탄생 80주년 기념 톨스토이 박람회가 페테르부르크에서 열림 툴라의 사제가 교회와 경찰의 요청으로 소피야 부인을 찾아와, 톨스토이가 죽기 전 참회했다고 민중에게 거짓으로 고하기 위해 그의 죽음이 임박하면 알려줄 것을 강요
1910	1	문집 『인생의 길』, 『호딘카』, 『고귀한 토대』 작업
	10.28 (신력 11.10)	새벽 4시 마코비츠키를 데리고 가출. 옵티나 수도원에 머묾. 샤모르디노의 여동생 집에 체류. 샤모르디노에서 기차로 남쪽으로 향함. 도중에 오한으로 아스타포보 역에 하차. 역장 숙소에 누움. 자녀들이 찾아옴. 폐렴 진단.
	11.7 (신력 20일)	오전 6시 5분 영면
	11.9	이른 아침 야스나야 폴랴나로 운구되어 고별식 뒤 '녹색 지팡이'가 있다는 숲에 안장

옮긴이 **윤우섭**

충북 충주에서 태어났다. 1973년 한국외국어대학교 러시아어과에 입학해 1980년에 졸업하고, 1982년 동 대학원 동구지역연구학과를 수료했다. 당시 서독으로 유학을 떠나 마르부르크필리프스대학교 슬라브어문학부에서 러시아 문학을, 역사학부에서 동유럽 역사를 공부하고, 1993년 동 대학교 슬라브어문학부에서 박사 학위를 취득했다. 1994년부터 2020년까지 경희대학교 러시아어학과에서 교수로 재직하였으며, 현재는 명예교수이다. 동 대학교 교양학부장과 외국어 대학장을 역임했으며, 한국 슬라브학회 회장, 한국 교양교육학회 회장, 한국교양기초교육원장을 역임했다.

현대지성 클래식 49

이반 일리치의 죽음

1판 1쇄 발행 2023년 3월 24일
1판 5쇄 발행 2024년 11월 15일

지은이 레프 톨스토이
옮긴이 윤우섭
발행인 박명곤 **CEO** 박지성 **CFO** 김영은
기획편집1팀 채대광, 김준원, 이승미, 김윤아, 백환희, 이상지
기획편집2팀 박일귀, 이은빈, 강민형, 이지은, 박고은
디자인팀 구경표, 유채민, 윤신혜, 임지선
마케팅팀 임우열, 김은지, 전상미, 이호, 최고은

펴낸곳 (주)현대지성
출판등록 제406-2014-000124호
전화 070-7791-2136 **팩스** 0303-3444-2136
주소 서울시 강서구 마곡중앙6로 40, 장흥빌딩 10층
홈페이지 www.hdjisung.com **이메일** support@hdjisung.com
제작처 영신사

ⓒ 현대지성 2023

"Curious and Creative people make Inspiring Contents"
현대지성은 여러분의 의견 하나하나를 소중히 받고 있습니다.
원고 투고, 오탈자 제보, 제휴 제안은 support@hdjisung.com으로 보내 주세요.

이 책을 만든 사람들
편집 채대광 **디자인** 임지선

"인류의 지혜에서 내일의 길을 찾다"
현대지성 클래식

현대지성 클래식 살펴보기